摇曳的灯火

马旭明 著

YAOYE DE

DENGHUO

敦煌文艺出版社

图书在版编目（ＣＩＰ）数据

摇曳的灯火 / 马旭明著. -- 兰州 ：敦煌文艺出版社，2021.11

ISBN 978-7-5468-2116-0（2022.4重印）

Ⅰ．①摇… Ⅱ．①马… Ⅲ．①散文集-中国-当代 Ⅳ．①I267

中国版本图书馆CIP数据核字（2021）第242241号

摇曳的灯火

马旭明　著

责任编辑：王　倩
装帧设计：韩国伟　马吉庆

敦煌文艺出版社出版、发行

地址：（730030）兰州市城关区曹家巷1号新闻出版大厦
邮箱：dunhuangwenyi1958@163.com
0931-2131397（编辑部）
0931-2131579　0931-2131387（发行部）

天津旭丰源印刷有限公司印刷

开本 710 毫米×1020 毫米　1/16　印张 15.75　插页 1　字数 230 千
2022 年 4 月第 1 版　2022 年 4 月第 1 次印刷
印数：1～4000 册

ISBN 978-7-5468-2116-0

定价：50.00 元

序一

　　我对于热爱文学的人总是高看一眼，尤其对于从事文学创作的人总是心存敬意。究其原因首先是因为我也是一个文学爱好者，所谓人以群分；其次作为一家报纸文学副刊的编辑，编辑看重作者是职业使然。

　　想不起来我是怎么认识马旭明的，几年过去，就熟悉起来了，对他的文章比他的人更熟悉。先是零零星星读到了他给报纸副刊的投稿，当然经我编辑也发表过一些。当初对他散文的感觉是，有真情实感，有生活气息，不说教，不矫揉造作，是读了让人感到亲切的那种文章。

　　最近，他要出书了，让我写几句话，我这才集中大量地读了他的散文，一篇篇读过去，仿佛走在乡间的小路上，他就走在身边，边走边讲述乡间的人和事，讲他的感受，讲着讲着他就一次次地动情，听的人也被一次次感动。就这样在他娓娓道来的感动中，我读完了《摇曳的灯火》这本散文集。

　　要说马旭明散文的特点，我感觉有这样几点：

　　第一是扎实的生活。他一直是乡村生活的在场者、参与者、见证者，而不是一个观光者，从他笔下流出的是他的血汗。比如在他的《老家记忆》中，农村老家春夏秋冬四季的劳作和生活，被他用一个个特写镜头原生态地展现出来，我们仿佛看到了每一个季节的风的颜色，看到了每一个人脸上的皱纹和微笑，听到了每一声轻轻的喘息和自言自语。这样的生活只有马旭明这样从农村出生且一直把灵魂安放在故乡的人才会有。

第二是纯朴的语言。马旭明的散文语言是乡土的，不先锋，不洋气，而是从土里长出来的，甚至有时是土得掉渣的。只有这样的语言，才是土地能听得懂的语言，才是能打动庄稼和小草的语言。他善于运用民间俗语和谚语，甚至用方言，准确而生动。我经常感到这种语言在表达农村生活时往往比普通话更具有穿透力。

第三是细致的观察。观察能力是一个作家必备的能力。有了观察才会有细节，有了细节才可能生动。马旭明能够观察到"老家最早的一缕春动"，观察到老屋"满是岁月悄声走过的痕迹"，观察到"家时常坐落在路的尽头，灯大多摇曳在家的窗下"……读到他的这些句子时，不由得让人心里一动，甚至眼眶湿润。

第四是这样的写作是有意义的。今天的生活，就是明天的历史。对于当下生活的记录和书写的意义，就是给明天留下真实的历史资料。记得波兰诗人切斯瓦夫·米沃什在《诗的见证》一书中说："诗歌是一份擦去原文后重写的羊皮纸文献。"那么散文呢？优秀的散文也是一份这样的"羊皮纸文献"，在"时间的向度"上，在作者"所看见和碰触的一切事物中"感到那个时代的存在。马旭明的散文应该说有这样的价值。

第五是这是一种有背景的写作。一个有故乡的人是幸运的，一个有背景的作家是具有得天独厚的资源的。有人把这种资源叫作"根据地"。生活和经历的背景、文化和品格的背景决定了一个作家的走向，马旭明只有在他的背景下，在他的"根据地"里，在他的"土地"上精耕细作，才能有他自己的收获。

马旭明还正年轻，年轻就是资本，就是潜力，就是可能。希望马旭明以这本散文集的出版作为新的起点，坚持本色，强化特色，为这片土地上的文学创作增添一抹亮色。

牛庆国

2021 年 7 月于兰州

序二

　　人生往往有许多不期而遇，与旭明的结识纯属是一场意外。记得是 2017 年秋天，我与甘肃省新闻出版广电局的 30 多名年轻党员赴会师圣地开展革命传统教育。这些同志大多是局里各单位在创建全国文明单位活动中表现积极的骨干，去会宁，也算是对他们一种变相的奖励。行前我一再叮咛机关党委的同志，不要叨扰县上的任何人。怎料当我们在会师塔下重温入党誓词时，有一个我不认识的小伙子忙前忙后地拍照，侧面了解了一下是县文广局派来的，虽然心里不悦，也没有说什么。两三天的活动中，他依照日程表，"打卡"似的拍完照，便匆匆离去。这种"晒网"多于"打鱼"式的"应付"，也不足为奇，心想时下有些耍"大牌"的腕儿就是这个样子。活动总结时，我礼节性地留他一起吃工作餐，也算是对他几天来"应付"的一和"应付"。分别时，他送我一幅特大的照片，画面上层峦叠嶂，莽荡苍凉，远山近沟，磅礴蜿蜒。他说他的家，就在其间那道湾里。这让我顿生感慨：人与山相遇，如果是邂逅，那便是风景；如果是厮守，那就注定是一场苦旅和行吟。而对农村人来说，命运的崇山峻岭是与生俱来的。收起照片后，我打量着他，这小伙子绝对不仅仅是一个"打卡"拍涂料的，还真像个玩摄影的"腕儿"。

　　这之后，我俩的交往也就不咸不淡。其间，得知他的孩子病了，辗转于兰州、北京之间。孩子痊愈了，父亲却病逝了。天塌地陷。可以想到他那两三年三天两头泡在医院里的心境。正如他发圈时慨叹："云层遮住月亮的晚上写作，忙碌掩盖忧伤的白天拍摄……"为人子，为人父，旭明是尽心尽力了。而我隔岸观火般见证了他的磨砺，他的坚韧，同时也每每为爱莫能助而生出丝丝不安。

我原以为退休后的朋友圈会越来越小，应启动"断舍离"的节奏，可与旭明的交往证明在文学与艺术的道路上友情不会被时间弃置。去年，我与旭珇书院的李铎在老家搞了一场"我读书，我快乐"的农民读书活动，还搞了一场"记住乡愁·归去来兮"的笔会，前后引起一些媒体的关注。其中旭明的摄影给我的印象很深，骄阳之下，山坡之上，时而疯跑，时而匍匐，像打仗似的，汗水浸着黄土的衣衫已模糊了本来的颜色。下雪了，他不惧道阻且滑，火急火燎地上道家塬，下山背后，傻愣愣地狂奔在冰天雪地之中，急得大喊大叫，似乎手中的快门还不够快，镜头还不够长。如今他的摄影作品挂在了旭珇书院，并举办了《耕读山背后》大型摄影展，那些人老祖辈生活在大山里的人，没想到镜头中的光山秃岭，竟然这么吸睛，看了一遍又一遍。

是的，那些原本让人生厌生烦的光山秃岭，经旭明一捯饬，变得亲切了，变成了乡愁。

也就是在乡愁笔会征文中，旭明写了散文《摇曳的灯火》，出乎意料的是这般年纪，就已经乡愁"泛滥"了。按我的推断，他"沦陷"于文学是迟早的事。但应先扮演一番端着单反，春光满面，追逐四野的"小潮男"。可他从那道湾里出发，乡愁也"早熟"了，行走在崎岖的山路上，他从摄影"摇曳"到文学。

旭明投给乡愁笔会的散文，在网络投票，评委初推时人气指数很高，遗憾的是组委会规定，凡组织参与者一律不得入围。忍痛割爱之后，他与我只是会心一笑，照例是猛喝酒，猛抽烟，抢饭吃，照例散发着那道湾里的敦厚、善良、谦卑的泥土味儿。

今年兰州的夏天罕见的热，我们领着孙子在会宁待了四十多天。有一天，旭明给我抱来他的一摞书稿，还说要我作序。我虽表面淡定，但心里很是惊诧。平时也知道他不时有作品发表，没料到这么快就出书了。那种非要我作序不可的神情，中肯中夹杂着"要挟"，请求中又显出俏皮。不容推辞，不容"应付"。这么突兀，这么不声不响，也只有他能做出来。就像他抢镜头时爬沟过坎之后，便屏气凝神，关键时刻一"咔嚓"。不过，这次是换了"神器"，把书稿一股脑儿撂给我，看我如何去"咔嚓"。面对他的憨态，我只有苦笑。

细细读来，旭明的文笔朴素，真切，细腻，深沉。游走在故乡的那道湾里，听不到喧嚣和浮躁，没有过多的华丽与铺排，散发着脱俗的烟火与芬芳。他的有些描写，让人感觉到那种在回眸与不舍中的沉吟与叹惋，那种"逃离"中的歉疚与纠结。他依恋那道湾，又要走出那道湾，他要与故乡道别，他要与时代同行，他要奔向他心目中的远方。

故乡，是每个文人笔下永恒的主题，旭明的那道湾，就是他独有的精神栖息地和取之不尽、用之不竭的创作富矿。他善于观察，擅抓细节，随心所欲地驾驭着文字。总是以小说的笔法写散文，无论是描人绘景，还是言情表意，三勾两画就把那道湾里的人和事呈现得栩栩如生。

摇曳的"灯火"很灵动，虽似豆点般大，但点亮了旭明的人生梦想，点亮了他从那道湾出发之后跋山涉水的风雨人生路。

旭明的作品有明显的"胎记"，他应该把这种"胎记"置于更宏大的抒写背景和更饱满的时代脉搏中，让自己的乡土气息穿越在更厚重、更辽远的艺术乾坤中。我们常说文人是社会的良心，文人的灵魂应该是苏醒的，有光亮的。由此说开去，旭明应该以"灯火"为"小切口"，进一步着墨于那道湾里生产力的状况，生产关系的演化，以及土地的垦与弃、村落的兴与废等。当然不是说要刻意地图解那里的生产方式和生活方式。尽管散文是形散神不散的，但有些文字表达还得观照书写纹理。方言俚语的味儿很劲道，但个别太"土"的品起来让人有"瞬间致盲"的感觉。庆国在文学理论上造诣颇深，他从五个方面给旭明指出了一条方向性的路，这才是管用的。但愿他据此由一个摄影的"腕儿"，摇曳成长为一个文学的"腕儿"。

回想起来，我与旭明相识才三四年，但好像神交了三四十年的样子。有道是灯火摇曳的地方有光亮，乡愁的路上不寂寞。旭明是有追求的人，他姓马，似乎属"牛"，凡事都那么执着。他的那道湾，我只是随着他的镜头与文字去过。我的"人字湾"，他已去过十多次，总觉得欠他一个人情。这几年在"乡愁"的路上，他为我们吃了不少苦，跑了不少路，奉献了不少才情，出于感激，我才写下了这段文字，权且为序吧。

武志元

2021 年 9 月 15 日

目 录 CONTENTS

后记

摇曳的灯火

第一辑

吾土

老家记忆

老家位于陇中山坳里的一片阳坡地，地图上的全名叫张家沟，它所属的土门岘镇东与会宁新塬镇相邻，南与大沟隔河相望，北靠刘寨，西与四房吴连畔接壤，坐北向南，呈倒置的葫芦状，上大下小。张家沟北面靠山，南面向山，足下横亘着一条不常流水的小河。跟会宁全县的气候一样，这里常常十年九旱。可就是在这样一片"不适合人类居住"的黄土地上，我的祖辈硬是头顶天脚踏地地落地生根、开花结果。

村子里住着马、桑、本、张、吴、陈、王、殷几姓人家，平日里交往甚密，偶尔有几句争吵，也被袅袅炊烟带走了。

老家的一年四季里，春短秋长，跟那年短日长的苦日子遥相呼应。

春　播

老家最早的一缕春动，多半是从大伯手里羊鞭的脆响声开始的。羊鞭动起来，羊要出山；粪担动起来，人要出门。或打工，或求学，陆陆续续的脚印会被故土拓下来，黄土上歪歪斜斜，雪地里格外分明。不久，春播便伴随着隔山越岭的吆牛声、乏羊跟不上大部队的呼唤声、咣当咣当的摇耧声渐次拉开序幕。山里一忙，屋里的鸡、猫、狗、猪奔腾在属于自己的天地里，变着法儿各显身手。鸡伸出爪子在松软的土里刨着土堆，猫邀来伙伴在老屋的耳朵里挠着痒痒，狗耳朵竖起来又塌下来，猪伸了伸腿，打了个哈欠，继续懒洋洋地躺下。

实际上，农民时常根据"惊蛰乱驾牛""清明前后，栽瓜点豆"的节气谚语来指导农事。他们还知道"地不哄人，天哄人哩！"因此在还未下种的庄稼地里上农家肥是一年中最重要的事。上茬地一般留给小麦，下茬地一般留给土豆、玉米。小麦、莜麦、胡麻、糜谷、土豆等，按自家的需要都打发到地里了，只等心疼人的老天爷眷顾。春首上，老天要是能浇两场透雨，庄农人的心事也会随着地里的种子一起被泡涨。

布谷鸟来了，燕子也衔着新泥返回来重找故地。村小校园里便翻飞起大大小小纸折的鹞子，常常惹得老师责备声不断。学校门前就是涧沟，倘若谁的鹞子飞过涧沟依然展翅，不用说，这人便成了众星捧月的"英雄"。春首上，那满山满屲的摇耧声一响，就让昏昏欲睡的春天慢慢苏醒了过来。

黄土坡上真正有了绿意时，时光已快要进入夏的隧道了，难怪有"人间四月芳菲尽，此地五月不知春"之说。尽管如此，春还是掩映在桃红柳绿里，绽放在越来越肥硕的榆钱里，沉淀在越来越多的粪堆里。小河里的泛水泉全面解冻了，麦苗才探出头来，春色这才开始弥漫开来。

夏　耘

从耕种铲耙，到收割碾打，长坂坡的农事一开始就牵着母亲的心。父亲每日里要去学校教书，所有的家务自然就落在了母亲的肩上。母亲常常左胳膊挎着揽柴的篮，右手里提着喂猪的桶。喂饱鸡，饮足了牲口，又见看门狗把干邦邦的食盆舔了又舔，她这才记起还有这只灵性的"耳朵"未曾进食，急忙抬脚去添食……

等把家里喂养的伺候妥当，别人已经三三两两地上地了，焦急的母亲，掰一块馍，随便嚼几口，就急匆匆地上地了。为了不落于人后，性格倔强的母亲不但自己学会了犁地，也将我培养成半个劳力。那会儿，我至多和犁把一样高，已经会扬鞭扶犁了。母亲跪在地里猭一会儿，铲一会儿，将倒下的禾苗扶起来，稠些的摘了去，一垄一垄伺候着，一苗一苗端详着。当一株株站起来的庄稼贴着母亲的额头亲吻，那一刻，那一地庄稼就是母亲一群绕膝的儿女。

每次开学时，常常是别的孩子背着书包迈进校门了，我还在地里犁地或收割。父亲趁着去乡镇给学校取书的空当，替我报了名。为此，我心里多多少少对自作主张的父亲有些埋怨。于是，我犁过的地里，地埂子会比平常多些，能犁一亩半的犁两亩，只是可怜了不会说话的一对牲口，汗水顺着它们的后胯直流。时至今日，我对牲口依然有一种难以割舍的感情，可能也源于此吧。

夏田的收割开始了，最先收的是豌豆扁豆，然后是麦子，开学的时候才是胡麻。孩子们一上学，糜谷地里的麻雀可劲地扎起了堆，犯愁的大人便扎起草人，给它们穿上衣服，立满地的四角。现在我一直在想，那会儿的麻雀可能比现在的麻雀更饥饿。

当遍地金浪翻涌时，雷声不时地从山背后催逼，搅扰得苦乏的庄农人无法安生。眼看到口的粮食，谁也不愿意让它被拿捏不准的冰雹敲个精光。于是，大片的庄稼，未黄时拔几坨，全黄时拔几坨，黄过时再拔几坨；阳山里拔完拔阴山，沟底里拔完拔山顶；自家的拔完，帮邻居拔些；早上趁着露水拔，晚上披着月色拔……

三伏天是犁地的最佳时期，为了不错过这段黄金期，父亲时常趁着月色扶起犁把，一直犁到太阳冒花时，才急匆匆往学校赶。当麦豆垛一捆捆收拾停当的时候，轰轰烈烈地拉麦运豆就开始了，这可是老家一年里只有一回的大戏。粮食上不了场，对农人们来说始终是一块心病。

老家的路，弯弯曲曲的羊肠小道居多，不仅窄，而且特别陡。能用上架子车的时候很少，大多时候都靠驴驮、人担，这样驮运粮食自然就成了技术活。驮运时先用绳子分别捆两大捆粮食，然后打成活结，等披着鞍子的牲口靠近，两个人肩扛手掐，将其架到鞍子上。重力的力量让两大捆麦子自然垂落，再正一下方向，就是一副好驮。力量大一点的农人，一个人一口气也能把驮甩到牲口背上，但因用力过猛常使牲口打趔趄。为了赶时间，后来大家有了明确的分工，架驮的，赶驮的，摞场的，各司其职，七手八脚地就收拾停当了。这麦黄六月催出来的习性，能伴随人一辈子。如今我走路脚下生风，大概就是赶驮时节磨炼出来的。

若是几家搭伙，前前后后的牲口扬开四蹄，翻山越沟，跟驮人吆喝着一字儿排开，不挤不抢地穿梭在老家的山梁。今天，若用时代发展的镜头对准并还原它的话，必然是特别生动感人的一帧。

秋收的影子

"一点一滴起泡泡，三天不摘草帽帽。"秋天的某个雨天，奶奶坐在炕旮旯里一边拧麻绳，一边一圈圈收紧自己的拧车，顺便丢出这句古话。

相比麦头子掉在地上的夏，老家的秋，蹚在犁得熟腾腾的地里，脚步自然就有些吃力。大场里，高高的麦捆子一个个被摞了起来，麦垛像极了老家的红土窑的模样。大一点的摞檐子底下，存放着扫帚、四叉、簸箕、筛子，能借用的空间都被借用了。偶尔飞来几只麻雀，喳喳喳地叫；鸡摇晃着脑袋也来了，咕咕地叫唤着，仿佛守护自家的地盘；狗急了，拖着铁绳一个劲儿地吐舌头；驴把脖子长长地搭在墙上，肚子一瘪一鼓地叫唤着，生怕引不起注意。其实，最不情愿的还是我们这些孩子，因为码得整齐的麦垛子就是我们捉迷藏藏身的最好去处。

夏田来不及碾，要给山里的秋田腾出场，码摞子自然成了老家人不二的选择。殷实的家庭大多有一大一小两个摞子，大摞子是清一色的麦子，小的底下是豌豆，上面是小麦。在那个物质还不太富足的年代，这两个摞子常常会引来许多艳羡的目光。摞摞子是一门技术活儿，因为这能装几十亩山地粮食的麦垛子特别能考验摞子匠的手艺，故而会摞大摞子的庄稼人，在老家被敬为上宾。有的人家为了叫摞子匠摞出既利水又大气的摞子，纸烟、糖茶、死面油饼子、鸡蛋汤，能上去的都上去了。摞子匠欣然笑纳，虽汗水涔涔，却也吃得舒坦，喝得欢畅。要是碰上几个帮工的故意找茬，能吃两碗的来三碗，能来三碗的挣五碗，只吃得锅清灶净了，看着主人难为情地擀起面方才作罢。那一刻，一片树叶落下来，划开了他们一直憋气鼓劲的笑颜，一群鸽子正低低地从他们的头顶飞过。

场腾开了，真正的秋收才开始。红秆秆的荞麦，黄澄澄的谷穗，红彤彤的高粱，全都伴着早晚吱扭吱扭的鞭子声被陆续驮到了场上，一字儿排开。这期间可忙坏了上了岁数的小脚奶奶，既要顾及场里斜七顺八躺的，还要照应圈里吱吱哇哇叫的，一手好茶饭就在这时候派上了大用场。她知道"七月十二，羊肉茄儿"最香，没有羊肉，就炒一锅辣子；没有啤酒，就泡一杯酽茶，只吃得下重苦的亲戚和庄邻们汗流浃背，一个劲儿地咂着嘴巴。

春播夏犁秋打糖。伴随着秋田上场，为了保墒，打糖地便成了侍弄土地最为重要的一环，松土、除草、保墒，一遍一茬地侍弄。有经验的老家人在扶犁扬鞭的同时，还要用脚踩踏比较大的土坷垃。这样将地糖得平、整、齐，自然就成了检验一个庄稼汉是否为犁地行家的标准之一。

山薄地广、春短秋长的老家，国庆长假就被遍地的土豆填得满满当当。这个时候，地空了，可我们的心思不空。下了雨，地便打糖不成了，放驴拾柴就成了我们生活的主调。实际上只要将驴赶出圈门，我们便三五成群地撒满了田埂土坡。找寻土豆的是一伙儿，捡拾柴火的是一伙儿，挖锅锅灶的是一伙儿。瞧！大的领着小的，男的带着女的，在土豆地里便开始了地毯式搜索。不消多长时间，柴有了，土豆有了，红红的火苗便开始贪婪地舔起垒好的土坷垃……

这时候，总有行家不时地试探着土坷垃的温度。等柴烧完，将土豆扔进锅灶，为了不致灶膛的温度散出，摧枯拉朽地掩埋便是最后一个环节。不消几分钟，一个土堆便从原地堆起来了。当一个个因为贪吃被糊得黑通通的嘴角溢满笑容，当不太满的背篓来回敲打着瘦小的屁股时，夕阳的余晖拉长了我们急匆匆往家赶的影子，也拉长了秋收拢的弧。

冬 藏

如果说秋天里一样一茬的收割是老家的主旋律的话，那么冬天里一场又一场的摊碾，便是老家人一年中最盛大最辛苦的活计。单就大冬天的摊场就是一大苦差，手皲裂了，脚冻麻了，眉梢落霜了，衣服上也披着一层厚厚的尘土。小孩子们吸溜着鼻子，天麻麻亮就跟着大人运麦捆子，干冷的天气冻得他们直将手梢子往胳肢窝塞。

要摊哩，要碾哩，要抖哩，要起哩，要扬哩，要簸哩，要装哩，要运哩，还要防着牲口拉粪哩。麦垛摞时从低往高，拆时自上而下。摊一场，麦垛便袒胸露腹了，心事沙沙地诉个不停。沉睡了多半年的碌碡，一旦苏醒过来，咯吱咯吱声穿过山河沟涧，响彻沟峁山梁。

田野里的空旷地一坨一坨地往大扩，糜收完了，谷收光了，场里再堆起草垛的时候，粮食就进仓了。没有邻里的帮衬，没有亲戚的搭伙，场碾到数九寒天是常有的事。好像老家人祖祖辈辈，从来就没有离开过庄稼的一茬一茬检阅。可只要庄稼收成好，没有人心里不热乎，五更起三更眠，只需一盅解渴去乏的罐罐茶，所有的劳苦都被冲淡了。

天气越来越冷，年也越来越近，而且年越近，日子似乎越紧。簸麦，碾米，榨油，拉炭，磨年磨，赶年集，都需要去十五里外的镇上。为了备个早年，老家人常常凌晨满天繁星时赶着忙出发，月上柳梢时拖着累回家。一进冬，亢家、刘家的磨坊、油坊就挤满各庄口的人，连牲口都站不下了，拴在路边的电线杆上甩着尾巴。要是赶上逢集日，天没亮就到镇上的人更是比比皆是。亢家、刘家的女人长得攒劲，心肠也好。那些早到的人，常被她们叫到本来不大的房子里暖身子；要是谁家手头紧了，赊欠从不打含糊；遇上吃饭的时候，少不了给老人孩子盛上一勺半碗。

入了冬，白天短了，黑夜长了，闲下来的母亲扯来几尺条绒，再割几尺松紧，飞针走线地做起了布鞋。阳坡下做帮子，油灯下纳鞋底；方口的几双，牛眼窝的几双；毛底子几双，黑底子几双；条绒绱几双，平绒绱几双。不管有没有过年的衣服，一家人的布鞋，每人至少一双。

大伯母去世得早，母亲总要给憨实的三哥捎带做上一双。正是那些长满疙瘩的千层底，从此让我脸上有了色泽，脚下有了力量。

紧腊月，慢正月，不紧不慢的十一月。老家的小镇，适逢三、六、九日赶集。腊月二十三送了灶爷后，无论年集备得够不够，小孩子多半是集集到，人堆里挤挤，货摊上看看，买不买无所谓，就图个热闹。

越来越近的年催着各家有了详尽的安排，男人们拓票、灌蜡、扎灯笼、写春联、贴门神、接纸，一直到大年三十晚上才盘腿围坐在炕上，享受女人们多日子熬出来的茶饭：蒸好的年馍，炸好的油饼，煮烂的肉。再嗑嗑瓜子，抽抽烟，抿一口小酒，谝两句闲言。炕热了，火旺了，脸红了，心亮了，话就更稠了。窑洞里弥漫着酒香和茶香，偶尔传来几声扯着嗓子吼出来的秦腔，年就来了。

碎碎的日子细细地过，老家的冬是瓷实的；短短的话长长地说，老家的冬是温馨的。一坨土炕不知煨热了多少温情，一轮炉火不知映亮了多少记忆，一场大雪不知埋没了多少思念……

路遥说："劳动是农村孩子的第一堂主课。"是老家，让我受到了学堂里受不到的教育。多少年了，在梦里，我常在老家的山头奔跑。我知道，岁月终会流逝，记忆也会淡去，唯有经历不可复制。

炊烟低处是乡愁

炊烟是一缕乡愁，飘绕在故乡的天空；乡愁是一坛老酒，沉醉在自己的心头。

改革开放后的第二年，我出生在陇中一个普通的小山沟里，母以子贵，母亲也受到了颇高的待遇。据父亲讲，母亲坐月子那会儿，只要我一哭喊，爷爷就会颠颠地来到窗外，踮着脚，弓着腰，竖起耳朵在外不止一遍地询问。

等我满月时，孕舅爷把父亲叫到他家里，让父亲担上一担糜草做烧柴，拿上五斤清油和五斤白面，去给我做个体面的满月席。父亲至今感念孕舅爷当年莫大的恩情。父亲兄弟姊妹六个，小时候家薄业小，自然无法全部完成学业，唯独父亲靠吃菜团、喝莜麦面汤勉强读完高中。仅此，父亲已经算村子里同龄人中的佼佼者了。高中毕业后，父亲顺茬儿当了民办教师，在农业社既得了较高的工分，还拥有了一笔不菲的收入。月工资从五元、十元，一直拿到十五元。小时候，父亲饱尝了贫穷和饥饿带来的卑微和辛酸，从教后，却赢得了不小的尊重和仰慕，这也算是老天对他的一种补偿吧。

从五六岁开始，我就时常跟着大一点的孩子满山满屲地跑，上高山，下河滩，钻水洞，溜斜坡，背着永远塞不满的小背篓，拾柴、铲草、放驴、喂猪、牧羊、捡麦穗。村东头有一山湾，村里人都叫它杏树湾，湾垴的山坡上，长满了各种各样的杏树，歪着脖子的，斜着身子的，高大张扬的，矮小却不乏神采的。记忆中，林子里的一年四季，总飘荡着各式各样的欢笑和快乐，攀折杏花，早尝果实，那些小顽皮没少使大人淘气；抢扫落叶，偷折枯枝，那些小捣蛋没少让父母心疼。从含苞待放的一束花，到高挑枝头的满树果实，再到满山遍野的层林尽染，最后才是黑白相间的水墨山涧。杏树湾的童年，跟杏树湾一样五彩缤纷，宽容可亲。

上小学了，学校在离家四里地的河对岸。母亲心细、手巧，用各色各样的小布头给我拼缝了书包。那花书包里塞着不多的几本书，经常被散装的油馍馍浸透，或者被笔里面抖出的蓝墨水染得五麻六道、花花点点。开学时新包的牛皮纸书皮，还没到放假期就已经缺头少尾了。最是那语文书经不起磨损，常常从中间断裂成小人书，还缺页卷角的。每逢打雷下雨，我们便跟白雨竞跑。"白雨忙，跑不过一摞场。"雨后河里发大水，大人们总会急切地从家里赶来，接我们过河去。先前在河水中还胆战心惊的我们，上岸后很快一个朝一个挤眉弄眼。

跟温存的夏相比，冬要眼硬得多。早上，凛冽的寒气从河道里窜进来，钻入袖口，灌进衣领，耳朵冻红了，嘴皮冻青了，手脚冻麻了。太阳冒花的时候，气色愈发干冷，在上学的路上，想要热乎身子的我们，不得不靠挤在一起玩"挤油"来取暖，因此而耽误了到校时间，没少挨老师的批评。

那种牛尾巴后等粪，鸡屁股里摸蛋的日子，至今回想起来，都有一种酸酸涩涩的苦。

再大些，求学的路途便越来越远。家里高撅高撅的麦篅，曾一度让父母心里无比踏实，眼里无比欢欣，可后来还是被我们掏空了。厚墩墩的锅盔，满满一筛子；圆乎乎的馒头，足足一簸箕，每周总是被上学的我们一卷而空。也是后来才知道，父母为了给儿女撑体面，总是把白面省下来，自己拿黑面馍、杂面馍当"茶垫"。

若是遇上周日，临返校的时光里，总有阳光大片大片地洒下来，鸟雀鸣叫着站在枝头，猪哼唧着满圈转悠，狗趴在窝门口舒服地打着哈欠，和着那么几声公鸡的打鸣声，悠长懒散地从远处传来……那一刻，我真想拽着爷爷花白的胡须，不去学校，让时光慢下来，让记忆停下来。可时光才不管这些，以致多年以后，这种场景总在我的梦中重现。

我考上高中那年，父亲每月40元的工资，已经明显不够交我的学费了。迫于生计，父亲独身一人远赴白银打工。那个暑假，有些农事基础的我，承揽了一个农村居家男人应做的所有活计：犁地，锄草，磨面，碾场，放水，收庄稼，垛草垛，给打晚架的牲口拌料，给庄里盖上房的邻居帮工等，一张脸未洗过几次，一双脚真没歇过几天。

临开学，当父亲满脸疲倦地从后山里回来时，我的泪水奔涌而出。那会儿，在老家，不要说通讯，连点灯尚且昏黄如豆。可父亲回来的那一刻，我觉得我的世界已经足够敞亮了。那时候，我方知，人生的长大居然是一瞬间的事。

书本里没有的人生，生活迟早都会教给你。

后来的许多日子，尽被辗转求学所占据。为了捎带吃喝，父母赶着没少挨我鞭抽的毛驴，在茫茫黑夜，赶十多里山路，爬上老家的后山梁苦苦等待唯一一辆去县城的班车。其情其景，白天不知道的，黑夜知道；山梁不知道的，涧沟知道；月亮不知道的，星星知道。就这样，父母用整袋整袋的白面、土豆，整壶整壶的清油，艰难地供我上学。老家的山梁，跟父母一样瘦弱，一样贫瘠，只要下雨，满山的泥土就被洪水裹挟着冲刷下来。可为了肚皮，我们只能向它无休止地索取，垦荒大概是当时没有办法的选择。一块连驴站直了都有点打战的山坡陡凸地，就能种上一大片谷草，喂养被父亲视若命根的牲口。

考上大学那年，老家的村子里总算通了电。时已转正的父亲，搁下地里正黄的麦子，跑到镇上赊了台彩电。我有生以来，在自己家看的第一部电视剧就是1987年版的《天龙八部》。随后家里光景才有了些许好转，陆续有了上翻盖的波导手机，有了价值多半万的大阳摩托……每每从学校回来，无论多忙多晚，老家的山梁上，父亲会守候着，直到接我回家。

我一路跌跌撞撞，跟着改革开放的步伐长大。考试升学，参加工作，娶妻，买房，生子，工作调动，我一手抱着妻儿，一手拽着父母，一不留神，已然十五年了。所幸上天仁厚，小日子一天比一天宽裕，好心情一天比一天欢畅，打小一直瘦弱的自已，居然也发变得虎背熊腰。

如今，退休后的父亲，赋闲在家，锻炼身体，接送孙子上学，偶尔打打牌、聊聊天，每日里进进出出，忙忙碌碌，一脸的乐呵。母亲跟在父亲身后，去县城宽宽窄窄的巷子大大小小的摊点砍价，为得几块钱的便宜而忙得不亦乐乎。

我那目不识丁的母亲，硬是用数麦垛子的眼力，竟然从心里记下了几个人的电话号码，哪个是儿子的，哪个是女儿的，哪个是兄弟的，哪个是朋友的，总能脱口而出。小小的手机，装了母亲不少的心事和怜念。最让人忍俊不禁的是，母亲翻找号码，把手机放远了瞧的情景：双眼只那么一使劲，眉头只那么一紧缩，岁月印刻的所有抽象和苦难，会一一展露出来……

天还未亮透，最先起床的是要去广场锻炼的母亲。她总是蹑手蹑脚，生怕吵醒熟睡的我们。不久，妻子也翻将起身，锅碗瓢盆地磕碰着拾掇早餐。汤熬成了，菜炒好了，她这才招呼我们起床洗漱、吃早点。其间，收拾屋子、整理内务等，全靠她见缝插针地挪挤。时间紧的时候，洗锅刷碗的任务自然就留给了母亲。等该出去的都出去之后，母亲这才扑下身子，将卧室、餐厅、客厅逐个收拾。稍作休整后，她又去拣菜、洗菜。父亲则去买菜，接孙子。就这样，一早上的时间搁在一家人的手里，总有些不经用的嫌疑。

隔着辈儿的疼爱，大概只有经历了的人才知道。每到接送孩子的节点，父母便低眉顺眼地当起孙子的小跟班，铆足了劲儿为人家服务。正午的阳光晒得人浑身有些酥软，清一色的老字辈，大手牵着小手，穿过熙熙攘攘的人群，慢悠悠地往家里赶。马路上，车鸣声、脚步声、喊叫声、说话声、孩子的哭声、大人的笑声，此起彼伏，宛如记忆里老家散散袅袅的炊烟下，鸡叫狗咬娃娃吵的和谐曲，总要响好一阵子。

傍晚，斜阳正暖，一天的忙碌终于松散了下来。吃过晚饭，街边、河畔、山顶，总不乏三三两两散步的人群，影影绰绰。早有跳舞的队伍，一字儿排开，踩踏着音乐的节拍舞将起来。写完作业的孩子头碰头、脚赶脚地挤在一处，由着性子玩。没牙的老太婆坐在一起，有一句没一句地絮叨。老汉们也不甘示弱，围坐成一圈，天南地北地议论一年的风调雨顺和时政要闻。间或一波爽朗的笑声从人堆里传出来，惊起早栖的鸟儿扑棱棱飞窜，连正在打盹的小狗都被吵醒了，不情愿地汪几声。可老猫才不管这些，趴在热腾腾的墙根下，睡得那般舒坦。

若是放了暑假，孩子们一面急燎燎地赶写作业，一面学习琴棋书画。瞧，那辅导绘画的李老汉一天不知道出几头大汗。八月头上，孩子们手上的事情终于消停了，大人们才抽空携儿带女地去趟老家。村里老早辍学的张二，孩子今年考了北大，怎么着也得前去祝贺一番。谁不想回趟老家看看老人，瞅瞅老宅，走走儿时的路，爬爬老家的山。根脉在哪里，路就在哪里，惦念就在哪里。

母亲说，她想跟父亲回趟老家去看看，虽然他们的父母已经双双不在了。我不敢不应诺，也不能不应诺。不要说父母，山里长大的我，大山深处，依然是我生命里最深厚的牵挂。母亲还说，放麦学了，不担水，不扫院，不揽柴，不铡草，不耕地，不碾场，不钻麦趟，不拉粮食，不拌草料……母亲还要说，被我接过话茬，一句"啥都不用做，坐下只是吃"给惹笑了。那一刻，母亲眼眶里幸福的泪水汪得直打转。

从 2008 年搬进小县城开始，老家的庄园就荒废了。那座比我岁数还大的老屋，被风雨剥蚀得破败不堪。去年底，大哥打来电话说，院里的上窑已经塌了一截。奶奶去世后，父母去老家次数明显少了，许是自个儿上了岁数，许是没了最上心的牵挂。言语里一谈起，老人总是一副不愿提及的样子。每次回老家，沿着硬化的水泥路面，曲曲弯弯的心事，就如弯弯曲曲的公路，总能在我心里勒上几道印痕。只要从老家回来，即使抽空儿，我总要饱蘸故土的深情，写上几行文字。

居家的二哥，家里除了三轮车、摩托车，连耕地都是机械化作业。放羊的大伯要是去乡镇上赶集，早已不再是用双脚丈量三十里的山路，而是满心欢喜地压着自己孙子的小轿车，来来往往地穿梭。退耕还林政策实施后，老家的生态环境明显改善了许多。用他老人家的话说，"草山好得很，羊只要被赶出去，费不了几个时辰就能吃得肚子滚圆"。令人心疼而欣喜的是，原来到处捡柴火、挖刺根的大伯还是歇不下来，闲不下来，索性利用牧羊的间隙，在老家的山梁、沟畔上捡拾地达菜。久而积攒下来，托大哥在集市上卖了。年底的时候，几杯热酒下肚，他也大大方方地将百元大钞的年钱，塞到孙子和重孙的手里。

我问父亲，大伯的年纪几何，父亲说七十三四了。父亲还说，人老了，能刨活不仅仅是一种生活态度，更是自身的一分福气。我下班回家，时常会听到他老弟兄俩在电话里絮叨，问东问西的。听得出，那一头，大伯正躺在山梁上，背着风，像抽着烟卷，大声地跟父亲说话，旁边传来隐隐约约、散散缕缕的秦腔；这一旁，父亲刚沏的茶搁在茶几上，茶叶正在茶杯里上下翻滚。

是啊！四十年了，岁月沉淀的原浆牌老酒，总能在生活宽宽窄窄的缝隙里经久弥散。回首四十年的改革开放，伏在炊烟低处的故乡，遍地起伏的尽是无穷无尽的乡愁。

回乡散记

窗外不断有散散的阳光洒进来，车窗上冰花如画，天成的图案极美，纯正的底色足显高洁之雅。那多彩的冰花，正一点点地消融，偶尔一道流下来，像奶奶眼角纵横的老泪，在阳光的映衬下，划出淡淡的哀愁和感伤之弧。

奶奶的病情时好时坏，宛如春首上的天气一般，总是让人拿捏不准。父亲思忖着用最后的陪伴，让奶奶熬过这个年关。

终于赶上了大年三十的最后一趟班车。

回老家了，跟着年过花甲的父亲。

一路上，年三十儿的村庄比往日生动了不少，喧闹了不少，像极了穿好嫁衣待嫁的新娘。路上的人和车少了许多，偶尔碰到一对情侣，急急的身影裹着匆匆的脚步，正朝家里赶。

想回来的，爱回来的，能回来的，都回来了。

迁居小城以来，回老家过年还是头一回。自幼在土堆里长大，故而对于过年，小时候沉醉在向往里，长大了沉浸在怀念中，无论什么时候，热情不曾减退过。那种奔往之情，足以成为自己停不下生活脚步的充分理由，无论生活如何穷苦，无论身心如何疲惫。

不说别的，单就老家的热炕头、火炉子、罐罐茶，城里肯定是找不到的，更别说那可亲的乡音、久违的年味儿了。

班车一声长啸，在山梁沟涧里绕行，不断有人下车上车，迎来送往中忽然冒出很多陌生的面孔。老一辈的，都留下了；小一辈的，都出去了。至今，那些出出进进、来来往往的游子，就像裹在城乡之间的夹生饭，两头都不熟了。

为了不耽搁表弟年三十的大好时光，父亲说，人要随贵随贱，尽量不麻烦他。本来要专程来县城接我们回老家的表弟，被父亲拦挡了。开车是个苦差，当然，这里面也包含着一份舅舅对外甥的深切疼爱。我们坐班车到镇上，刚好是逢集日，这样表弟接我们时顺道也能赶趟年前的最后一个集。

老家的集市所在地土门岘街道，是个一边稍有弯曲的方形。我们的村子位于乡镇南边，只要爬上大路咀梁，就可以远远地望见红土豁岘。只要拐过红土豁岘，就可以直接踏入熙熙攘攘的集市。

小时候挤都挤不过去的集市，曾经装点了许多穷日子的梦。伫立于熟悉而又陌生，陌生而又熟悉的街道，良多的感慨便扑面而来。车多了，人少了。百货多了，买主少了。街道宽了，瓦盖新了。楼房有了，街灯有了，超市有了，乡村舞台也有了。乡政府还在，母校还在，城隍庙还在，红土豁岘还在，王叔的电焊铺还在。

一个个熟面孔冒出来，止不住那种老了的怜惜。

微笑。握手。寒暄。点着一支烟，总有说不完的家长里短；握紧一双手，老朋友见面，顿生温暖。

也许，人只有离开家乡走远了，才能升华出一种叫思念的情感，而且愈远愈深。

我刚上初中那会儿，学校离家远，只能选择住校，每周只能回一趟家。刚开始的几周，每天得接受好几拨的心急，一个周末总要靠好多回的熬煎来等待，比如饥饿，比如想家。

那时的我只不过是个十一岁的孩子，常常因为想家抹着眼泪去找堂兄。现在回过头来看：人生有多半说不出口的情感，也只有在与亲人相逢后的瞬间崩裂而出，通常哭泣就是对深厚情感最好的阐释。

再后来，成长的代价就是离家越来越远，心也越来越硬，得到的多了，失去的更多了，比如良善，比如纯朴……

那会儿只想张家沟。再大些，看见红土豁岘都有一种说不出的亲切。再后来，望见会师塔也能从内心升腾起不可名状的情感。

街面上，遇见腆着大肚的韩景洲，我上初中那会儿他就结婚了。一起的还有个姓王的同学，说不上名字，可又实在没好意思问。还有李宗政——上高中时教会我做饭的"师傅"，开着刚接的轿车差点蹭到了我。特别是那个憨憨地笑着的赵强，某一刻，他黝黑的面颊突然深深地刺痛了我。记得初一第一次考英语，人家考满分，我都未及格。那么好的成绩，不知何故，他后来没有读书，我为此感慨了好一段日子。

中学的男女生厕所，仅隔着一堵墙，淘气的我们有时借着上厕所躲在一角，为了有钱孩子的一个烟屁股夺三抢四。有时还把憋急了的尿，朝着土墙冲窝窝。有几个年龄大的，都试着看能否尿过高墙，撒到女厕……

初三那年冬天，刚好赶上电视剧《三国演义》热播，震撼的画面、惊险的情节、优美的旋律，勾引得我和老同学何小明、张德明、安旭泰折腾了好几个晚上。每到晚上，我们颇费心思地捂好被角，然后蹑手蹑脚地溜出门去，看完电视后重又钻进被窝。"瓦罐不离井口破，大将难免阵前亡"。终于有一个夜晚，我们被班主任安振家堵在宿舍外。那一夜，我们只好围着教室的火炉和衣而卧……

那会儿让人羡慕的不仅有黎家的商店、亢家的钢磨、张家的饭馆、刘家的油坊、丁家的班车，还有王选章母亲的补鞋机。

寒假里磨年磨，为了排队，跟着大人们常常满天繁星时出发，月挂山头时回家……

那会儿紧巴巴的日子，也抹杀了父亲许多的个性和脾气。有一回的磨面钱，就是父亲趁天黑向三姑父的兄弟借的。我们也是后来才知道，他把自己仅有的几元磨面钱借给了父亲，自己当天的磨面钱，却是借等待排队的空隙，卖了多半袋羊绒补凑的。

父亲至今把这件事作为做人的教材来给我们讲。那些困顿而漫长的岁月，那些纯正而朴素的情义，早已风干成人生的精品点心，值得我用一生去品尝。

土门岘！你的白天，你的黑夜，都承载了太多指缝里漏掉、心头沉淀的记忆。

老家的疼痛

老家的上窑塌了。

多半年了。

从几时起就要回去的，无奈每日里被穷日子追赶，被琐事纠缠，始终无暇分身。那个把月，天好像被捅破了似的，接连不断地下雨。大伯急了，立等不歇地满院子吼。那口气仿若耳畔，那场景宛若眼前。

父亲一面接着电话，一面朝母亲脸上瞅了好一会儿，满脸是掩饰不住的疼惜和无奈。

刚才还站着的母亲，头一低就顺势靠着沙发蹲到了地上。

今天终于赶早儿陪着父亲回到老家了。爷俩一头钻进大伯家的上房，却发现大伯喝茶取暖的火炉比外面的天气还冰凉。他正在大场里扬场，见我们到来，赶忙拍打了一下草帽和肩膀上的草屑，然后紧跟着自己的兄弟进了屋。

待了不多一会儿，我旋又转出去。这才发现，场里搁着碾好的苜蓿，晾了厚厚的一地：风口上是苜蓿颗粒，风尾上是苜蓿衣（苜蓿草屑）。为了利风，厚厚的苜蓿衣堆上，划拉了好几道不规则的口子。

临进门，我特意回视了一下自家的老屋，黑褐褐的，满是岁月悄声走过的痕迹。塌陷的上窑，豁牙咧嘴地立在院子中，裸露出来的内墙，像漂白了的日子一般，有些刺眼。

我一直以为，它是猝然而塌的，其实不然。当踩在泥土上，我才知，这塌陷是日积月累而成的。地上的土，新一些，旧一些，明显有些接茬，风雨剥蚀得紧，柴草霸占得凶，没人扯心了，没了依靠的上窑，轰然而倒……

迁居县城以来，老家的宅院一直为年迈的奶奶看护。窗台上、蜂窝内、墙缝里，这儿包着一团杏核，那儿塞着半截绳子，或者别着一束头发，高低有序，错落有致。对奶奶而言，我们走后，小院里的上窑大抵是最能说上话的。跟它说，就是给儿子、儿媳、孙子说。通常这时，我的乳名就做了她念叨不停的话把儿。

似乎从来不曾想过，伴我长大的上窑，有一天离开我会是什么样子。那上窑，从底下到顶部，都是用酸泥裹着多半拃厚的墼子箍起来的。它是那么坚实，那么宽厚，一度承载着那么多的梦想。从我上小学起，父亲就打算刨倒它盖座上房，到今天，父亲的上房还是没有盖起来。它在漫长的等待中，心灰意冷地倒下了。

门前是草，院内是草，窑渠是草，房顶还是草，它们从瓦缝中挤了出来，是表现自己的强大，还是欺我屋里无人？要是搁以前，它们早成了灶膛里的柴火和灰坑里的灶灰。可是今天，它们在各自的领地上，旁若无人地宣示主权，而我竟然束手无策。

周围都是草啊！虽然长在院子里的野草，一点即着，可不远处就是垛起来的料草，我不敢点呐！

我不是没动过收拾它们的心思。可我明显觉得有些力不从心，甚或有些心灰意懒，更不用说父亲了。

生命如柴草，一岁一枯荣。

奶奶走了，上窑塌了，这是无法回避的事实。父亲的目光一直从院外面扫到厨窑里面，表情极其复杂。原打算回到这个院子的他，大概看到这般光景，不回老院的决心是不是更坚定了些？我能想象得出。他一面感慨，一面央及我拍下照片，以便回去后让母亲也看看。家园实在是守不住了，居于上位的上窑塌了，父亲仅存的一点希望也没了。父亲说若不是还有些放不下，他真想逃离。其实，我又何尝不是呢？

岁月把一位一直陪伴我们的"亲人"，就这样肆虐得千疮百孔，体无完肤。那每一处剥落，都能在我心头洇湿一大片。这般残垣断壁的景象，我想到过，可没有想到居然这么快就目睹了。

偌大的庄子，居然没有一点声响，连烟囱里冒出的炉烟都一片死沉之气，我的胸口不由得紧了一阵。多半天时间里，不曾听得鸡叫，也没有狗吠，更没有孩子的吵闹，我的心又紧了一阵。

墙脚，墙体，窑顶，窑壁，无一例外地碱塌。在比我小不了几岁的西房里，父亲捣鼓着生了火，我们父子俩这才勉强有了立足之地。

我们这次回乡的目的绝对单一，就是为搬灶台而来。同行的毛毛像游古迹一样在这儿走走，在那儿瞧瞧。在厨窑，我翻腾到了母亲仅存的嫁妆，一个红油漆箱，上面还印着大花。在炕头，我找见了父亲从学校带来的一个书架，虽小却很精致，那是父亲作为读书人的最好佐证。在房檐下，一溜齐儿摆着几口大小不一的装过猪油、清油、窖水的缸，浮尘裹身。在锅台前，还有当年颇为兴时的案柜一个。至于四杈、木掀、背笼、水担、连枷等农具，锅碗瓢盆、油瓮、勺子、锅铲等厨具，以及刀镰、铲子、斧头、铁锨等，零零碎碎地摆了一院子。

"不腾出来，再有几场透雨，全部就埋在里面了。"父亲审时度势地说。

就在这个温腾腾的小院里，在这方烧乎乎的热炕上，掩埋多年的记忆，居然随着众物件的土腥味扑面而来……

在小院，我不知道多少次人未进门声音先到，"妈——"喊得母亲精脚片子在院里跑。在上窑，我曾被母亲打发去油缸里舀油，不小心把缸盖上压着的一块砖掉进去。对于一个农村人家来说，清油多珍贵，不用说，当时我真的吓坏了，瞒死了此事。母亲后来一直纳闷，门锁得那么紧，油咋少得那么快呢？一直到油吃到缸底，这才发现"真凶"。在场里，我和妹妹为替苦辛的母亲分忧，硬是利用周末的时间给母亲拾了一大摞柴火。晚上发大水，四山的水涌，小院里满是我们娘仨的恐怖。父亲在学校加班没有回来，我去帮母亲看水路，在沟里不慎滑倒。若非堂爸眼疾手快一把拽住，我差点做了洪水里的浪柴。

春风拂过大地，小院重又忙了起来，院子晒满了留好的粮食子种，那是母亲费了一个上午从粮仓里掏腾出来的。休养了一个冬月的农具，样模样数地摩拳擦掌，跃跃欲试。夏天，昼长夜短，天快亮时，我和表弟强娃还沉浸在酣梦中，母亲趁着星光和月色，一边扫院，一边催促，让我起床趁早去犁地，这样人和牲口都轻松。秋天忙秋收，一家人围坐在院子里剪谷穗，长长短短的话语，咯咯的笑声，一时间从院落里飘出来，只惊得喜鹊落枝叫个不停。母亲说，明儿不知道咱家来谁呢。寒冬腊月，要磨年磨，麦子被搬出来了。簸淘之前，父亲脚底垫了砖头，一面抬一面压，在小麦上面一圈一圈地碾压，间或吼一声门洞里探头探脑的鸟雀。一圈圈极有规则的脚印，一下子让冬天有了足够的温暖。要是下了大雪，我们一家总要把院里最干净的雪堆起来，然后顺着大路再扫些出来，等雪稍消些，将雪堆裹紧靠牢了。第二天，全家人冒着满身的寒气，满心欢喜地将其投入窖中，以贴补饮水……

父亲很小气。这些年回老家，将老物件一次次地掏腾挪移，又一次次地晾晒存留，直到所有的物件在自己眼里没有用时，他才肯送人。毛毛念叨着缸能腌菜、装油、存土豆，绝对是上等的家具，听得父亲满眼里透光。当我们最终敲定把那个最心疼、年代最久的小缸带回城里时，他笑得像个孩子。

"那是农业（合作）社时三元钱买下的物件。"

父亲拍了拍身上的泥土瓷梗梗地说。

我扑下了身子，搬了块灶火圪崂里的土块包好了，套了件外套就开始干活。劳动对我这个山里娃来说，压根就不是个事儿。挖、提、倒，干到最后，胳膊酸困，索性挑起了水担，直干到精疲力竭。还好其间父亲和大伯在一旁帮衬。

中午了，要吃饭，大伯一面给家里安排着准备拾掇饭，一面反复催促着我和父亲去他家。我略有推辞，就听见大伯嘴里念叨着："我还活着呢么！"

一时间我心里汪汪的。

吃饭时节，侄女的孩子摇摆着从屋外走进来，有模有样地戏耍。一直觉得还没长大的我，面对此景，突然间心内五味翻滚。屋里放着一袋地达菜，黑乎乎的，软囊囊的，那是大伯利用放牧间隙从外面捡回来的。七十好几的大伯，至今赶着一群羊，屋里山外地刨活。一时间我又觉得说自己老，有些丢人。

吃过饭，我跟着父亲去爷爷奶奶的坟头祭奠，满坟院没过膝盖的蒿草，让我们爷儿俩烧张冥币都是挤在一处，格外小心。细思想，奶奶去世还不到三年，爷爷已去世十五年，时间像劲风吹过。

老家，大抵是这个世间，最能让人心灵变得柔软的地方。

我就是老家众多游子中的一个。也许，有时候你不想老家，老家想你哩！那些一口就能喊出你乳名的亲人和邻居，正一个个从这片土地上老去或离开。

常回家看看吧，老家有它不为人知或说不出口的疼痛。

要想洗礼灵魂，去老家吧！

要问来路初心，去老家吧！

晨光洒下来，家里的茶花一朵朵径自开了，淡淡的馨香，但不是老家麦菊花的那个味儿。

细雨如丝

下雨了。

雨，一会儿大些，载歌载舞；一会儿小些，如丝如缕。

下班路上，淋着雨行走，别有一番情趣。转回家来，草草拾掇了一番，顺势儿躺在了阳台上，一面听听雨声，量量思念，一面伸伸腰展展腿，卸下一身的疲乏。

沏杯茶，点支烟，翻两页闲书；掏支笔，铺张纸，写几句烂话，一时间竟有些不知道天高地厚了。

也不知此刻大伯放牧的羊是否归圈，指不定他正浑身湿漉漉地甩着羊鞭可劲儿往家赶。更不知这歪歪斜斜的细雨，能织就几许庄稼丰收的希望。好雨知时节，广种薄收的黄土地最缺的就是雨水。

小时候的雨总是很吝啬，刚毛湿地皮，就在庄稼人盼兮兮的眼神中抽身而去。大地裂开那么深的口子，雨装作看不见；小草蔫得都没力气打声招呼，雨还是把眼半闭半睁。爷爷总会在这时候捋捋胡须，骂几句刮走云彩的妖风，埋怨两声不心疼人的天爷。

倘若偶尔天气阔气一回，毛毛雨一旦下起来就斜织不止，灯明处，玲珑剔透；灯暗处，温润如初。雨滴不大，才有清凉；雨丝不密，尚有缝隙。头湿了，脚湿了，肩膀湿了，脸庞湿了，心也跟着潮潮了……

那雨如果下得稍微再大些，瓦檐上的滴水就掩饰不住内心的欢畅，在锅碗瓢盆里奏起了生命奔腾不已的乐章，叮叮咚咚，咚咚叮叮，嘀嘀嗒，嗒嗒嘀……

那雨脚若是跑得再忙些，滴水就扯成了线，一片一片地涌动，一波一波地追撵。一时兴起的母亲，恨不得把所有能盛水的家什都用上，然后乐呵呵地站在屋檐下，隔着雨帘，对着跑出去迟迟不肯归家的儿女，长一声短一声地喊叫……

缸满了，桶满了，灶台上的锅碗瓢盆都满了，母亲的心事也满了……

那雨如果下得更久些，闲不下来的奶奶，便在废窑里捡拾些晒干的牛羊粪，撕扯几把平日里舍不得烧的麦草，点着灶膛里的柴火，满满地煮一锅土豆。黑乎乎的灶膛亮了，蒸汽缭绕，炊烟散淡。瞬间，时光的脚步慢了，岁月的更替缓了。

父亲泥脚面手地从学校回来了，烟熏火燎地生着了炉火，就着半个锅盔，喝起了罐罐茶。母亲也赶嫁妆似的，把自己的针头线脑一并摊开来，穿针引线，纳鞋底，绱鞋帮，缝衣服，绣花样，做着女工。

常常这个时分，我和妹妹会趴在炕桌上，一边听着母亲充满节奏的引线声和父亲吸溜的喝茶声，一边读书写字。跳动的火苗很快映红了一家人的脸，幸福的涟漪随着红晕漾开。

雨停了，故乡的炊烟憋不住了。

鸟叫唤了，狗叫唤了，猪叫唤了，驴也跟着叫唤了，羊打着毛战继续回起了草，鸡拍着翅膀出圈了，人也跟着动弹了。

草抬头了，树抬头了，庄稼抬头了，大伯肯定也抬头了，一边卷着旱烟，一边琢磨着天空上疾行的云彩。

那雨啊！多像乡愁沉重的叹息，只一滴，就足以荡开数波涟漪。

小时候，多么渴望长大，再大些，却谈不起长大。无论是求学、从教、转行，还是从奶奶膝前的孙子、父母怀里的儿子，一直走到孩子眼中的父亲，哪一桩对自己而言，都是逼上山梁。

听母亲讲，小时候的我，格外的瘦小和单薄，差不多能被风吹倒。多亏大舅拿来的麦乳精搭救，算是免了骨瘦如柴的窘迫。有一回我得了急病，父母抱着我，高一脚低一脚地找到村子里唯一的大夫，打了针，吃了药，然后在老先生的陪护下，连夜赶到十几里地的乡卫生院，才算是保住了我的小命。

当年救护我小命的先生，几年前已入土为安。当地人都知道，老先生的去世，对于我们那个山沟圪的行政村来讲，是无法弥补的损失。古稀之年的老先生，还跟我算得上远方表亲，姓安，在方圆十几里口碑极好。只要附近有急症，他都是随叫随到，从未怠慢。当年那些深沟大涧里，不知道留下了他多少奔赴的足迹。

就是他老人家独特亮豁的行医风格，照亮了山村乡间的那一条条小道，诠释了人世间的道义和职责之所在。

听老先生的儿子讲，老先生临终睡床没几天。合眼之前，连老衣都是他自己穿的。

从我求学开始，断断续续离开老家的时间里，老家这片土地上，已经出生几茬人了，小村庄里的人事交替，更不知道变更了几茬。走出村庄的，埋进土里的，都和村庄的其他记录者一样，成为历史的飞尘。

那会儿，想出来时出不来；这会儿，想回去时回不去。老家的含义正一步步向故乡演绎，人生的尴尬正以另一种方式悄悄上演。

当老师那会儿，有一天在谈及长大时，我突然在讲台上泣不成声。有一次在我从教的白草塬，碰见比我大几岁的成明，我心里涌出了从未有过的无以言状的难过。成明出身寒微，却对我极好。有好几次，我骑着摩托车一口气跑到老家的山梁上，远远地望见至今未婚的发小驱赶羊群的身影，心中莫名生出和他一样过自由恬淡生活的想法。是的，长大让我远离了故乡，故乡也以某种方式远离了我……

细雨如丝，感怀无限，如此刚刚好。

农事一二

在时光幽深的隧道里，在岁月唯美的辙痕里，圆鼓鼓的粪堆，热乎乎的炕角，时不时会勾起我儿时的记忆。生在山里，长在山里，牵挂在山里，记忆自然在山里。

粪　事

小时候，只要是地道的庄户人家，攒粪无不被列为头等大事。屋里养的，地里长的，总能相互成为对方的最好供给。人世间里走一遭，大家少不了相互成全。打着喷嚏的羊，满圈哼唧的猪，甩着尾巴的牲口，扑棱着翅膀的鸡，吐着舌头的狗，所有这些牲畜的粪便，隔三岔五地总要除一茬、攒一堆。还有茅厕里人的秽物，以及灶膛和炕眼里掏出的灰，厚诚的庄户人总能把它们的用处发挥到极致。

老家生就山大，沟深，地贫，人穷。能肥希望的非农家肥莫属。攒粪，出粪，压粪，翻粪，散粪，扬粪，历时一年，侍拌冬春秋夏。农家肥里数羊粪最上，牛粪最次，然而牛粪是富裕人家火炉里、炉膛里不曾间断的烧头。

若是下一场毛毛雨，落一场薄雪，庄农人的粪担就不曾离肩。除了肩挑，还有驴驮、车拉，少则三五日，多则十天半月，一堆堆积攒的粪便，便悉数被送往薄山陡峁的地里。农人们活动活动筋骨，舒展舒展身子，细心察看墒情，小心侍弄地埂。某一刻，太阳挂起，照亮了黝黑的脸膛，微风吹过，吹皱了汗湿的衣衫。用洋镐挖，拿铁锨铲，直至出圈的粪堆变成小山丘。这还不够，只要出门，不论大人，还是小孩，或肩背背篼，或手提编篮，从零星散布微若黑珍的羊粪粒，到有幸遇到的牛驴鸡狗粪便，只要地里能施的，灶膛里能塞的，全都来者不拒，尽辄收入篮篓。

时间久了，总会腾出一点空闲，将压得瓷实、发酵好了的肥粪堆翻腾一遍，大块的拍小了，小块的拍碎了，再和以炉灰、灶灰和炕灰，一齐儿拌匀，堆成新粪堆，拍打光滑，撒一层细土外包了，才算是一场完整的翻粪。

若是次日要种庄稼，先一天的散粪自是一道必不可少的工序，用粪担将大粪堆分散成更多均匀的小粪堆，称之为散粪。当靠着地埂的小山丘，望着地里越来越多的儿女，自是笑容可掬地渐次翻开自己隐秘多日的心事。微风吹过来，满是泥土的芬芳，尽是粪便发酵的味道；白云飘过来，缓缓地驻足观望，深情地用目丈量；羊群凑过来，摇晃着脑袋辨认是谁这样排兵布阵，遥想记忆里当初的模样。

春越来越深，迎着春风，跟着种子，将自己埋在沟垄里，粪便找到了最初的方向……

炕　事

在西北，炕是最能让人心生温暖的字眼。冬日里的一铺热炕，常常是思念老家最好的发酵剂。

无论是南北通透的大上房，还是仅能转过屁股的小门房，总有一块地方属于优先安置炕的。盘炕是手艺活，庄户人的技术精湛，没有亲眼所见，你是想象不来的。从草垛上撕几缕麦草，就着黄土，用水和成劲道刚好、软硬适中的酸泥，将干透了的墼子挨齐儿排列着箍出两三道烟道，算是支起了土炕的基础骨架。等土做的骨架在酸泥的拉扯里牢靠稳妥了，再依靠墼子间的相互借力、酸泥的拉扯，错落有致地铺好炕面。炕面晾干后，再用细泥包裹。为了使炕沿更光滑些，可以从涧沟里担来红土或碱土，加以熬好的胡麻水和匀了，涂抹在炕沿上。在外箍好炕眼门，泥好露外的烟道。晾一段时日，红黄相间的土炕就算是盘成了。

在农村，铺炕是有讲究的，常常最底下是竹箅席，上面是羊毛毡，再上面就是奢侈一点的褥子、老虎单子。重礼节的庄户人，炕是接待高贵宾客的首选场所。来人先上炕，再摆上几尺见方的炕桌，炉火旺起来了，罐罐茶溢出来了，从庄园田地，到人情世故，一张嘴，闲话越扯越稠，馍馍越吃越油。不一会儿，厨房里的风箱才响罢，就见热乎乎的鸡蛋汤端上热炕头。

"他干妈，太使不得了……"

薄田几亩，牲口两头，热炕一眼，外加一群绕膝的儿女，家就有了最初的模样。老辈人常说的"老婆孩子热炕头"的幸福应该也源于此。

自我记事时，奶奶手里拿得最多的要数推耙、锄头，推耙用来搅晒填炕、煨炕，锄头则用来锄草、掏灰。煨罢东屋填西屋，填了北房掏南窑，一耙一耙的温暖推进去，一锄一锄的炕灰掏出来，炕眼门越掏越大，奶奶的个头却越推越小。

若是天阴下雨，抑或落一场厚雪，将冻得发麻的小腿肚小脚丫塞进热腾腾的毛毡下，一面看着奶奶透过微微的光亮摇动拧车，一面听着奶奶讲述野狐君的故经，日子也似乎变得暄暖了。

常常月黑风高夜，隆隆的雷鸣声总要在小院里搅出几分恐惧来。那时候，在场里拾掇好填炕的父亲，习惯坐在热炕头叼根烟卷，母亲在一旁针来线去地纳鞋底缒鞋帮，我和妹妹趴在小炕桌上写字，一家人其乐融融。那一眼热炕，给了我至今再未有过的安逸和温馨。

老家的热炕，那张"口"不仅黑而且粗壮，羊粪、驴粪、麦衣、粮食秸秆、柴草、头发、纸屑、针头线脑，从不弹嫌。会煨炕的奶奶似乎更了解它不温不火的脾性，总要在煨进去的干填炕上面盖上一层湿驴粪，这样干填炕着完时，湿填炕也被烘干了。那满炕温腾腾的热乎劲儿，常常是不会填炕之人所望尘莫及的。要是不会伺候炕，迎接人的要么是灭火后的冰冷，要么就是烧过头的烙人。

要掏炕灰了，奶奶总会提前用推耙推搡进多半篮土豆。约有半晌，奶奶便拖着长锄，迈着三寸金莲，从炕灰的热浪和啪啪的声响中掏出熟透了的土豆。一、二、三，一边细数着数儿，一边给我们分配着有限的土豆。

挑一颗在手，烫得人不敢放到手心，索性拿到院子里在台子边上磕绊几下，灰尘掉了，部分皮子也顺势脱落了，旋即有焦香黄脆的土豆皮显露出来，掰开来，一股热气裹着香味，只往人鼻孔里钻。那一刻，你不流口水都难。那一刻，奶奶和一群儿孙的心，跟热炕一样热腾腾的。

如今，老家的老屋还在，土炕还在，可奶奶不在了。一辈子欠冷的奶奶，希望她在那一世里有一坨能暖脚的热炕。

迁居小城后，只要回一趟老家，总会带一身浓浓的炕腥味回来，没少被家人嫌弃，我浑然不知其味。那一股股浓烈的炕腥味，就是老家的味道，就是小时候的味道。

那一抹最亮的人生底色

又是一年儿童节。风从巷子里跑出来，在街面上横冲直撞，所过之处，树低头，花弯腰。若是它不小心再打个喷嚏，便将三三两两的孩子包裹成团，簇拥成堆。天空中，不时有鸽群掠过。地面上，总有孩子的笑声传出。我深情悠长的思绪啊！跟着孩子的脚步，晃动的身影，铺了满满一地，如雨后的菜园，葱茏……

当越来越淡的年味只能用来怀念调和时，当越来越远的"六一"只能用来回忆拼凑时，我似乎才意识到自己上了岁数。

我还是个半大的孩子时，最满心向往的日子，莫过于过年和过儿童节了。不仅是因为这样的日子，物质生活能得到改善，精神生活也格外丰盈，甚至年少的童真色彩在这些丰腴的日子里得到最大限度的还原。毕竟，人一生当中，最珍贵美好的黄金岁月莫过于童年，最丰富的人生底色也莫过于童年。

上小学那会儿，并不是每年都那么幸运，能去乡政府所在地统一过六一儿童节。通常，我们还是在母校周岔小学里过，间或有家人顺道看一会儿热闹。孩子依了大人才有被爱的幸福，大人因了孩子才有活着的支撑。在那个通讯尚不发达的年月里，看电影、唱大戏、耍社火就是村民们最奢侈的娱乐活动了。一年一度的六一儿童节，是孩子们除了过年以外最期盼的节日。

每逢母校庆祝"六一"，学校总要设立些省钱的比赛项目，如端着乒乓球竞走、做广播操、赛跑、跳绳、滚铁环、踢毽子、丢手绢、打沙包等，以供孩子们欢度一个简单而快乐的节日。一张奖状，用不了多少钱，珍贵的就是那个印有母校名字的公章。能系上红领巾，就是正式成为少先队员的标志，心中无限自豪。要是能被评为三好学生、优秀班干部，或者在体育项目比赛中拿到奖项，就甭提有多高兴了。此外，"六一"还带着能改善伙食的愿景。中午休息下来，啃着从家里带来的锅盔，或者剥一两颗鸡蛋塞进嘴里，就觉得自己是世界上最幸福的那个人。正午的阳光，晒得人汗流浃背、脸膛发烫，可我们仍然无法按捺内心的雀跃。

要是去乡政府所在地庆祝"六一"，学校就会提前训练各项比赛。说是训练，其实就是熟练。那会儿，我的小学老师，全是清一色的民办教师，有体艺的相当稀少，有的连广播体操都做得不是太标准，可我们还是渴望去土门岘。学校找来村上的锣鼓，再订制几杆红旗，同学们自带瓜子、花生、鸡蛋、炒灰豆、水，背上用小布块拼凑成的花格子书包，浩浩荡荡地出发了……

那个早上，大片的阳光洒下来，我们就找见了自己瘦小的身影，兜是满的，心也是满的，一路欢声笑语，连草丛里惊起的野兔、头顶飞过的鸽群，似乎都在庆祝这特别的节日。

去镇上需要走十五里的山路，为了赶时间，我们起得特别早，还抄小道走。因我们年纪小没有持久的耐力，老师多少还要留些休息的时间。偶尔有同学被捎在永久牌自行车上，其他人小跑着围着他说上半天话，目光里蓄满了羡慕。

一路上，连绵起伏的山峦，曲折狭窄的小道，歪歪斜斜的脚印，不断被我们踩在脚下，甩在身后。路边开满了各色各样的小花，叫上名的，叫不上名的。晨露凝在草尖，玲珑而剔透。鸟鸣藏于山林，悠扬而婉转，和在孩子们止不住的欢笑声、喊叫声、打闹声里，迷晕了初升的朝阳。

听讲话，看演出，忙比赛，观颁奖，我们组成小方队，站在临时搭建的主席台下，一件件完成了任务。歇中午了，在街面上花点零钱，买一把洋糖，一根冰棍，或者索性买几根葱韭，随便找一处阴凉地，席地而坐，摆开了吃食，一个个狼吞虎咽，风卷残云。正午的毒日头晒得人恨不得往地底下钻，兜掏空了，水喝完了，虽嘴唇有些干裂，然而心情依然亢奋。手里拿了难得的硬货——黄奖状，脖里系了荣誉的标志——红领巾。红扑扑的小脸蛋，长在瘦小的身板上，谁见了都想在头顶上摸一摸，在脸蛋上捏一捏。

人歇起的时候，我们也该动身回去了。临走时，父亲总要安排我约上小伙伴，仰仗刘叔的薄面，在镇中心小学的水窖里满满地打上一铝壶水。每人先美美地喝一气，再满满地灌几瓶，仿佛返程的十几里山路，因有了这几瓶水变得不再遥远。

前不久好心的刘叔走了，生命深处，六一儿童节的那一气清凉仍然澄澈湛然，成为我童年记忆中最难忘的一幕。

多少年来，这种底色不仅仅停留在幼小的心灵里，更生长在单纯的目光里。红领巾、白衬衣、黄奖状，犹如捧在手里、搁在兜里的珍宝一样，一整天让人兴奋。

我不完整的一年级，最早是在村子里就读的。那会儿，因为路远，村子里设了临时教学点。教书的是我一个表爸，属村子里未结婚的大龄青年，爱打人的声名在外。教室是一眼窑洞，老师的房子稍微阔气些，是一间没有盖瓦的小房子。

刚开始，我跟在三哥屁股后瑟瑟缩缩地念书。伯母去世得早，大伯家的日子紧，人手缺，光阴穷，三哥和成明是村子里读书最迟的一批。三哥在教会我"人、口、手"后就被大伯吼着去放羊了。三哥走后，突然没有了依靠的我，就变着法子逃学了，死活不再去表爸的门下念书了。

就这样，我跟在父亲的身后，去了周岔小学，那是我们张沟村的中心小学，又从三哥教剩下的"山、石、田、土"接着往下学。

我出生在一个地图上几乎找不到的山沟沟里，境内山峦遍布，沟壑纵横。那个小村落刚好躺在大山的怀抱里，足下横亘着一条只有下雨下雪偶有流水的小河。村学就位于小河的对面，跟我家隔河相望。在最初的记忆里，低矮的房屋，泛旧的瓦舍，一排留给学生当教室，一排给老师做办公场所。教室窗户安不起玻璃，就用纸糊了抵挡风。

相当有限的课桌上，歪歪斜斜地雕刻着历届主人的杰作，明显的三八线，模糊的一字半词，坑坑洼洼的，几乎找不到一块完整的地方。没有桌箱可用，我们就从家里拿来羊毛线绳，在桌撑上来回绷紧了，做个简易桌箱，用来搁置书包和多余的书籍。

每进入冬季，为降低取暖成本，我们都被老师叫到他们宿舍里上课，虽挨挨挤挤地放不下作业，翻不开书本，却比在干冷干冷的教室里温暖得多。学校旁边的刘家有只狗，总是趁我们去老师房子里上课时，从窗户跳入教室偷吃馍馍，经常被大一点的孩子打得满地哀号。可它总不长记性，挨打了还来，来了再被打……

可能是村中心的缘故，每当晨露散尽，朝阳初升，这山梁那沟峁，便探出一颗颗脑袋来。三个一伙，五个一群，走一阵，跑一会，吼两句，笑几声，呼啦啦又引出另几颗脑袋来。一霎时，白坡、赵岔、北山、上山、张沟、周岔的孩子们都涌来了。早有值周的老师摇着铃铛，绕着校墙一圈一圈地转。这才见大队人马一溜烟从坡上四散开来，扬起的尘土一股接着一股，漾开的欢笑一波连着一波……一切刚刚好，太阳刚冒花，炊烟才散尽，牛羊正出圈……

马文统、杨国玉、殷虎、本进财（已故）、韩志强、王林、曹晓霞、安旭彩、杨彩兰、杨晓兰，能想起的同级同学的名字就这么几个。不知道什么原因，到五年级毕业时，能完整地毕业的身边同学，已经所剩无几，一路走来，留级的留级，辍学的辍学……

那会儿，父亲就在这所学校里教书。同父亲一起教书的还有曹启明、杨国旗（大杨老师）、杨柏川（小杨老师，已故）、安彩梅、安彦旭老师。印象最深的一幕，某一个黄昏，远远地看见小姑从学校汗流满面地回来，我家的大黄狗吱吱哼哼地叫着，约我一起去门前的沟渠里迎接。那大黄狗一个劲儿地摇着尾巴，直往小姑身上蹭。那时候，我就知道了上学的初始意义是流汗。听小姑说，后来不久，半大的我就跟在她身后去学校，没少淘气……

多么鲜亮的人生底色。

"爸，我想喝水。"

儿子背着自己六一表演完节目的小篮球，一声气喘吁吁的诉求将我从悠长的思绪里拉了回来。

"咱买，今天的水，管够。"我赶忙应了一句，立即迈开软酥酥的双腿，向街边的小卖部径直走去……

养伤的那些日子

一觉睡醒的时候，才发现自己已经是一名病号了，躺在床上难以动弹。伤情恰如其分地定义了我。伤筋动骨一百天，看来要痊愈得费些时日了。

脚崴了！疼得人合不拢嘴。得拍片，我觉得骨头都断了。受伤的那一刻，我分明听见骨头断裂的声音。自那之后，左脚再也踩不到地上了，而且一会儿比一会儿痛。已经习惯了在地面上来回奔跑的大脚板，一时间竟不知道安放何处。

早上检查的结果，多少被我猜中了些，骨头稍有裂缝，须先消肿。人往往就是这样，被疾病定义的时刻，一般都不会太长。

明晃晃的太阳，蓝湛湛的天，极富层次的云朵似放牧的羊群四散开来，飘进了自己心海。一个习惯了在外奔跑的人，突然停下来，心灵深处的痛痒就可想而知了。

晚饭时分，一家人开始一致对我"发难"："现在成了人端吃掌喝的特护了！"这不，晚饭过后不久，一根拐杖就伸过来了。

父亲说："明天你生日，吃啥？"

"随便。"我随口应承道。

唉！我望了望儿子憨憨的脸，还有一家人好笑的表情，一时间不知道还能说点什么。

白天里一整天的冰块敷肿，还是奏了效，让伤脚再没有继续肿胀。前半夜，自己尚能酣然入睡。后半夜，可就没那么幸运了！伤口处不仅有灼烧感，且伴随着阵阵跳动的疼痛，我方知自己伤得不轻。

由于一只脚始终不能着地，所以自己生活的自理，多半就靠了拐杖，还有和拐杖一样高的儿子。只要起身，儿子就会一脸心疼地跑过来帮衬："老爸小心哦！"疼痛减轻的同时，我的心底总会泛起许多难以名状的潮润。为人之子亦为人之父的我，瞬间懂得了生命间的相互支撑。

老同学王彩彬和曹氏中医正骨法传承人曹庆祥，都不同程度地教我些许养护之法，俩人一个是省城医院骨科的专职护理，一个在地方上因拥有过硬的医技而享有盛誉。这份难得的情义和关照，无一样不让我感念。

一下子成了闲人，自己还真有些无所适从。坐凳子成了必不可少的中转，大部分时间我就与床相依为命了！我一直比较赖床，躺会儿，爬会儿，坐会儿，或靠着床头直会儿腰，或垫着被角蜷会儿腿。每逢翻身换姿势，我尽量让腿伸得直挺些，让伤脚放得平缓些，以免二次受伤。

我一面咬着牙忍受疼痛，一面倚床读书，仿佛床头翻书时稠稠的声响能缓解疼痛。书读累了，随意听一首歌曲或者一段秦腔，任凭低回婉转的旋律久久地在屋里飘荡。一时间，思绪翻飞在窗外的蓝天里，久久不能回返。那一刻，我方知，生命只有在时间和空间交错处才能绽放出美好。

那些曾经感动的事，那些至今想念的人……

客厅、卧室、餐厅、阳台、卫生间，一根齐肩高的拐杖伴我来回穿梭。原本枯燥的煎熬时间，终于在自己开悟的那一刻，被有效利用和享受。

每换一个地方，手底下的书、笔、纸、手机，儿子总要分几回地转移，我一遍又一茬地考验着他的耐心。每挪一个地方，床上总要留下不少的皱褶、陷坑，还有歪歪斜斜散落着的被子和枕头，一块儿一块儿，都成了妻子免不了收拾整理的家务。

帮不上忙是小，还添乱。慢慢地，妻子也开始将我的"六谷"克扣。慢慢地，晴好的天气开始惹出我内心的空落。

　　傍晚，在县城陪读的二姑带着孙子从老家赶上来，俩人灰头土脸的，像刚从地里回来似的。一进门，二姑还带着感冒没有痊愈的咳嗽声，说是放地膜里的苞谷苗，不小心凉了，喝了四包也不知啥时候给孙子取的"臣功再欣"，也不见好。上学期，孩子刚刚换过颜色的脸，又恢复了原来的样子，又黑又瘦。我当下眼一热，一面吩咐母亲帮她取药，一面让儿子帮他表妹换鞋、脱外套。

　　我的四个姑姑，除了嫁在家门口后来搬走了的三姑，二姑是嫁得最近的一个，与我家隔涧相望。记忆中，二姑父一直是一个身体瘦弱的男人。

　　自我能跑得动、牵得了驴时，每遇农事大活，就跟着父亲、大哥、二哥、三哥他们，在张家沟和周家岔之间来回跑。印象中，二姑家仅几眼窑的庄子就换了两三个。

　　20世纪90年代后期，二姑家的山地有好几十亩，单麦子一样就种二三十亩。那会儿，"麦倒"俩字跳动的喜悦，没有十天半月是分享不到的。常言道："麦黄六月各顾各，十一腊月亲戚多。"可我们只要自家的拔麦子活不紧张，便会自觉地相互帮衬，切实践行了祖辈们"水帮船，船帮水"的做人原则。至今，只要进入六月，只要踏进故土，我仍能依稀听见麦芒之间那种紧张的相互撞击声。

　　有一年，父亲害病，大伯奉了爷爷的命，带着二姑等一大帮人，一夜到亮，放倒了七八亩麦子，在当地传为佳话。

　　其实，拔麦子这些都不是二姑最怕的，人少了少拔些，人多了多拔些，一山的麦子迟早会拔完。她最怕的，莫过于一年往家里运输山里的粮食，往返四十里路，还要排队磨面。山路崎岖遥远，二姑人单力薄，这两样就像山里那无尽的黑夜，每年都在她的心头笼罩。那会儿，娘家就是二姑最大的主心骨和靠山。为此，二姑时常头几天傍晚将粮食转运到张家沟，再慢慢转运土门岘，这样就能省下很多力气，节约许多时间。

　　"周岔你二姑"！这份时常叨念的额外关怀，从爷爷一辈一直传到我手上。

二姑家的牲口，加上娘家的五头驴和一头骡子，在八个人的吆喝下赫然成为岔垴里一道独特的风景线。驴驮、肩担、背背，杀驮的、架驮的、赶驮的、卸驮的，分工明确；喊驴声、起驮声、蚂蚱鸣叫声，总能漫过山梁，绕过沟畔。只有麦子垂着瓷实的脑袋，一言不发地任凭我们处置。那一刻，无比踏实的，还有二姑的心。

　　遇上输运粮食，经常在夜里三四点，我们就赶着牲口往二姑家赶。天放亮时，二姑的场里已经躺着半场麦捆子。中午仅有的一点休息时间，人畜吃饱喝足，攒足了精神，傍晚的时候再打几趟晚架（加班）。一直到天擦黑，我们伴着月色吃饭时，二姑心头的"焦火"方才泻去。稍作歇缓后的我们，又披着月色，穿起汗渍斑斑的衣衫，一声吆喝，牲口急着回家的蹄声、铃铛声，夹杂着猫头鹰的呼叫声，就又响彻了整个沟涧。父亲和大哥身边浓浓的旱烟味，似乎连月亮都熏得老早地跑出来，贼亮贼亮地陪伴着我们。月亮走，我们也走，直到送我们跨过沟涧，回到家里，它才带着沉沉的倦意，躲进云层……

　　"娃，你二姑今晚就不回去了，冰锅冷灶的……"

　　母亲的说话声拉回了我长长的思绪，我急忙挪了一下身子，还有压得有些发麻的伤脚。

　　哦！周岔，巴掌大的沟垴，住着七八户人家，滚出了三五个娃。

祖厉河畔那道湾

如果说人生是一条奔流不息一路朝前奔流的小溪的话，高中也许是漫长求学征程中最多彩的那一湾。我高中的那道湾就位于祖河和厉河交汇后的转弯处，三山环抱，一水环绕。三山者，桃峰、东山、西岩也；一水者，祖厉河也。

是母校给了我最丰盈的一抹青春。

沿县城南关十字，向西一直延伸的路只有一条，窄窄弯弯，坑坑洼洼，遇上下雨天，急忙走不进去，进去了也急忙走不出来。路的尽头右拐就是母校的大门，极为简单的"会宁二中"四个字镶嵌在门洞的正上方。那门墩是用无数小沙石垛起来的柱子，见证过无数个出出进进的身影。沿马路进去，正对着唯一的教学大楼，大楼后面是教职工宿舍，除此而外，皆是清一色的平房。

四哥的宿舍就在进门的右手一面，第几排我已经记不清了。那时候马上面临高考的四哥，就拿着《平凡的世界》一遍一遍地翻。四哥的舍友中午抢着打水、赶着做饭、争着唱歌的情景，依旧历历在目。一路小跑打来的开水，一个劲儿冒着热气；肩并肩摆放的煤油炉，一字儿排开。蓝蓝的火苗不停地舔着铝锅底，刀挨案板，勺舀锅底，谈笑声、吃饭声，声声交错；煤油味、饭香味，味味杂陈。一曲《水手》歌，两根竹木筷，三个人唱，四拨人哼，就是母校给我最初的印象。

四哥前脚毕业，我后脚就进门，二中收留了我。几十张单课桌，四眼窗户，两个巷道，一帮子愣头青，就被一个叫"高一（3）班"的牌子钉在了一起。

班主任兼化学老师沙治刚，小平头，瘦削脸，八字胡，目光淡定而有神，脚步沉稳而刚健。刚开学那会儿，他多时候给我们吃"摩尔酱"，渐渐地，我们私底下都偷叫他"沙摩尔"。

五十多个同学，大概分三类：一类属于家在城里或亲属在城里工作的；一类属于家庭条件较好在外租房的；一类属于睡通铺住宿舍的。形形色色的男生，花花绿绿的女生，个子高矮不一，身材胖瘦不匀。靠着墙根念书，挨着肩膀列队，挤着身子打水，藏在桌下偷食，站成一排撒尿，躲到厕所抽烟，到后来悉数成了二中男生的"必修课"。

在众多老师中，尤以知识渊博的张东钦、扎实用功的赵晓丽为著，会宁高考状元县名号的缔造，离不开这些奉献青春的老师。印象最深刻的，还是大楼前贴在平房砖墙上的百名榜，旧的褪了色，斑斑驳驳，新的又压了上去，鼓囊囊的，被晨光照得格外耀眼。红纸黑字，名次在前，班级在后，走过去的同学总要比一比，掂一掂。个人对个人，班级比班级。这大红榜仿佛就是每个学生的坐标，激励着那些奋进的人寻找下一个目标。

张东钦老师授课有几个特点。一是因视力原因，从不翻看教案，从不批阅学生作业，但每天上新课前，总要边讲边写，边写边讲，工整地将作业的详细步骤写在黑板上，然后才进入当天的新课。二是对于一个知识点，他总能举一反三，动辄以高考题试探我们。有时候题目很容易地做完了，他才说是高考题。有时候，能当场答上来者寥寥无几，可等老师一讲，又都恍然大悟。三是老师对课堂时间的把握和拿捏，那才叫一个准啊！几乎每节课，上课铃响着的时候，他总能腰杆笔直地进入教室，下课铃响了的时候，他刚好潇洒自如地站在门口。

正因为装在心底的那份敬畏，老师的课堂秩序出奇的整齐。小动作、做鬼脸、偷食、睡觉这些破坏课堂秩序的把戏，尽被老师渊博的学识、难得的人品逼到死角。可惜不久张老师就被调到其他岗位了。

初识赵晓丽，还不在三班，在二班。某一个课外活动，搞完卫生，因为人少，我拿粉笔在黑板上乱画，门口径直走进来一个人，进门就问我，吴国强老师在哪个办公室，用的是不一样的会宁土话。那一刻，我就记住了这个不一样的女孩。

谁知后来分班，在英语课堂上，我又见到了她。那时候我才知道，她叫赵晓丽，是英语老师。淡眉、大眼、棱鼻、宽肩、长腿、高挑个。当时的第一印象，就是她该和帅气的吴国强老师成一对！

在我班的所有科任老师中，没有更换的委实不多，而她就是难得的一位。三年来，从当初的妙龄少女，一直到挺着大肚子给我们吃力地上课的孕妇，她践行了一个老师爱岗敬业的职责。

校长柏凤歧，天生一副英俊样，大高个，小背头，威严，中正，脚步里暗藏着几分杀气，眼神里微露着几分威严。感觉偌大的二中校园里，从老师到学生，不害怕他的人少之又少。多数人都称他老柏，撞见谁都行，就是别撞见老柏。印象颇深的有两件事。

一次早自习时间，班里不知道谁，有意在大孟的长毛辫上，粘了"我是大孟"的字条。开始，大孟见其他人大笑不止，莫名其妙。后来教室里爆棚的笑声，肆无忌惮，不仅惹哭了大孟，而且还招来了老柏。老柏一进门，我们都吓傻了。我细瘦的脖子挨了好几巴掌，那声音在静哑哑的教室里，响亮无比。可只有我知道，人家是故意重了声响，轻了力道。即使这样，屏住呼吸的教室里，针落地都能听得到。

结果自然可想而知，全班人悉数被"请"到教学楼前，接受来往师生的检阅，那个丢人，那份尴尬……直到班主任老沙前来认领，我们才被"解救"了。

还有一次是整顿排队打水的事。那会儿，人多手稠，时间紧，水龙头稀，低矮的锅炉房，黑压压的人群，搁在一处，挤在一方。乱哄哄的场面，给提着热水壶的学生掩埋了很大的安全隐患。突然有一天，正当学生们挤破头往空隙里钻时，人群里伸出一双宽大的手掌，挨齐儿从长长的脖颈掠过，从十几米开外，一直突袭到水龙头跟前。人群里先是一阵骚乱，旋即整齐地排好了队。可当老柏的身影消失之后，人群又开始不安分了，谁知道他又杀了个回马枪。于是，同样的场景又重演了一遍。自那以后，每逢打水，再没有人敢往前挤了。

柏校长调走后，教导主任张神明继任校长。张校长上任后的风格，与柏校长截然不同，感化教育成了他教育学生的主打品牌和手段。多时候，未见其人，先闻其声："亏先人着，父母把你打发到学校……"接着轻快的脚步声又随声而去了。

再后来，我学了老者的样子，拿他嘴边的这几句话，吓唬同学。因为声音和格调颇似，在贫瘠而困苦、单调而乏味的日子里，总能演绎几段插曲和佳话，惹来大家的捧腹一笑。

老校长有句话至今让人感念："你还吃（抽）烟着来，还吃（抽）的是纸烟！屋里老人家双折子在地里吃（抽）的啥烟？"那发问，曾经无数回敲打着少年浮躁的灵魂，那指向额头的手指后面，是中山装袖口磨破悬吊的几根线丝……

教室、宿舍、操场留下的不只是我们年轻的身影，还有发自肺腑的欢笑，填满了一周宽窄不一的间隙。再后来，坐在墙角里一边听课一边神游就成了生活的常态。

周末了，离家近一点的国雄、张二胡、老冯头他们，骑着自行车回家，从家里托运一周半月的生活补给；离家远的，洗完衣服，三五个相约，或上山或下河，用歪歪斜斜的脚印，打发难得的周末。在晨昏读书的黄金时段，坐在树荫下翻两页书，听几曲鸟鸣，不失为一种享受。即使每日里按分掐秒的一日三餐，因为不定时、不定量，也可以在周末吃得安逸些。返校的路总是那么短，一首"蓝蓝的天上白云飘"还没有唱完，就拐进了拥挤的南关小巷。

相比上课期间，周末的开水打得相对早一点，因为忙了一周的师生们总要洗刷一下。赶在最前面的仍有两样：买菜、灌煤油。葱，数根；蒜，数颗；包菜，不超过一个。就这个把小采购，也能让我们在讨价还价后喜不自禁。

当洋芋盖被子（土豆焖面）被焖在铝锅里时，宿舍门外，袁婆灌煤油嘹亮而粗犷的叫卖声，由远及近又由近及远地来回穿梭……

灌煤油车才过，酿皮车、卖菜车又摇摇摆摆地开进我们的视野。拿被煤油熏得有味了的白面换点酿皮，乘机多要一勺凉拌的调料，缺少颜色的饭食顿时可口了许多。偶尔手头宽裕点，称一两个辣子，切两颗土豆，再打上一个鸡蛋，一顿有色有味、像模像样的大餐即刻消除所有的烦恼了。

每到月末假前的时节，日子总有些紧巴巴的，能把土豆与白面和在一起，就已经不错了。没钱买早餐，赵二架在宿舍钢梁上的馒头片就是难得的美味佳肴，吃起来脆生生的香。那一片片干馍馍，不知潮润了多少颗敏感而又羞怯的心。

上完早操，总能遇上训练归来的体育生，能端一碗鸡蛋汤，手拿一个油饼，坐在小食堂里或蹲在门口吃。那样的搭配，我们住通铺的人是不敢奢望的。

从高一第二学期开始，我们就开始轮番走马灯似的换老师，单就数学三学年换了四个：功力深厚的张东钦、憨直畅快的刘雄汉（已故）、能写板书的张继辉、略有近视的王建军。物理换了两个：偏爱张鹏举的王耀林、"小心有电"的李国栋。语文换了两个：柔声细语的张建珍、风格迥异的魏功。

如是这般，三年来，班里学生的名字，那张夺目的大红榜上，留下轨迹的人数屈指可数。即使这样，老沙的眼睛还是不时地会隐藏在某个我们看不见的角落。百名榜上的红纸一层一层地换，就如桃花山上的杏花一茬一茬地开，祖厉河的水清了又稠，稠了又清……

还好，只要学校开运动会，我班总能以最高的总分夺得年级组第一，三年来，从未更改。除了一帮训练有素的体育生，如写得一手好字的庞博、脸上长满痘痘的孙应文、齐耳短发的王亚红、会耍武术的朱永强外，还有能跑的王建、爱笑的汪东瑞、好耍帅的杜磊、大眼帅哥王炎、拉得一手好二胡的张勇、学习认真的马金明、杏眼郭妍霞、行动利索的王晓萍、小个子的贾红梅，都是 400 米、800 米接力赛的不二人选。可以说，操场是我们三班学生唯一能找到自信的地方。

清汤寡水的三年岁月，一眨眼就到了毕业季。男生们喉结大了，声音变了，个子高了；女生们身段有了模样，眼睛里多了许多看得见看不见的隐秘和娇羞。与心底的秘密一起多了的还有考试，大考、小考、月考、期中考、期末考、阶段考……

紧日子，慢心思。英语老师赵晓丽三天两头要提问，还要挨齐儿朗读课文。语文老师张建珍也喜欢当堂翻译文言文，而我跟满进、金蛋、进元就坐在老师眼皮子底下，朗读不够流利，或者一问三不知，终究是要伤及脸面的。我只得跟了段玉亮，早读前借着老师教研室里的光亮，来来回回地走，逐字逐段地背。

　　高考在即，备考的节奏一时间如发条般被上紧，综合复习，大量做题，错题更正，跟上去的认真些，掉队了的松散点。密密麻麻的日子里，留下了每一个人为自己目标奋斗的身影，或头顶繁星，或肩披夕阳，嘴角溢满爽朗的欢笑，笔尖游走流淌的心事。每个人都成了一种无可替代的色彩，或深或浅地播撒进岁月的辙痕，或浓或淡地盛开在年轻的季节。正是不识愁滋味的年龄，爱睡觉的、爱读小说的、爱搞恶作剧的、走路有模样的、说话占地方的，个性被青春浸泡足了，一个个奋力前行了……

　　我订了《语文报》，时不时地来一期，一有空闲就拿出来啃。实际上，那时候数理化我已经跟不上趟了，写日记、拍照片就成了我最大的精神寄托。邻桌老贾，毕业那年时运不济，一时间灰心丧气。到周末，我俩上山蹚河、穿沟过涧，在山顶上喝风，在梁畔上唱戏，花音唱着唱着就成了苦音，善感的心让眼眶里蓄满泪水……

　　老贾素来内敛，郁闷的心情一时得不到释放，我就成了他悠悠心事的倾听者。实际上，那时候值得提及的还有"金兰兄"的一副热心肠，为了老贾的事，豁出去四处周转帮忙，事情虽然没有办成，可跑过的路，说过的下情话，就是友谊的最好佐证。

　　语文138，英语96，数理化三门合起来150分刚过。这是我给三年高中上交的最后答卷。

　　毕业了，不无遗憾。毕业了，未来得及说再见。

　　后来，补习的日子就越来越不宽展。有一回，站讲台的父亲，发梢干枯、满脸土色地来给我送馍。这一永恒定格在记忆中的情景触动了内心最柔软的一面，我才下倒腰身读了一年书。张明老师的作文，李建业老师的英语，曹志泰老师的化学，课堂无一样不精彩，聆听无一样不享受。还好，生活没有落下我太多。

时不时还会想起二中，是她给了我人生里程最美好的情愫；动不动还会说起二中，是她给了我岁月深处最温婉的邂逅。

摇曳的灯火

　　生命的转角里有一处港湾最迷人，随时可以停泊心灵，那就是家；生活的拐弯处有一缕光亮最暖心，随地可以栖息灵魂，那就是灯。

　　家时常坐落在路的尽头，灯大多摇曳在家的窗下。

　　在老家，对于小时候用来唱皮影戏的清油灯，我的印象是模糊的，印象最深刻的当属煤油灯。等稍大些，一家人，一个院里一盏灯。再大些，一间屋里一盏灯。在老家，等朝上点的灯，突然就朝下点了，那已经是跨入新世纪的事情了。

　　小时候，老家的年前节下，村子里总要唱大戏，使用的多半是清油灯，不仅烟大，而且价贵。等汽灯在戏场里出现时，已经是 20 世纪 80 年代中后期的事儿了。常常一灯高挂，满是黑夜的小山村一时间就白亮如昼，那大抵是小时候黑夜里我见过的最明亮的灯火。

　　煤油灯制作简单，找一个盖子完好的药瓶或墨水瓶，在盖子上钻一个孔，以能镶进半拃长铅笔粗圆筒为宜。然后找一根吸水性能好的棉线拧搓成一根灯捻，用牙膏皮或薄铁皮卷紧了，塞进孔里，一头在瓶里，一头在瓶外，从瓶盖里面拽灯捻，一直到外面的灯捻头刚露头为宜。再在瓶子里添了煤油，盖紧了瓶盖，用火柴点着了，一盏煤油灯就算做成了。

　　老家冬天的夜晚，天黑得似乎更早些，母亲常常老早地喂了家畜，做好了晚饭，等待我们和父亲从学校归来。吃罢饭，撤了碗碟，父亲便吭哧吭哧地去煨炕，给牲口添草料。母亲利用这个间隙，磕锅碰碗地洗涮餐具。之后，一家人才点了灯火，围坐在炕桌旁。

灯下，母亲针来线去地纳鞋底，做鞋帮；父亲架旺了炉火，熬茶，点烟，备课，拧毛线；我和妹妹每人占去一角，挤坐在炕桌周围，读书写字。偶尔一家人灯光分配不均匀了，父亲便取来茶叶罐，垫起油灯。老辈人高灯低亮的口诀，父亲总能把它运用得恰到好处。

不一会儿，夜晚的幕曲四合，钢笔在纸上沙沙沙的奔走声，麻绳在鞋底上哧啦哧啦的穿越声，灯焰在高处哗哗哗的燃烧声，茶罐在火炉上滋滋滋的熬煮声，偶尔传来几声均匀的呼吸声……

门突然咣当一声开了，外出的老花猫从门缝里挤了进来，可劲儿打了一个颤，再朝炕上张望。看到这一幕，一家人会心地相视而笑。一时间，冒着油烟的灯盏笑了，泛着昏黄的灯光笑了，扑曳着火苗的炉火也笑了……

回头，灯焰里裹着一朵娇艳欲滴的灯花，母亲一脸说不出的欣喜，先前还将针尖在发梢上来回蹭了又蹭准备挑灯的她，突然就停下手复又舍不得了，一面满怀期待地说，要进点财呢么，一面将目光移向父亲。父亲瞟了一眼母亲，旋即又出声地笑了笑，大字不识的母亲言语里自有深邃的道理。

灯靠油放出光芒，人靠灯照亮。故而每遇赶集，相对于称饭盐、选调料、买葱、榨油、磨面等事，灌煤油无疑享有优先权。在日子尚紧、时光够慢的岁月里，点灯的煤油时常被乡亲们存着用。

油腻腻的煤油壶上铺着一层厚厚的时光的油垢，搁在无人注意的角落，除了给灯盏里添油，去集市上灌油，一般无人问津。可煤油壶的分量不亚于清油缸，拎起敞亮心灵的它，就能拎起一年四季、五冬六夏和茫茫黑夜。

也不知什么时候，父亲从学校里带来了罩子灯，底下一个大托底，中间细，上头似一个大葫芦，装满油，再上头就是灯头了，好像给灯焰安了嘴一样，火从里面出来就扁了。灯头周围是护栏，护栏里扣一个两头细中间粗的玻璃罩。父亲满脸自豪地点着它时，老屋里亮堂极了，小山村也跟着沾了不少光。过年了，因为有了新鲜时髦的罩子灯，我家便成了亲朋邻里凑在一起的首选地。

2000 年，偏僻的老家始通了电，虽然仅仅是低压，可它让乡亲们欢欣不已。年跟前的乡亲们撂下手里的活计，挖坑坑栽电杆的热情，跟寒冷的冬天形成了鲜明的对比。心热让他们忘记了一时的身冷，满屋子满院子的亮堂劲儿，让那个翻越世纪的年，过得比以往更为热火和舒心。那些当年画儿上的人，真人一般晃动在电视荧屏上，奶奶露着漏风的豁牙笑得满面红光，感叹说这电走得快呀！

年三十，父亲老早就拉线，糊灯笼，安灯泡，天还没有全黑，就把灯高挂起来。满载祈愿的灯笼穗，在夜风里摇曳，载歌载舞。连吃草的牲口都竖起长长的耳朵，一副看稀奇的样子。

次年的闲月里，有电视机的大哥家，每晚都挤满了人。大哥索性把电视机搬到院子里。小小的院子里，每到电视剧快开演的时候，就升腾起稠稠的声响，说话声、抽烟声、咳嗽声、脚步声、欢笑声，不绝于耳。晚风吹过来，那一刻的欢乐溢满了整个黑夜。

及至后来的洗衣机、电冰箱、铡草机、扬场机……不几年，一样样成了稀松平常的家什。

今天，年近七旬的父亲坐在小县城敞亮的客厅里，头顶的灯亮如白昼。看着父亲因观看电视剧而笑得前仰后合的样子，我突然就想起了那些年照亮我心灵之路的灯火，尤其是油灯。

黑夜的油灯总有熄灭的时候，心中的油灯却要永远长明下去。作为老家的一点信物，那点摇曳中的灯火，无论它如何昏黄如豆，一直都亮在我的心间。

大地之春

三月，被正月的风吹醒了，被二月的雨淋透了，迈着轻盈的脚步，正向人间深处走来。春软绵绵的，那一滴一点的春雨，滴在人脸上，凉凉的，润润的，说不出的清凉，说不清的潮润。春静悄悄的，那一丝一缕的春风，抚在大地身上，像母亲的手，轻轻的，柔柔的。

随意迈开脚步，踏上乡间的小路，你会发现那么多的人间之春、生命之春、大地之春，正悄悄地在我们身边绽放。泥土是松的，地头是松的，心也是松的。很多个小脑袋探出头来，叫上名的，叫不上名的，朝着外面深情地张望。蜷了一冬的春，急匆匆地跑到乡下来，生怕被四季和农人遗忘了似的。

春是瞧出来的。你瞧，地皮上，那小草从根子上泛出几溜浓浓的绿来，跟苏醒的冬麦较上了劲。最是一叶知秋意，且看新绿闹春色。柳枝条急得脸都绿了，身也绿了，一根根把身子直了又直，挺了又挺，晃了又晃。老杏树包裹着满心的窃喜，看着人间草木逢春，挤挤攘攘的热闹。

田野里，早有勤劳的农人，抡圆了膀子散粪，卷起了裤管犁地。一堆堆农家肥，犹似无数个连绵的小山丘，亲吻冬眠一季的土地；一畦畦梯田，宛如大地优美的曲线，静静地聆听春风的脚步。

春是听出来的。你听，谁家的大公鸡，那一声拍着翅膀的啼鸣，比任何一季都悠长。那几只地埂边散步的野鸡，啄理着满身光鲜的羽毛，"嘎嘎嘎"地呼朋唤友。还有堰畔叫不上名的水鸟，你追我赶，鸣叫腾欢，时不时激起水面的一层涟漪，那是在庆祝春天到来吗？一大群麻雀落在白杨树上，给毛茸茸的白杨树耳朵挠着痒痒，时不时叽叽喳喳地追逐着、闹腾着。那只躺在墙根的老猫，幸福地眯着双眼晒太阳。

那林中的羊群，云朵般撒开了，低头吃一会儿草，仰头看一会儿天，扭头再看一会儿伙伴。还有两只羝羊，扑曳着，进退着，来来回回地较量。

春是藏出来的，藏在沟坎、地埂、路畔、墙脚，藏得那么深厚，藏得那么严实，藏得那么巧妙。放慢你的脚步，踩一踩吧，也许她刚从冬天里苏醒，睡眼蒙眬；蹲下来摸一摸吧，可别有声音，也许她半睡半醒，故作糊涂呢。

那遍地百草啊！老茬的拼命地掩护着新茬的，新茬的似乎迫切地想挣脱老茬的怀抱，好不容易挤出一寸嫩绿来，却被老茬的捂在怀里，藏在身下。这一坡，两对牲口，吭哧吭哧地喘着粗气。那一湾，一台机械，咚咚咚地冒着烟……

春是感受出来的。春是一朵一朵的，一绺一绺的；春也是一色一色的，一树一树的。春在山上，在洼里，在沟畔，在田野，在草尖尖上，在树梢梢上，在心坎坎上。那丝丝缕缕的乡村振兴的春风，正越过每一道山梁，吹开了民生之花，遍布梁峁沟岔。大地怀春，正在孕育一季芬芳和清新，即将诞生无尽灿烂缤纷，也会生长出诱人的希望和梦想。

张家沟素描

张家沟位于陇中地区的大山深处，是一片坐北朝南的阳坡地，靠山临涧。我在那里哭着出生，笑着长大。

在张家沟，一块田地，就是奶奶怀揣的一块手帕，擦过汗水和泥土，揩过泪水和灰尘；一棵老榆树，就能记载爷爷一辈子的磕磕绊绊，好了的那些就称疤，没好的那些就叫伤；一道院墙，就是一户人家心里的篱笆，防野物伤人伤家畜，也防财物被贼惦记；一块砖瓦，从远处拉到近处，从低处运到高处，遮风挡雨，装饰门面，总能防潮利水；一眼水窖，运出来的是泥土和汗水，装进去的是雨水和希冀；一个碌碡，碾压的是人心，碾压的是忙碌，碾压的是喜上眉梢、心头绽放，碾压的是一年四季、五冬六夏。

"春种一颗籽，秋收万担粮。"当春天的第一缕春风，掠过大路咀梁，扑簌簌地吹遍每一道沟岔时，张家沟的春动了。你不看，那桑家爷老早地挑着粪担，一肩是粪担，一肩是铁锨，铁锨撬着粪担，粪担压着铁锨，两木交叉着，两肩平衡着，吱扭吱扭地转过了冒疙瘩嘴。那张家姑爷，老窑里掏出鞍子架在牲口背上，深眼睛两挤，一锅旱烟抽得烟熏火燎，一双大脚赶得尘土飞扬。不一会儿，一大堆羊粪就被他运到地里。

"清明前后，栽瓜点豆。"清明过了不久，布谷鸟一声啼叫，大地醒了，草木醒了，那冬天积攒的小粪堆也醒了，小山丘般被散开来，像大地赤脚撒欢的儿女。最是那隔山越岭的吆牛声，悠悠远远。还有那咣当咣当的摇耧声，嘹嘹亮亮。春风可高兴了，吹着这远了近了近了又远了的春天的号角，率性而奏。天刚好下了点雨，桃花开得更白了，杏花鼓得更圆了，柳树绿得更妩媚了，白杨树竖起了毛茸茸的耳朵，老榆树摇晃着肥嘟嘟的枝条。张家沟人等不及雨停，一晌赶着一晌地下地，种豌豆、小麦、胡麻……只乐得从南方返回的燕子，一个追着一个，一群撵着一群，沿着沟垄上下翻飞……

等豌豆开了花，麦子抽了穗，南方的燕子一掠翅，春把四季的接力棒就摇摆着递给了夏。昼长了，夜短了，太阳也不留情面了，青蛙聒噪，蚊虫侵扰，夏就更急了。一场关于夏收的故事就此拉开了帷幕，先是嘴松的豌豆、扁豆，接着是口紧的麦子，其次是丝丝串串的莜麦，最后是疙疙瘩瘩的胡麻。那满山遍野的麦豆，迎着夏的烈日，兜着夏的热风，洋溢着幸福的笑脸，一副等不及收割的成熟样。

张家沟人动弹了，拉锯战开始了。从低处到高处，依据地势的不同、自然的垂青，依次割豆拔麦，哪一块地都不曾慢待。眼里有土地，心上有他人。这时候，只要你钻进麦趟，就能听见麦芒相互挤攘、闹腾的声音。那麦收的比赛，渐次拉开男人和女人，拉开这家和那家。有的人家连上了岁数的小脚奶奶，都毫不示弱地加入了麦收的队伍。临中午小脚奶奶才寸着小步回家，给下地的孩子们赶做吃食。

张家沟人常用"麦头子掉地"形容时间和情势的紧张。所以，从麦子泛黄头颅低垂时开始旋着拔，到全黄时赶着拔，再到黄过时席卷而过，麦趟里的人为了虎口夺食，总要披星戴月地拾掇。半月有余，那薄山陡峁地里的麦垛，哨兵般站满了麦地，守护着庄稼人的尊严和骄傲。

麦倒了的那个晚上，月亮老早地露出脸来，父亲接过母亲手里的一大碗浆水，一口气喝个碗底朝天，然后一屁股瘫坐在院子里，长长地吐了一口乏气，一起吐出来的还有袅袅升腾的烟圈。他身边放着挥舞了半月的镰刀，在月色下闪着阵阵寒光。晚上，云层从后山里滚涌而出，一场大雨突然来临，父亲赶紧从窑洞里掏腾出牲口的鞍子、笼嘴、汗绔、绳套以及架子车等，在一阵紧一阵松的雨声中修修补补。

"山顶上看日头，沟底里赶犍牛。"这是张家沟人从不同角度衡量天色早晚的常识。所以，每临近黄昏，他们把时间攥得更紧了，捏得更细了。豌豆光了，麦子倒了，干透了的夏田能上场了。肩担、驴驮、车拉，根据地势和交通情况，张家沟人用自己的智慧巧妙解决运输问题。那些河台边、沟圪里，牲口和车辆无法到达的偏僻之地，要么束两捆担出来，要么束一捆背出来。担粮食，最关键的是要会互换肩膀，双肩用力要匀，这是平衡之道，也是张家沟祖辈悟出来的生存之道！

鸡叫三遍，东方才动，张家沟人就摸索着动弹了。那"嘚儿嘚儿"的喊牲口声，还有麦子来回甩摆声，以及偶尔黑暗里传来的一两声咳嗽声，惊得野兔、山鸡扑棱棱地从黑暗中蹿逃……那一刻，被张家沟人搅扰了瞌睡的黑夜，似乎生气地不肯将光亮分享出来。我们这些赶驮的孩子，手扶着驴屁股，几乎快睡着了，双腿却不停地往前机械迈进。等天色大亮，最爱听的就是蹬着鞍子拽绳卸驮的声响。那驮扣都是活扣，用猛力一拽，驮上的两捆麦子因为重力的作用自然滑落。嘭！一声闷响似乎将疲乏都驱赶了一些。

最省事的虽是车拉，可装车是个技术活。麦穗朝里，麦根朝外，一捆跟一捆挤牢了、靠稳了，才能勒紧绳索。所装之物既不能太前，也不能太后，前重后重都走不了长路；既不能太宽薄，也不能太窄高，装得宽了容易碰撞路边之物，装得窄了容易头重脚轻难以行驶。装车要根据路况的实际，因"路"而宜。然后，从前到后沿着两根车把交叉着勒紧绳索，这才算是一车粮食装好了。此时，套上一头或者一对牲口，上坡时一声吆喝，只听绳索与鞍套之间扯拉得叽叽作响，人也忍不住屏住呼吸，拼尽力气往上助拉。下坡时，跟车人牵着牲口，往车后一站，拉车人双肩顶住车檐，双腿蹬地，一股尘土飞过，装满粮食的车辆就已到了地势平缓之地。

朴实的张家沟人不仅跟土地交朋友，还和牲口做朋友。一块上茬地，至少要经过犁垦、翻新、打糖三遍。除此而外，除杂草、拍垄、平整地，都是侍弄土地少不了的环节。一茬的庄农要几年务，这是每个地道的庄稼人笃信不疑的生活信条。在张家沟，牲口是犁地、运粮、推磨、碾场的重要劳力，一对好牲口能替换或节省许多力气。故而，张家沟人爱护、惜疼自己的牲口，就像惜疼自己的手足。及时添草，按点饮水，苦重了搭料、拌草，都是为了补充它们的体力。谁敢说，那一槽的草料里，不曾包含着庄稼人对并肩劳苦的牲口的感激。尽管如此，这些辛苦的牲灵，还时不时喘着粗气，嘶鸣着以示抗议。

"一场秋雨一场忙。"相对于炎热而漫长的夏，秋的脚步迈得更紧些。山上的麦菊花从夏开到秋，张家沟人不知道。地畔上的驴奶头（地梢瓜）啥时候开的花，等张家沟人知道时，那浓郁的小树下早已结出一疙瘩一疙瘩的驴奶头来。若是渴了，摘下来，在胳肢窝下蹭几下，擦去泥土，塞入口中，苦累、贫乏的生活随即有了一丝丝甜味。

秋天的大地，褪去了夏的热烈，像要去赶集的姑娘，更加注重了着装。最先变色的是荞麦，先是挂起红灯笼，历经日头的淬炼，尔后结出黑颗粒，一嘟噜一嘟噜垂下身来，报答着深情的土地；糜谷也弯了腰，羞答答地像刚娶过门的新媳妇，在秋风里摇曳；高粱看急眼了，脸憋得通红通红。早有成群的麻雀，在糜谷地畔的不远处藏匿，瞧见没人，就一个猛子扎进庄稼地里，一会儿叽叽喳喳，一会儿喳喳叽叽，似乎跟人专门捉着迷藏。

秋田要归仓，土地要合口，张家沟人把针尖都插进了时间的缝隙。要是秋雨再搅和几天，只急得闲不下来的男人们打毛绳、扎扫帚、编篮子。听，女人们那刺啦刺啦的针线声，连雨声都遮住了。那雨啊，下得丝丝缕缕，下得绵绵软软。写完作业的孩子们一个个溜出门去，踩积水，改水路，不一会儿，湿漉漉地钻进门来，泥手泥脚的，总能招来大人的几声责备。不知什么时候，窗外房檐下盛水的水桶和锅碗瓢盆满满的，有了沉闷的声响，咚，咚咚，咚咚咚……

过了白露，泥土深处一直藏身的洋芋，终于耗尽了枝蔓的所有力气。那蔫巴巴的亲吻土地的枝蔓，随手一提，它的根上总会捎带出几颗幸福的"子女"来，泥乎乎的，胖嘟嘟的。在大地深处，它们为了生命的延续、人生的成全，枯萎自己也在所不惜。等洋芋入了窖，土地合了口，忽然有一天，落一场雪，秋就急匆匆地跑了……

最先感知冬的凛冽的，是那脸蛋冻得通红的上学孩子和那双手冻得皲裂的放羊老汉。一年的粮食上了场，整整一个冬季，等待他们的就是摊碾进仓、打磨入缸。繁星还在眨眼，猪狗尚在卧眠，天麻麻亮，房前屋后的场里，就是一片窸窸窣窣的忙碌之声。那些夏天里垛起来的麦垛子，经过几个月的严实捂压，干透了，沙沙沙作响。那些藏身其间的昆虫，早已在滚烫的温度中憋闷而亡。这样用心摞出来的粮食，饱含着老辈人的心血。从麦垛子高处取下来的麦捆，等不及碌碡碾压，麦粒从麦穗里自个儿蹦出来，惹得鸟雀不约而同地前来觅食。

"人心齐，泰山移。"同样的摊、碾、起、扬的碾场程序，总能在冬日暖阳里天天往返重复。从月挂柳梢到暮色沉沉，碾场人的腿脚不曾歇缓过，累了，就地泡一杯浓茶，点一锅旱烟；困了，就靠在麦摞子或麦草上，伸伸腰，展展腿。碾场时的互相帮衬，就像合成一根大绳的几股细绳，人多了自然力量大。不几天，麦垛子不见了，草垛子大了，原来窄小的大场一下子腾开了，开阔了不少。细心的张家沟人，用麦草拧成绳索，对着高高的草垛一番绑束，以防其被大风吹垮。

那一个个大小不等、形状各异、颜色鲜亮的草垛，历经天长日久的风吹日晒，跟粮食满仓的心灵一样，越来越瓷实。如今，变了色的它们，悄无声息地躺在故土家园里，全部成了乡愁的重要载体。每一次回老家经过它们身旁，我仿佛看见，小时候跟泥球一样的我们追逐、嬉戏、捉迷藏、放风筝的模样。

进入腊月，日子越来越不经用，最愁人的是年跟前的大活：榨油、磨面、赶年集。这些大活都要靠牲口驮着，或者用套了牲口的架子车拉着，去十五里外的土门岘完成。为了排队，常常起鸡叫睡半夜，在往返的路上，从来见不着太阳。

过了小年，总有些外面的人要回来，时光的脚步陡然间变得缓慢，变得让人充满期待。就连回家的那条路，也充满了各式各样的神秘和想象。山里面的人也想出去走走看看，乘着赶集，见见世面。也有些大姑娘和俊小伙，把赶集当作相互见面的借口，恨不得天天逢集。

要过年了，赶年集的人，男人们总要称一斤半两的茶叶、白糖、调料、苏打粉、碱面子、油盐酱醋，女人们总要扯几尺几丈的条绒、白布、松紧、花布、被面。男女一商议，还要买些铁锨、背篼、犁铧、四杈、木锨、绳索、糖、扁担等常用农具。最重要的是，哄孩子的炮仗、衣服、玩具、零嘴儿一样不能少，否则，这个年集没赶完。

过年了，男人们灌蜡、拓票、贴对联、挂灯笼、放鞭炮、迎年纸、接先人、烧头香，女人们蒸年馍、炸油饼、包饺子、做年饭、煮肉、擀面、熬汤。那一桩一件的忙碌，掩映着无比的高兴和快乐。大年三十的晚上，酒里乾坤大，杯中日月长。一年的辛苦，悉数熬进翻滚的罐罐茶；四季的忙碌，尽都融进绵长的酒香。

一时间，时光的脚步停了停，岁月的期待慢了慢，全都安下身来，侧耳倾听一家人围坐在一起的年话。偶尔溢出来一点小幸福，被窗外张家沟的黑夜听见，趁着天黑，一笔一笔地偷偷描摹生活的过往，仿佛天明就要重启生活的序章。

哦！张家沟的春冬秋夏，张家沟的山高水长，张家沟的月落日升。张家沟四季的底色里，人生的脚步啊，一会儿迈得稳稳当当，一会儿走得摇摇晃晃……

兴民那坨地

　　沿白草塬乡二百户村朝北通往蕙家庄的路口直进，走上大约三里地，左拐，就是兴民那坨地。还算气魄的大门上，镶嵌着"兴民中学"几个大字。进门，一条笔直的马路，直通国旗台。东边是五排连着的土木结构的瓦房，三排老师宿舍，两排学生教室，中间夹着一间实验室，最后一排是学生食堂，再靠东，还是三间教室，两间学生宿舍。马路西侧是大操场，操场上有两副单双杠、一副篮球架。西面墙根底是一溜厕所。这大抵就是 2004 年兴民中学给我最初的印象，也是兴民当初全部的硬件设施和家当。

　　更多的时候，让人浑然不觉的不只是流走的时光，还有无声无息的爱。当物质生活眼花缭乱地站在时代面前，一脸高傲地放声高歌时，精神生活正躲在僻静的小山坳里，映着黄昏的炊烟低吟浅唱。

　　某一刻，慢不下来的时光，将我肆无忌惮地置于人间荒野，茫然四顾，我竟找不到一点生命的支撑。突然转身，我就望见了那片布满人生脚印的土地。

　　兴民就是其中一地，一坨挥洒过青春和汗水的热土地。

　　十多年前，从一所名不见经传的高校毕业，一头是因为被现实搁浅在一所村级小学，另一头是老家那边，我的老师，时任校长岳汉平，已经给我分配好了老家初三补习班的班级和课程。在艰难抉择后，我依然决定留下来。

　　还好，遇了两班孩子，一个个灰头土脸，眼睛滴溜溜地转着，有如院子里晃着脑袋觅食的麻雀，单纯又可爱。许是缺人手，许是老表爸的撺掇，时任兴民中学第一任校长李景森开着自己的红色小夏利，专程来学校要我。那时候，分配的红色文件已经置于案桌，正是纷纷扰扰、忙忙乱乱开学的日子。总堡小学校长王万甲睡在夏利前面要起了牛，挖人的人一时走不了，被挖的人也没有走得了。就这样，我与兴民擦肩而过。

一年后，愣头青的我，用钢笔书写了竖式的万言书，婉拒了老校长的一片盛情和好意。老校长看了后也不再挽留。可能是我的一句"王叔"，叫得老校长心软了，也可能是我和他的儿子一般大小，舐犊之情让老者忍痛割爱。临走时，我把两班憨乎乎的五年级娃娃召集到一起，略叙情义。一百多个娃娃，因为短暂的相聚、别样的美好，挤在一处哭了个稀里哗啦。当然，我也落了泪。放学的其他娃娃也闻讯而来，哗啦啦趴了几窗户……

那一年，我二十四岁。

初听兴民，是从兴民中学副校长雷世洲（已故）那里知道的。那会儿，每到小学生放学的茬口，老雷时不时骑着摩托车，来跟老叔王万甲谝闲传、吹牛皮。两个一样邋遢不修边幅的男人坐在一处，一根接一根地抽烟，一罐又一罐地熬茶，大嗓门说话。放学了，空荡荡的校园，只有鸟雀飞得扑棱棱的觅食声以及俩人聊得酣畅的欢笑声。吃饭的时候，俩人总要捎带上我。二斤牛娃肉，三碗白皮面，我们仨儿总能吃得热汗淋漓……

兴民中学是白草塬镇所辖的一所二类初中，学校始建于 1999 年，前临二百户，后接赵家油坊，左依新源农场，右靠总堡二梁，属白草塬镇所辖西面行政村的正中心，是附近九百户、总堡、树王、二百户四个行政村孩子读中学的首选地。学校左边是一条笔直路，前边是一大片田野。路边略高地，有一条支渠缓缓流淌，有如有人手握一杆毛笔，饱蘸了浓墨，在就地铺开的"白纸"上绘就和写意。学校周边，除了三杏的一所小卖部外，没有学生游玩的寸土，算得上一个远离喧嚣、埋头念书的好地方。

初到兴民，我就被安排了初一班主任的工作。老段带一班，我带二班，席胜带三班。每班90多个娃，黑压压一片。还好，个头不是太大的初一娃娃，中间四张桌子，能挤着坐10个。一班数学，三班生物，外加两堂一个半小时的晚自习，满满当当的课程。360元的伙食费，许是因为年轻，也没咋觉得辛苦，也没咋觉得穷困，更没想过值不值。

时任校长李景森，搞管理还真有一套。他浓眉大眼，头发微卷，步伐从容，最大的长处是能知人善用。在他的带领下，兴民中学在其时会宁教育界已经小有名气。邢耀刚的物理，史小龙的数学，李华的英语，李金石的化学，这些老一辈兴民人，在当地百姓中口碑极好。

黑魆魆的晨曦，坑坑洼洼的沙路，远远近近的灯光，深深浅浅的足印，隐隐约约的鸡鸣，起起伏伏的狗叫，绘就了一幅学生纷纷攘攘上学图。通常早操前半小时或者一小时，就是孩子们为追逐梦想擦亮的第一缕晨光。及至朝阳半娇半羞地探出脑袋，校园里早已布满了孩子们晨读的身影。花儿探了探身子，一骨碌爬过墙头。庄稼跺了跺脚，把惺忪的睡眼睁了又睁。总有琅琅的读书声，合着晨起的鸟雀试鸣声，共同演奏一曲荡气回肠的人间最美晨曲。

遇上课间操，学生们舒展着身子骨在前，老师们抖索着粉笔灰在后。或有贪玩的学生，将一颗石子踢进出操的队伍，引来人群里不小的一阵欢笑和骚乱。淘气的那几个，一边眼瞅着班主任最有可能出现的角落，一面搞起了恶作剧。广播响起了，厕所里旋即又跑出了一大阵学生，着急慌忙地提着裤子，一溜烟插进早已排好的队伍。

中午了，饥肠辘辘的孩子们，一窝蜂似的从教室门里涌出来，一拨跑向车棚，一拨径直出校门，一拨直奔大灶。匆匆忙忙的脚步，只为多挤一分钟时间。瘦瘦弱弱的身体，只为多吃一口热饭。大灶旁的房前屋后，站着数溜，台上阶下，蹲着几拨。男生们扒得快些，女生们嚼得慢些。老师宿舍里锅碗瓢盆的磕碰声，叮叮咣咣。马路上女教师的喊娃吃饭声，嘹嘹亮亮。办公室里，未回家的老顾、何富平，一个脚踩脚踏琴，一个肩背手风琴，弹拉得余音绕梁。姚家的酸长面，马家的甜搅团，党家的蒸米饭，若是谁家有了好吃的，孩子们一窝蜂似的疯抢。

远山吞尽最后一抹夕阳，先前还喧闹异常的校园，一霎时变得安静和空旷起来。鸟雀回巢，牛羊归圈，力尽汗干的农人走出田地。西淌队上的大喇叭里，队长正在通知水的径流量和去向，略显沙哑的声音，叫吼得人们不得不停下脚步侧耳凝听。进了教室的学生，坐直了身子，翻开配套练习，正在等待前来辅导自习的老师。

校长过来了，老党把疲惫的脚步明显放快了些，急匆匆向教室门口走去，却又不敢太快。因为他的大腿上，儿子刚尿出的"山水画"还"墨"迹未干。

每到考试，学生跨班排座位，前后不同班，左右不同级。老师监考，男女搭档。考后阅卷，人员分组。从阅卷到成绩汇总，都是流水线式作业。汇总成绩的时节，老姚周围挤满了人，一张成绩汇总单，拿在手里总要瞧一瞧、看一看、比一比，研究好一会儿，及格率、红色率、总分、均分、分数段、个人排名、班级排名，这些高频率的话题总要热议上一周。

从学生到老师，成绩在前的，信心更足了。成绩靠后的学生，越发努力了。任课老师扯开了嗓子上课，放展了身手追赶。"比、学、赶、帮、超"的口号，虽然没有提出来摆到台面，却早已无形地运用于实践。

最是时间经不住使唤。对于学校来说，每年的开学季，开校委会，确定各级级主任、各班班主任，取书，安置师生住宿，安排教师课程，开办师生食堂，划定卫生区域，都是开学最急切的问题。压力逐级传导，工作层层落实。最忙的要数教务、后勤、政教。对于班主任而言，报名、选班干部、打扫教室卫生、分发学生书本、调整学生座位，忙碌得脚底板都起茧了。

或有新分的教师，人生地不熟，碰头磕脚的，早有不带班的教师，帮其收拾宿舍，布置房间，卸包裹，提水，倒垃圾，擦玻璃，再将那花花绿绿的床单铺展了，绵绵软软的厚被子叠好了，方方块块的脏玻璃擦亮了，光光溜溜的水泥地拖干净了。拉开窗帘，挂起门帘，光线等不及人拾掇妥帖，<u>丝丝缕缕</u>地扑进来，人情味立即弥散开来。若新来的是女教师，帮忙的刚好为男老师，在相互帮衬中擦出情感的火花，一场爱情的拉锯战就此放飞天涯……

身安才能心安。

春，是从大渠边张开惺忪睡眼的一根冰草长出来的，是从飞来飞去的布谷鸟嘴里吼出来的，是从杏红柳绿的色彩深处溢出来的。绿色是春给大地的第一缕惊喜，大地才醒，万物动容，南墙根底的残雪，正在春天的温暖里悄然撤退。为了不错过播种的好时机，离家近的老师调好课，在教务处请好假，总要挤出半天一日加入热火朝天的春播大军。

在生活的最窄处，但凡好心人总能让能过去的都过去。

夏，丰收在望，凉风习习，绿盖如荫，钻天杨将浑身的叶子抖了又抖。天空，总能给人无限生长的力量。那些头脑灵性，平时刻苦的孩子，通过月考，一个个浮出水面，从众多学子中脱颖而出，一个比一个攒劲。一年下来，好成绩多了，班主任的幸福感、成就感自然就高了。倘若中考时再能大获全胜，班主任呐！大娃头、马前卒，连走路都拧着身子，背着双手，哼着小曲。同事的羡慕，学生的尊敬，家长的抬举，一时间纷沓而至。

秋，一茬收割一茬忙。新学期，新面孔，憨乎乎的初一学生，调教、上趟很不容易。初一相差不大，初二两极分化，初三天上地下。这是初中教育多年潜在的教育规律。带班在行，教学功底扎实，声名在外的班主任、任课老师，自然成为学校的香饽饽。学校只开设一个补习班，那些分数不够补习线的学生家长，嘴跟干羊皮一样，坐在学校的墙根下，从早晨等到黄昏。他们是最先为不争气的孩子买单的第一批父母。分炭了，初三的男孩子最先被考虑，这些跟上家长蹚过泥土地的孩子，这点小苦对他们不算什么。人手，始终是学校最为丰富的资源。

冬，正是养精蓄锐、聚集能量的黄金季。当第一股寒风从宋家坡呼啸而上的时候，冬已经漫过广袤的白塬大地，挨家挨户地唤出火炉和烟管。相对于柴少炭少的山里而言，广种玉米的白塬，家家最不犯困难的就是水和生火柴，随手折些树上的枯枝，再添些玉米芯，一轮炉火就温暖了一个班级的心。家长们给骑车的孩子，专门缝制了长长的暖手筒，套在车把上，齐刷刷的，它是兴民中学一道靓丽的风景线。

天黑得早，或有漫天大雪飞舞，孩子们心急了，鼻子贴着窗户玻璃正从里往外望。一看到皑皑白雪地上有个身影正朝这边走来，他们慌乱地撒下来，"嘘"的一声，先前还有些杂音的教室，忽然安静得针掉在地上都能听到了……

从1999年建校，到2016年撤并，兴民中学连续走过了整整十七个春秋，出出进进的老师近百名，前前后后毕业的学生五六千名。

十几年来，兴民经历了几个至为关键的阶段：一是2005年学校的扩建，在马路西侧，新建校舍四栋，一栋为教师宿舍，三栋为学生教室；二是学生人数的顶峰期，2008年前后在校学生数1100余人；三是2009年，建校十年后的兴民终于有了网络；四是2010年，借助横穿而过的乡村公路硬化，学校第一时间硬化了校园马路、灯光球场。

兴民是众多农村学校的典型缩影，从最初的三个级六个班，到中途的三个级十二个班，外加一个补习班，学生人数一路飙升，一直到最后的一个班十来个娃。从数以千计的学生爆满到十来个娃的难以为继，一路走来，兴民以学生人数的大幅度萎缩，见证了农村空壳、家庭空巢的艰难历程。

十几年来，踏入兴民那坨地的老师七十余人，轮轮换换的校长六任，前来支教的教师两人，还有聘请的几位民办教师。

从2004年进兴民，到2014年出兴民，前后历时十年，我结识了很多人生难得的朋友，收获了人生美妙的爱情和婚姻。很多人因为独特的性格，至今让人想念不已。作为众多会宁基层教育天地里的一坨，兴民，虽如划过苍穹的一颗流星，却给人留下了永恒的美好。

如今的兴民，随着时代发展的趋势，早已不复存在。作为它十年来风风雨雨的见证人，我还是想写点东西，为那片曾经洒过汗水和热情的黄土地。也期待前前后后的兴民人，能在有生之年再聚首，在时光的隧道里，煮酒，品茶，谈人生。

　　谨以此文，献给那坨滋养灵魂挥霍青春的热土地——兴民中学，献给我那一帮朝夕相处过的前辈、兄弟和姐妹，献给所有在兴民留过足迹的人。

难忘口袋情

"粮食打不上，口袋还在。"这句老辈人口中常说的老话，已经支撑我走过这么多年。

由于工作的关系，几乎每年都能见得着口袋。它常常横铺在皮影内场的亮子底下，那是地方皮影艺人演皮影戏不可或缺的物件。每次见到它，就像遇见一个多年不曾碰面的老熟人。

在老家，乡亲们说口袋，不说一个、一条，而是叫一根。一根口袋，上下匀称，约两米长，身子上还有整齐的花纹。老家的口袋有毛口袋和麻口袋之分。毛口袋大多是用取掉羊绒的山羊毛捻成线编织而成的，材质粗糙，装满了粮食就鼓囊囊的，没了身样；不用时折叠起来，挂于窑洞的墙上，如大丈夫一般能屈能伸。麻口袋，材质比毛口袋更细一些，一般使用亚麻秆皮（胡麻秆的皮）炮制成细密柔韧的长纤维捻线织就而成，通常用来盛面。

在那些日子尚不宽展的年月里，口袋对庄稼人来说，就跟自己饲养的牲口一样亲密，交粮、磨面、榨油、赶集，都离不开它。就这，它也不是每个家庭都有的。比如我家，就只有一根面口袋，每逢交粮、磨面，都要从远亲近邻的家里借口袋。

最初认识口袋，还是小时候的某个冬月。家里快没面吃时，母亲央及父亲从老窑里的麦篅中背出几袋麦子来，倒在院子里晾晒。与粮食一同被掏腾出来的，还有挂在墙角上的口袋，拂去岁月的尘土，翻晒一下，以备装粮食之用。

为了让麦子磨出的面粉更多更白些，磨面前的簸麦子、潮麦子是必不可少的环节。这时候的母亲，常常支好一口大铁锅，倒满水，坐在坐垫上，甩开臂膀，用簸箕簸，用筛子筛，用罩儿淘洗。那清冽的淘洗水，既洗去了麦粒上的尘土，又潮润了麦子，还漂浮起了秕麦、杂质，正可谓一举多得。当那些面色红润饱满的麦粒，从铁锅的清水里捞出来，身圆色亮，晾晒一地，然后悉数被装进口袋时，母亲眼里闪烁着很少看见的光亮。

一簸箕，两簸箕，几簸箕，一时间口袋歪着头，趔着脚，或拧着身子，或张着饥饿的嘴巴立在院落，仿佛饕餮怪兽。

每当淘麦，母亲一边忙乎着伺候口袋，一边指挥着我提水，绷口袋，倒秕麦，晾晒麦子，过来过去地打下手。直至肚圆腰壮的几个毛口袋整齐地码在一起时，母亲才跟口袋一样，长长地伸一下自己僵硬的腰，尔后开始收拾有些零乱的院子。

老家所在的村子，属偏僻之地，故而磨面要到十五里之外的乡镇。为了赶早排队，乡亲们通常忙得早晚两头都见不着太阳。每当磨面，口袋就被派上了大用场，将一根根装满了粮食扎绑了的口袋，两人合力放于牲口的脊背，再用棕纱绳绑了两边，勒在牲口的前胸（上坡路）或者后腚（下坡路）。这些满载希望的粮食口袋，被牲口驮在脊背上，总能划破山村的最后一缕黑暗，迎来清晨的第一束光亮。

在乡镇磨面坊，每进入腊月，一头头耷着耳朵的牲口，和那卸在一旁的大院里的一根根口袋，引出了第一道年味。亢家、刘家的钢磨坊，伴着隆隆声响，面人一般的老乡吼着说话。毛口袋一根根腾空了，面口袋一根根装满了，也只有上等的二茬面、三茬面才有资格被装进面口袋，至于那些装不完的黑面（头茬面）、麦麸，只能在老乡随身携带的小尼龙袋里容身。

衣服兜里总是塞满东西的父亲，时不时从里面摸出一根口袋绳子来，咬着牙，转过身使出浑身的劲儿把口袋扎牢了，码好了，这才蹲下身满满地卷上一支旱烟解乏。他吐出一口烟，对我说："娃，紧走慢收拾。"顿时，口袋紧了紧身子，我咧了咧嘴。

返程时，父亲因为心疼牲口，把腾空了的毛口袋多时候搭在自己肩上。长溜溜的后山梁沟里，父亲一行人的赶牲口声，是那么嘹亮，那么浑厚，那么有力。印象中，因为缺少口袋的原因，母亲平日里没少抱怨父亲。可在那窘迫的日子里，压根就没有余钱来拾掇口袋。那会儿，我小小的心里就深深地埋下了大大的梦想，等自己长大有钱了，首先给父母拾掇些口袋。

到家了，长口袋被父亲从牲口背上卸下来。圈好腿胯里汗水尽湿的牲口，父亲总要为它们添一碗豌豆以作犒赏，然后再跟母亲一前一后地把口袋抬进门洞。我时常看见，那些累了一天的口袋，歪歪斜斜地靠着墙，似长长地吐着乏气。

在交通不便生活贫乏的年代，口袋，是殷实庄户人家的象征。大抵熟悉它脾性的，除了地道的庄稼人，就是牲口了。如同鸟儿的故乡在天空，口袋的故乡就是牲口的脊背。弯弯曲曲的山路上，它以各种姿态，为期盼它饱满的庄稼人勾画着希望和梦想。

常常，一口袋一口袋的粮食运出去，一口袋一口袋的面粉运进来，孩子们一个个长大了，牲畜们一头头长壮了。粮食口袋吞吐出来的日子，丰润，瓷实，温暖；粮食口袋供出来的大学生，憨厚，朴实，远近闻名。

谁也没想到，我买口袋的梦想还没有实现，时光就进入了 21 世纪。三轮车代替了牲口，外婆所在的村庄，还有了钢磨。曾经一度风光无限、惹人爱怜的口袋，因为转运不便，失去了曾有的光芒。大大小小的化肥袋，以短小精悍、易于搬用很快受到庄稼人的青睐。折转几十里山路，牲口驮着口袋磨面的日子一去不复返了。这多像人生啊！朝谇而夕替。

一时间，我心里有些说不出口的怅惘。

很快，家家有了三轮车，三两家合装一车粮食，过不了多久就跑一回镇上。那些口袋遂被搁置在老窑里，偶尔因为防虫被人拿出来晒晒，孤独寂寞地念着光阴的经卷。

自我参加工作以后，家里已经没有多少存粮了，吃的都是现成的米面。那些外套的面粉袋，只需要轻轻一拉，就全袒胸露怀，里面的面比雪还白。

母亲常常说，娃娃，永远把咱们过过的那些穷日子记着。

光阴好了，时光远了，关于口袋的记忆却愈来愈深了。

今天，偶尔遇见挂在墙角的那些口袋，如好久未见的故人一般，以文与它叙旧。

第 二 辑

吾 亲

年的色彩

又逢一年岁末，街面上有了闹腾，突然回想起孩提时的年末：每每听见锣鼓敲、炮仗响，常常着急慌忙地提不起裤裆。可如今，我能明显感觉到，自己已经把日子过得有些走样了，一起走样的还有身体、心灵、情义、生活秩序……

腊月下旬，白日里陪父亲打吊针，夜间我忙着赶工作，过年的大小事宜，都是媳妇东拎西提地拾掇，南来北往地置办。

年三十，老早地接了父母，去自己的小窝团聚。小时候，三十晚上迎了纸，一顿年夜饭，常常等不及全上桌，轮不到挑瘦拣肥，就已经滚下肠肚了。那满院子飘散的清香，还有父亲那颇有声响的吃法，曾不止一回，让我的喉咙鼓了再鼓，口水咽了再咽。

这个年算是安享了几天清闲，每日三餐，变着样儿吃。间或我们爷仨相互对弈，轮番上阵，杀他个天昏地暗。偶尔追追剧，打打牌，一晃，天就黑了。

年初一，阳光和煦得很，似乎春暖已至。午饭后，携了妻儿出门透气，踏春，上香，叩头，赏景，挤在人堆里看人。这时才觉得年有了些许的色彩和味道。在城隍庙，我一招一式地教儿子焚香化马，作揖磕头。为人一世，对天地总要有点敬畏之心。我的这些礼仪，还是老家过年坐纸时大爸所教：神灵跟前三叩头，祖宗牌位跟前两叩头，活人跟前一叩头，叩头头愈低垂，打揖腰愈弯曲，愈能显示诚意。

午间进食，各种菜肴搁满了小餐桌，唯独少了酒。一家人拿饮料碰杯，不能喝凉的父亲，端了茶杯，倒了开水，一脸幸福地跟孙子来回碰杯，惹得孩子赖在母亲的怀里，差点笑得岔了气。也罢，是日子，白开水也能碰出幸福。

年初二，天气难得的暖和。母亲稍有感冒，留媳妇在家照看。我便撺掇了父亲，再叫上孩子一起出门。出了门，孩子在前迫不及待地蹦蹦跳跳，我和父亲在后慢腾腾地说说笑笑。细思想，这些年，为了生计和爱好，给予一家老小的陪伴少之又少，偶尔匀出一点有限的时间，才有眼前这老小知足的一幕，心内莫名歉疚。人到中年，这是一个尴尬蒙羞的年龄，头顶上的老了，膝下的还小，一拃时间掰碎了用，一堆零钱筹谋着花……

年初三，吃罢饭，看变了天，父亲嚷嚷着要回去。我思量了一下，没有同意。媳妇留意甚决，何况母亲的感冒尚未痊愈。一番理论后，父亲只好作罢，遂开始和孙子继续对弈厮杀。

初四，天色不甚好。送回父母，我和儿子去串亲戚。自从转了行，每年的假期，就像换开了的人民币，太不经用。父母焐了一年的热炕头，子女屁股还未热，就已奔波在返程的路上了……

只要去乡下，儿子总有无尽的兴致和热情。在二姐夫新修的四合院，我见到了久违的炉火。遂脱下衣服，跟老姨父通了电话，报了行程，赶紧熬上了罐罐茶。在老家，来人先上炕，等客人屁股坐稳了，才是架火、端馍、熬茶。这时厨房里通常会有声响，喝了没几口茶，各色各样的吃食已经摆上了炕桌，这是老家人待客的最高礼遇。

没听见厨房里有响动，二姐的孩子已经端来了年饭。二姐生了五个孩子，三个大学生，一个高中生，一个初中生。媳妇有时候感叹，看了二姐两口子过日子，把咱们也叫混面钱的人！生活，究竟怎么样才是你最初的模样？

下午，我和二姐夫去老姨父家，媳妇没跟在身边，走到门口，才觉得好像少了许多生动和乐趣。谝了一会儿闲，喝了一会儿茶，爷仨就铺开了掀牛九（玩纸牌）的摊子，老姨父满脸是掩饰不住的欢喜。已经很久不玩牛九牌了，明显有些生疏，不过这些已经不重要了。是夜，牛九掀了半夜，雪也落了一地。

天亮，迷迷糊糊中，屁股底下传来吭当吭当的填炕声。不一会儿，门咯吱一声开了，老姨娘蹑手蹑脚地走进来，架了火，旋即又出去了。孩子们正睡得香甜，我没忍心叫醒他们。村口隐隐约约地传来隆隆的炮声，出得门去，才发觉落了一层雪。斑鸠躲起来了，我独自拿了扫帚扫院。孩子们也陆续起来了，满是新奇地抡起木锨和扫帚，扫出一片空地来，但很快又被新落的雪覆盖了。空气里弥漫着春的潮润、年的欢欣，只有在过年时，团聚才被大写。那些常见的不常见的，甚至从来没见过的邻里亲戚，都见了。

快中午时，雪还是没有一点要停下来的意思。水缸空了，我怕雪落厚了，路滑不好挑水，赶紧挑了扁担，挑来水填满缸。麻雀们赶趟儿似的，叽喳了没几声，一齐儿扑棱棱地落在屋檐下、树梢上。有几只胆大的在院子上空翻飞，最终被雪逼了回来，小心翼翼地落在院墙上试探……

我挑起最后一担水时，妻哥一家正开着小轿车，慢悠悠驶进了巷子。

儿子又添了伙伴，自有说不出的欣喜。小孩子们挤在一处，或闹破天地玩耍，或拱在老姨娘的怀里，由性子撒娇。一霎时，炉火烧红了炉盖，场面热了眼眶。茶越熬越淡，酒越喝越浓，话越说越稠，年味足了，亲情重了，连窗外的雪花都飘得更忙了。

夜里，一家人围炉而坐，罐罐茶熬上了，酒热上了，纸牌玩上了，牛皮吹上了，年味蜂拥而来。老姨娘朝这个脸上瞅瞅，往那个脸上望望，尽可能地分享着久散不去的年味。

临走，带着儿子去两个姑姑家绕了一圈。用奶奶的话说，金刀割不断的亲情。是啊，骨子里的亲不能忘，不敢忘，光阴有数，情义无价，不仅我得记着，还得让儿子记着。实际上还有许多亲戚朋友，由于路滑，时间紧，根本来不及一一去走动，于是草草地踏上了归程。

时间就这么不经用。返程中，望着窗外渐次融化的积雪，心绪凌乱。这些路，跟老家的路一样，刻在了骨子里，融在了血液里，一直都被埋在心底的亲情之线牢牢地系着。除非将来有一天，老了，走不动了，也就不想来往折腾了。可念想一直都在，搁在那村头瓦舍、场院田埂、草垛柴摞、灶头炕垴，时不时会被时光翻腾出来晾晒，为忙碌的日子增添温煦。

年是有记忆的，年亦是有色彩的，涂在每个人的灵魂最深处。

每想起这些，就突然觉得，自己不能活得再走样了，不禁将目光投向远山，山外还是山，挺拔得有模有样……

奶奶生前的那些事儿

奶奶走了！享年八十四岁。

老家有古谚："七十三，八十四，阎王爷叫着商量事。"不用说，这一次，我的奶奶去商量的肯定是大事——生死之事、阴阳之事，以及把生来攥紧的拳头放开之事。

收到老人家去世的消息，时过午夜。表弟打来电话时，我刚处理完最后一张照片，表弟的声音明显带了些沙哑和哽咽。深夜里的电话是那么刺耳，媳妇醒了，母亲也醒了。所幸父亲在奶奶跟前守着。

沉默，唏嘘，感叹。

就像正月十五的烟花，一朵一朵绽放。

只有孩子香甜的呼吸声，仍然平稳有序地响着。

夜，突然就这么没了声气。

眼看到元宵节了，奶奶，您咋就走了呢？是这人世间太吵，还是您的阳寿已到？

奶奶属鸡，是张家沟村上屲社李氏女子。奶奶在兄弟姐妹中排行老大，还有六弟四妹。不幸的是，奶奶最大的弟弟已辞世多年，最小的弟弟也英年早逝，剩下的四个兄弟也年老体衰。四个妹妹，一人前几年已因病去世，一人跟随子女去了平凉，一人远嫁陕西。一人留守故土。奶奶这一走，上家屲那点南坡地，南坡川那块河台台，肯定会长出许多苔藓。

自我记事时，外曾祖母已经是发如白雪、满脸沟壑的七旬老人了。她本属青江驿雷家女儿，因为饥饿，远嫁到这偏僻之地。每到闲月，爷爷总会赶着牲口，把她从河那边接到河这边。她那爽朗的笑声、野狐君的故经，至今让我记忆犹新。父亲说，奶奶的尕兄弟，虽然比他还要小好几岁，但他这位尕舅在关键时接济过我家。

在奶奶的所有兄弟姐妹中，尕舅爷是头脑最灵性、为人最忠厚的一个。这也应了奶奶的那句话，"好物儿天收哩"，尕舅爷就是一个。尕舅爷后来为情所困，用别样的方式了结了自己年轻的生命。这样，外曾祖母晚年的日子，自然过得并不幸福。

外曾祖母走不了远路时，奶奶便开始长年累月地奔走于张家沟与上家屲之间，南坡地的羊肠小道密织了奶奶思念娘家的足迹。当奶奶趁着别人休息的大中午，用小脚跟日头比试脚程，看望自己的母亲时，我自然就成了奶奶的拐杖。

那时候大哥开着小卖部，白糖就是奶奶看望外曾祖母最好的礼物。奶奶有时候跟爷爷明着要些，有时候用自己捡拾的杏核儿换些，有时候背着家人收拾些客人送的，仿佛那白糖能将甜蜜和幸福带给自己的娘家似的。

有一回我照例护送奶奶去上家屲，上河坡的时候，奶奶在河台台上神神秘秘地找寻着什么。最开始我没在意，后来见她奇奇怪怪的，我经不住问了几句。奶奶说她只拿半斤就够了，剩下的存起来，以防下回空着手进门。

原来老人家在搜寻着一朵极为茂盛却又极为隐蔽的骆驼蓬草。

在十年九旱广种薄收的老家，骆驼蓬是一种普通得不能再普通的草。无论一年的雨水如何，它都会用力朝着四周生长、开花、结果。贴着地皮的茎叶，就是冬天羊和驴马嘴里不可多得的一顿美餐；扎进土里的根，就是奶奶灶火里难得的一把柴火。

骆驼蓬，你知道吗？那个当年在你枝叶下藏糖的老人——我奶奶，如今去世了。南山坡，你看见吗？那个当年用小脚丈量你的老人——我的祖母，如今过世了！

如果那朵骆驼蓬还在，春天来了，它一定会为奶奶开出最鲜艳的花朵来；冬天到了，它一定会为奶奶在冰天雪地里披麻戴孝。可如今，上家屲的那片南坡地还在，去上家屲那条必经的羊肠小道还在，那高低不一的河台台还在，可那拖儿带女的骆驼蓬不在了，慈眉善目的奶奶也不在了。

骆驼蓬，你的根还在吗？

奶奶自嫁到河这边跟了爷爷，在马家岘先是饱受吃不饱之困苦，有了两男四女后，又遍尝拉扯子女、孙子、重孙之艰辛。奶奶生下大姑才三天，就去涧沟里背柴。她没疼惜自己被一场大雨灌了个透的身体，却把那一捆丢了的柴念叨了半辈子。没办法，被苦难年岁浸泡过的奶奶，把日子掐得细细地过，勤俭持家已入肤里。

父亲年幼时用不多的毛票买了一个炮，放在灶膛后面的板上，取炮时因太过兴奋，不慎将炮掉入奶奶烧的一锅莜麦面汤中。情急之下，父亲直接伸手去锅里捞取，气得奶奶拿擀面杖追打他……

我的伯母因病去世时，最小的三哥才是三两岁的毛孩儿，奶奶只能离开我家，转身给伯父刷锅煨炕。唯独有一样，奶奶自幼不喜好针线活。所幸在后来的日子里，几个哥哥的布鞋，全靠母亲和几个姑姑针来线去地帮衬。大伯的三个儿子：大哥小学未毕业，二哥只读到初二，上学最迟的三哥，才念了一年级，就去放羊了。因为辍学在家，三哥一直以来深受奶奶的疼爱。那时候三哥常去涝坝滩里玩，爷爷就扯开嗓子满村子喊，只有奶奶不言不语，把饭舀出来放在尚还温热的灶头上，让饭去等人。

奶奶生前因有两样绝活和一副好心肠，常为别人所称颂。

两样绝活是奶奶做的死面油馍馍、糜面碗坨子（馍头）。那油馍馍是拿开水烫出来的，色香味俱佳。那糜面碗坨子是从碗里簸出来的，不中看，却极好吃。

小时候大伯家只要来人，我就是老在他家门口盘旋的人。两个荷包蛋，一碟死面油馍馍，就是那时候招待客人的最高待遇。我眼巴巴地等着客人走，有时候会为客人迟迟不走或客人把死面油馍馍吃完而气愤不已。若客人能剩一半片，阿弥陀佛！我心里甭提有多高兴了。

记得有一回，我和堂哥从学校回来，坐在厨房炕头上，一转眼看见炕头上的一簸箕糜面碗坨子，每人捡起一个就啃。等奶奶从外面忙进门时，我俩已经吃去了一少半。奶奶急忙嚷道："我的瓜娃子，那是给羊烙下的。"后来我们哥俩才知道，那是奶奶用谷皮、糜皮和在一起，给春天里跟不上队伍的羊，专门烫的碗坨子。

奶奶的为人处世向来被邻里亲友称赞。在我的记忆里，大伯家的院落就坐落在两条大路的交叉处。在那视水如命的年月，每遇六月酷暑的逢集日，总有河那边的赶集人，路过门口讨一碗水喝。那个没了一只耳朵盛满凉开水的罐子，时常被奶奶提在手中，罐中总飘着两截儿茴香散发出的清香。奶奶的另一只手端着一盘糜面碗坨子，上面盖着自己的破草帽。奶奶常颠着自己的小脚去场畔、路边等待过路的赶集人，还有河那边周末回家的学生。时至今日，邻里亲戚无不感念奶奶的小善举。

在医疗条件尚不够发达的当年，仅我们村子里，经奶奶接生的孩子就有十多个。如今他们早已长大成人，生儿育女。奶奶虽在延续别人血脉的路上忙碌不停，却无法阻挡生命对她自己的剥噬。我知道，尽管无此，奶奶作为一位朴实无华的农村妇女，对人的情义，对命运的对抗，对苦难的包容，种种可贵的品质，是当过十年老师的我，难以企及的。

无论待人接物，还是操持家务，奶奶一生以她勤劳善良为人生做注脚。亲邻睦里从未红过脸不说，三灾八难的邻家门口，总会闪现奶奶瘦弱的身影。艰苦的自然环境，辛酸的人生经历，造就了老人家一生"宁可牛挣死，不让车翻过"的典型性格。

奶奶骨子里还有极为刚烈的一面。

有一回，农业社时期生产队的老支书来我家吃饭，被串门来的奶奶撞见。那人急忙站起身让座，请老人家上炕。奶奶不但没有回应，脸色立刻阴沉，还气呼呼地出了大门。瞬间，屋里的空气就凝固了。那是我有生第一回体会尴尬。后来，我才知道奶奶愤慨的原因。

还是农业社那会儿，因为家大人多，日子难以维系，切洋芋子种时奶奶偷了生产队几颗填肚子，被这位支书发现，专门召开批判大会，在人堆里伤了奶奶的自尊。不曾想，这么多年过去了，只字不识的奶奶一直将此事埋在心底，而在那一天，当年所受的屈辱瞬间奔涌而出了。

老人家一生虽没有多少家底，可心极为公允。大儿子日子不得前，记挂大儿子；小儿子有病难上班，扯心小儿子；三女儿、小女儿拉扯孩子不容易，就手牵外孙子。哪一个的日子过不去，她总要在心里时不时地念叨。

今天再回头，正是奶奶一生不曾停歇的脚步，锻炼了她连头疼脑热都能自我康复的身体素质。奶奶若是真的睡在炕上不起身，心慌的首先是大伯和父亲，他们知道奶奶肯定是有了心事，而不是真正的病痛。

无论农忙还是闲月，奶奶总会利用牲口不下地的间隙，绑着牲口推磨，招来鸟雀觅食，引来鸡狗围观，连猫也要靠在奶奶的脚旁打盹。那和睦温馨的场面，就这样成了我儿时记忆中的绝版。

七十多岁的时候，奶奶还在老家的山梁上奔走。有一回，装满苜蓿的背篓太高太重，靠着地埂起身时，奶奶被翻过来的背篓打翻在地。我不敢想象，瘦弱至极的老人家，是什么支撑起她活一天就一刻也停不下来的脚步。那时候的奶奶总共不到八十斤啊！

八十岁的时候，适逢桃花山庙会，奶奶还能自己从山上折返一个来回，让跟随其后满脸堆汗的我好不汗颜。

值得庆幸的是，迁居小城后，天气寒冷的时候，我便把奶奶接进城，小住数月。来年春暖花开的时候，再送老人家回老家。在这里，上了八十岁的奶奶，破例让孙媳妇帮着完成生平头一回洗澡；在这里，老人家第一次知道，吃一碗浆水还要花钱。

可以说奶奶的一辈子是与土地、水桶、柴火、磨台、牲口、草料、猪食桶、鸡食盆打交道的一辈子；奶奶的一辈子是哺育儿女、照看孙子、拉扯重孙的一辈子。可就是这样一位瘦弱无比的铁老婆子，在老家高高低低的山梁上奔跑了一辈子，在这坡地里弯弯曲曲的山路上往返了一辈子，在苦难、贫穷绞缠的人生路上揣摸了一辈子。

奶奶，知道吗？您去世的日子里，我只哭过两回。一回是您远嫁陕西的妹子驱车前来，亲人相逢抱头痛哭的那一刻。一回是您的棺材入土我爸用衣襟给您三回土（土葬时，后代背着墓穴用衣襟将土从肩膀上甩至墓坑）的那会儿。我爸哭得最伤心的时候，是在打开您的箱底的一刻，箱底里放着一个塑料袋，袋子里还包裹着您平日里捡拾的啤酒盖。您知道吗？不管那盖子上有没有"再来一瓶"的字样，您的节俭持家，都会一直铭刻于您子孙后代的心头。

奶奶，老话说："孝子床前一碗水，胜过坟前万堆灰。"这话我信了。

夜越深越黑了，可奶奶生前跪着烧的灶火似乎越来越亮。

奶奶，愿那一世的您再莫要受苦！

外婆逝世周年祭

屈指掐算，距离外婆逝世一周年的祭日还有几天，可母亲已经开始张罗了，定献饭、换零钱、买冥币。母亲一面出来进去地拾掇着自己的行李，一面又盘算着自己返乡的日子。

我知道，母亲要动身去老家祭奠外婆。

外婆属于老家陈氏一族，兄弟姊妹四个，两个哥哥，一个姐姐，外婆垫底。外婆的姐姐是最先离开人世的，接着是她的大哥，最后是外婆，现在唯剩下小舅爷健在人世。

年轻时，外婆远嫁西吉马建，我的亲外公姓刘。遗憾的是，我至今都不知道，外公兄弟姊妹总共几个。外婆所生五个儿女，母亲是老大，再依次是四个舅舅。听母亲讲，小时候他们的日子苦不堪言，基本上都是靠大舅的讨要为生。母亲很小的时候，就跟着外婆推土挣工分。因为穷，家里常喝的是能照得见人影的清汤，如果能在里面加上一把苞谷面或者两颗土豆，就已经很奢侈了。

有时候，山那边的回族乡邻如果死了牛，就会站在大山梁上，喊着让他们去拾掇。可这样的好机会，几年才遇上一回。

天不怜念，外公在小舅没几岁时，就撒手人寰，留下的孤儿寡母度日如年。外婆的小哥哥——我的小舅爷跟我父亲同村，在他的说合下，我的父亲和母亲这才结姻缘。再后来，外婆家举家迁徙到会宁这边，一是因为我母亲远嫁在此，二是因为外婆的娘家人都在这边。

外婆的几个孩子，母亲和大舅目不识丁，属于地地道道的文盲。二舅和三舅还算幸运，搬至会宁后，在父亲的眼皮子底下总算读完初中。四舅不知为啥，进学堂还不到一年就作罢了，斗大的字也识不得几个。由于天资聪颖，他后来竟自学了不少，可以用书信交流。

据父亲讲，大舅那会儿到了要找媳妇的年龄，恰好有邻居的亲戚撮合，外婆决定改嫁，组合一个大家庭。一是孤儿寡母过活得真不易，二是为了给老实巴交的大舅找个媳妇，就这样外婆决定跟我如今的后外公搭伙过日子。而后外公的外甥女，也顺理成章地做了我的大妗子。

从此，外婆迈出了她人生至为艰难的一步。

再后来，母亲生下了我，外婆人生奔跑的双脚，似乎更忙了。回想外婆的一生，真是和贫苦抗争的一生。那些把生活的艰辛和着柴火往灶膛里塞的困难日子，那些把山里的草垛和田里的粮食捆子往家里背的辛酸，那些从涧沟里挑咸水的艰难，那些在红土胶泥墁过的灶头上操持老小口粮的窘迫，那些黑夜里独自吞咽的苦楚，密密麻麻织就了外婆的一生。

今天，再回首时，当年我那脾气倔强的父亲，也帮衬外婆一家整整一辈子。一个女婿半个儿，这一点，我懂。父亲见二舅篮球打得不错，个子挺高，就打发他去当兵。后来，二舅转业端了公家的饭碗。

为了让这个家再往宽裕些发展，二舅把自己的小兄弟带到了济南。凭着憨厚老实、吃苦耐劳，小舅在济南过了好些年的舒坦日子。那些年，仗着年轻，四舅错过了好多个我的"准"妗子。一直到他遇见了我如今的妗子，外婆的愁肠事才少了一桩。

为了守住最后的一点家底，让外边回来的几个舅舅感受家的温暖，外婆每年都喂养两头大肥猪。那会儿的我，自然就成了托运队的队长。常常吃完午饭，我骑着自行车，扭着屁股就把母亲罗好的粮食，一袋袋送到外婆的手中。返回时，外婆总要多多少少带点"信息"。

由于几个舅舅常年在外奔波，每年暑假，除了我和母亲要帮外婆拔麦子外，父亲也要赶着牲口，拉着架子车，帮外婆驮运粮食。山坡陡屲地里的庄稼用牲口驮，自留地和平地里的庄稼用架子车拉。山里人有的是力气，有时候光麦子就种二三十亩。我上高中时，就已经学会了杀驮（用绳子捆住两捆粮食，搭在披了鞍子的牲口的背上）。若是外婆家要装车，父亲常派我一个人去帮忙，一帮就是好几天。每逢午饭时分，看着我吃得狼吞虎咽，外婆的脸上总洋溢着说不出的欣慰。

最有意思的是后外公和外婆的吵架。

二舅一家去了济南，丢下庄子无人照管。那些年，正是开荒的年月，水土流失严重，山上挂不住雨水，一遇打雷下雨，山水全都往庄子汇集。二舅的庄子建在山底，常被山水冲出大小小的沟渠。雨后，我通常都会帮两位老人修葺半天。后外公有点懒，爱抽烟，多时候用打火机点了烟锅，吧嗒吧嗒地吸，其实烟锅早已经没了火星。

"你一天往天黑来吃（吸）烟，不怕把你呛死吗？"累坏了的外婆没好气地责怪。

"把人泼烦死了，没人管了算了，人家都在外面享福，把我们挣死，谁看见？"

后外公深眼窝里的俩眼睛连着挤了好几下，嘴噘得可高了。俩人的对话，听得我笑出了声，可两人的斗争更激烈了。通常的结果是，一个把另一个撂下，也不打架，就径直回去了。

后外公铁匠出身，有点手艺，用芨芨草扎扫帚，多少还能混些亲邻的茶叶。因为抽烟比较厉害，后外公每年都种旱烟。那时大舅家的日子并不好过，外婆就背着后外公偷装两把旱烟送过去。春天大舅家下不了种，外婆总要把三个舅舅寄来的零花钱再给大舅塞上些。

20 世纪 90 年代，村子里兴起了社火，后外公因为做事认真负责，当了整理戏服箱子的专干，谋得了一份自认为很体面的"公差"。外婆也喜欢秦腔，尤其爱看《拾黄金》，每回都舍不得错过。

在爱看戏这点上，两人竟然惊人地找到了契合点。

我考上大学后，原先打算盖房子的父亲，突然就不想收拾了，顺手把橡木檩条给了小舅。再后来，为了搬离黑乎乎的窑洞，住上敞亮的大上房，外婆不听父亲的劝阻，自个儿趴上大墙干活，摔了一跤，胳膊错位了，疼坏了老人家。父亲也因此挨了舅舅们的不少抱怨。可不论怎样，最后，外婆还是在有生之年，满心欢喜地住上了亮堂的上房。

要说心疼孩子，外婆最挂心的莫过于二舅的二儿子和小舅。天下老的都偏小的。那些年，二舅将刚满三个月的表弟交给外婆抚养。自小缺少父母之爱的表弟，外婆格外疼他。老人家一手带大的他，骨子里有些憨厚。我至今仍记得，有一回，二妗子从济南回来，表弟连"妈妈"都不会叫，让二妗子哭得很伤心。

外婆最记挂的，就是一年到头连见一面都无法确定的二舅、三舅。要说外婆惦念光阴过不去的，却是大舅。外婆时不时步履蹒跚地，转到我家，把很多心事絮叨给母亲听。要是我母亲忙，跪在热炕上的奶奶，就是陪她促膝长谈的最好人选。

"唉，你姨娘……"

后来，我把外婆唯一的女儿——我的母亲，接到城里带孩子时，我能想象得出外婆有多孤单。

在我的记忆里，外婆是那么的慈祥和公允。几个子女里谁的光景不行，她就惦记谁：偷一把老三的旱烟给老大；接过老二手里的钱，转身塞给老四；父亲那年生病时，见母亲心乱如麻，老人家又把面条压好后，用簸箕端着往返在五六里的小路上；二舅前些年一家人外出打工，丢下的房屋，下雨后少不了修缮，每回都缺不了外婆的身影。

去年的这个时候，外婆走了，是突发性脑出血要了她的命。一句话，走得很意外，走得匆忙。劳苦一生、穷苦一生的外婆，倒下后就再也没有起来。外婆就那样悄无声息、毫无准备地走了，留下一大堆子女儿孙，却没留下一句遗言就走了；喝了口水，却没吃上一口饭菜空肠寡肚地走了……在2012年的秋天里，把丰收的喜悦还没来得及告诉儿女的外婆，带着很多人的牵挂和怀念，走到了她生命的尽头。

外婆走了，享年七十五岁，老人家至死很少离开过掩埋她的那一片土地，再回到西吉马建。至今想起外婆离世前那痛苦的表情，那生离死别的场面，我都……

当儿女们赶到时，外婆已经不能再用言语来表达。就这样，外婆带着秦腔里"再不能听娘把儿叫几声"的遗憾，永远地闭上了自己的眼睛，一如那涧沟里的泛泉水，走完了她漫长而又曲折的一生。

过日子刨光阴的同时，其实我们忽略了很多亲情。所谓的骨肉情深，想必也是这个道理。打断骨头连着筋啊！

外婆的一生，艰辛而曲折；外婆的一生，劳苦而功高。外婆去世的那一天，阴雨连绵，那是上苍动情的眼泪；外婆去世的第二天，天高云淡，那是她在天堂灿烂的微笑。

外婆，天凉了，多添件衣服，那一世里，您就把这一世的苦难，给自己的亲人好好絮叨絮叨……

父亲住院记

引子：人世间有万千种等待，凡尘中有上百种纠结。

等待是忐忑的，忐忑的是心；纠结是煎熬的，煎熬的是人。

1

父亲折腾了一夜，母亲连惊带吓，忙得团团转。惭愧的是，我因为疲惫，晚上老早地上了床，一觉睡到了大天亮。

天亮时，母亲一脸疲倦地说："你大昨晚上折腾了一晚上，疼得生汗滚哩！"我赶忙钻进父母的卧室问候。父亲形容枯槁，带着一夜的余痛转过了身。我能感觉到，老爷子强压着闷气。我咋就睡得那么沉！一时间羞愧、自责之情油然而生。

临出门，母亲委婉地转达了父亲的意愿："要割去哩！"不用想，老人家肯定是疼怕了。

"你们收拾一下，我送完孩子了咱们直接去县医院。"

我甩下一句便匆忙出门而去。

由于疼，父亲的脸色有些铁青。因为急，父亲的脚步也有些零乱，整个人眼皮塌陷，疲倦四溢。在三爸的帮衬下，我们直奔住院部找沈大夫，拿了单子开始了漫长的逐项检查之路。拍片、照彩超、做心电图……时间统筹捏在我手心里，按分钟计算。由于是周一，医院里的病人比平日多得多。而检查窗口作为前站，更是布满了密密麻麻的人群。

我最不愿看到，医院里人满为患的样子，那是人间的大疾苦。

无论我怎样精打细算，结果仍然是，最后一项彩超检查，中午时仍旧未能等到。父亲尽量蜷缩着上半截身子，可一阵阵钻心的疼痛，让他最后还是无可奈何地站了起来。我领着疼得龇牙咧嘴的父亲，穿过拥挤的人群，回了家。这样，父亲在家里又疼了一中午。

父亲极度疲倦，却被疼痛搅扰得难以入眠。昨晚的连续疼痛和呕吐，已消耗了他一大部分体力，让一向好强的他，明显有些力不从心。看着他花白而又杂乱的头发，我突然有种说不出口的难受。因为检查的需要，父亲的午饭自然未在安排之列。

下午的检查相对顺利，父亲算是排到了第一个。四舅来的时候，我刚把父亲送进检查室。他照例打电话约父亲去老地方玩牌，却听说父亲在医院，就径直赶了过来。几乎形影不离的俩人，只要在一起，就有一种外人少有的默契。在妹夫未至我一人独撑的情况下，四舅和三爸就这样做了我最坚强的后盾。

2

夜，在病人和病人家属的鼾声中一寸一寸滑向黎明。心电监护仪的滴滴声，氧气瓶里翻腾不已的水流声，映衬着我的笔尖在纸上的游走声。孤独但不寂寞，寂寞却不感伤。当然，这已经是手术完的后话了。

父亲住下后，三爸便利用工作间隙，一遍又一遍地探望。三爸进门一句话就逗笑了父亲，我觉得气氛在刹那间轻松了不少。下午三点多的时候，主治大夫来了。他揭起父亲的衣衫，来回揣摸、压挤。大夫反复询问，父亲表情丰富地回答。2013 年，父亲的胆就检查出有结石，我便怯生生地去询问病情，大夫说等他详细诊断了后自会找我。

没多久，检查单子又来了，大夫怀疑父亲还有阑尾炎在发作，需要做彩超。急诊彩超单子享有优先权，这回检查的速度快多了。

检查结果显示疑似阑尾炎。

临下班的时候，接到大夫通知，晚上连夜做手术。因为白天的手术早已排满了。长这么大，我还是第一次在《知情同意书》上签字，父亲生平也是第一次动手术。八点钟，父亲进了手术室，我的心旋即被提起来抖，虽然我知道这根本算不上大手术。

在手术室门口等待的时刻，兄弟雪飞来了，三爸也来了，我知道他们是来给我壮胆的。去白银办事的表弟，也顺便赶了过来，说是要连夜赶回去，第二天还得上班。我知道，亲友的所有探望，都是为了一份无可替代的分担。

八点进的手术室，十二点半，父亲才从里面出来，全身包裹严实，只有大汗淋漓的头裸露在外。这之前的十一点过些，沈大夫从里面换了装出来，感慨地说：自己做了二十年的手术，没见过像父亲这样的。手术进行到一个半小时的时候，还未找到胆囊和阑尾。其时，手术的费事程度可想而知。

前些年的病痛，让父亲曾经一度骨瘦如柴，幸好治疗有方，这几年父亲的身体一年好过一年。除了生活条件的改善，我想很大一部分源自于心情，日子宽展了，心也就宽展了。

一个布袋（内装纸牌、烟盒、火机、烟嘴、茶杯），一把折叠椅，便是父亲接送孩子的所有携带品。每日里早出晚归，有节有点，小日子滋润得父亲脸上有了光泽，嘴角有了微笑。

这些年，上了岁数的父亲，学会了使用电脑，不时地和孙子一起研究电脑上的基本操作。这是他人生经历的第一次手术，且是两项病症。虽然病痛来得突然，但手术做得成功。

手术结束第一天，父亲睡了整整一天一夜。手机上来了好些个问候的电话。第二天，来了许多探望的亲朋，父亲也清醒了许多。只是医生不让他多说话、多进食，建议他少食多餐，饮食以清淡为主。

幸好父亲的病房只有两个床位，除了病床、床头柜之外，每人一个木凳，一张简易折叠床，白天折起来当椅子，晚上放开来当睡床。

3

与父亲同室的病人，是一位年过八十的老者，贫血。老人有三女一男，儿子为小。这次由小儿子和一个女儿陪护。小儿子在河畔开个汽车维修店养活家小。小女儿在县城买了廉租房，供孩子上学。小女婿在庆阳打工。不知为什么，其余子女，直至我们出院，终究未见。倒是伺候的这姐弟俩，一坐下就东短西长地谝传，让人好生羡慕。

妹妹执拗，让我不要拦挡她的一片孝心，发来一条"出钱实在指望不上，出力理所当然"的孝心短信，惹得父亲、四舅和我都笑了。我终究还是忍住了笑，害怕笑得太猛，惹得父亲绷了刀口，便赶忙止住了父亲。兄弟姊妹多的好处，在老人病痛需要伺候的时候，被互相帮衬彰显得淋漓尽致。

赡养老人，是儿女们天经地义的义务。羔羊跪乳，乌鸦反哺，连动物都给我们指引。由于这个原因，很多年前，我就给自己定了交友两原则：为人不孝父母者不交；为人钱财太紧者不交。

夜里四点多，我怕四舅实在撑不住，让他睡会儿，连连谦让的四舅，不一会儿便鼾声四起。

几天来，在病榻前，帮父亲洗脸、刷牙、洗脚，扶他上厕所，我突然有了种说不出的踏实。好几个老朋友来电话问候，让我内心宽慰不少。也许，相互支撑永远是人和人之间最牢固的情感。

第三天，父亲总算有了笑颜，不断感叹自己闯了一遭鬼门关。许是疼痛的解除，让他才如此感叹。父亲生性倔直，加之大夫嘱咐多锻炼，他便尝试着自己要去卫生间。这样我只好一手提着引流袋，一手搀着父亲，缓缓地向前移动。在那一刻，我深切感到父子生命一体的沉重和意义。

生命在于运动，此乃真言。活动完的父亲，睡得格外香甜。

我一边思索着父亲跨越病魔设置的生命之障，经历疼痛、昏迷、手术切除等折磨后，依然能包容人生的另类赐予——苦难，一边端详着父亲苍老的脸感慨万千……

抽掉引流管之后，父亲感到自己越来越精神，大夫也开始交代出院的相关事宜，我知道重见蓝天终于有了盼头，便和妹夫开始陆陆续续往家里提东西。这些东西一部分是父亲的亲友送来的沉甸甸的关爱，一部分是我平常交好的师友的盛意。

礼拜天，输完最后一组液体，小憩了一会儿的父亲，脱下了病号服，整装待发。下了住院部的大楼，一缕阳光直射父亲略显清瘦的脸颊……

对，外面天晴了。

飘向医院的秋雨

1

这几日，天一直阴着，断断续续的小到中雨一直下个不停。天擦黑的时候，原本去白银接母亲的父亲，却被母亲领着进了门，脚步踉跄，神色凝重，我的心猛地一抽搐。

不用母亲说，我自己都能看得出，父亲是被疼痛包围了！实际上，父亲根本不知道哪里疼。妻子做好的饭沉闷地晾在饭桌上，两个老人一双无暇顾及。一阵阵的疼痛就如窗外的秋雨一般，不知道什么时候会来。奇痛袭来，父亲的额头、发梢、脖颈，全是滚落的汗珠。疼极了，他只好将疲惫的身子蜷缩成半弯曲状。

我赶忙烧了开水，暖了床铺，安顿他蜷曲着躺下。如此突袭的疼痛，又这么折了好几个来回。原想天亮去医院的计划，不得不临时做出更改。

城市的灯火陆续亮起来，一盏盏路灯，像划破黑暗的火柴棍，雨一直下，尽管不大，却丝毫没有停下来的意思。黑暗里，四只慌乱的泥脚，一齐迈进县医院的大门。父亲有些撑持不住的样子，为能在最短的时间里减轻他的疼痛，我只好惊动了一把年纪的三爸。接下来就是穿门拐角的检查，深夜里的县医院门诊楼道，格外空旷寂静。

不完全性肠梗阻。

伴随着一纸判决书，膀阔腰圆的父亲就被定性为一个地道的病人，入院接受治疗。

年岁渐高的父亲，就如一辆出过大力的旧架子车，身上的零件隔三岔五地出现故障，每一回对他自己的身体，对家人的心灵，都是一种莫大的煎熬。

小时候，总喜欢躺在父亲瓷实的脊背上睡觉，靠在父亲宽厚的肩膀上看书。如今，唯一能做的就是伸出肩膀让他老人家多靠靠，陪老人家多说说，帮老人家擦擦脸、捶捶背、捏捏肩、洗洗脚……

许是间断的疼痛让老人家疲倦至极，打了针后，他安睡了好几个小时。那一刻，我才得以瞅清父亲：头白近半，满脸斑褐和皱褶，蜷缩的眉毛，低垂的眼袋，呼吸里带着吃力，翻身中藏着呻吟。权势、金钱打不倒的父亲，却被疾病轻而易举地绊了个趔趄。

黑夜一寸寸暗下来。肠胃里的杂物，从胃管里引流，成了暂缓疼痛的首选。母亲战战兢兢打来电话，不止一次地询问，抱怨父亲的倔强和生病时的瞒哄。不用说，父亲的病潜伏得早了，只是他一直不说。生性倔强的他，让每一回的提前检查，最终都成了一句空话。单就撑持不下去了才动弹这点，像极了我的奶奶。因此每一次生病，带给我们的除了担忧，还有非比寻常的惊吓。

不仅仅是疼痛，禁食禁水让父亲饥肠辘辘、口干舌燥。欢欢地放几颗响屁就能好的病，折磨得他形神枯槁，不愿多言。与时间赛跑，与疾病抗衡，夜，突然间就漫长了许多……

这些年，家里的生活略有改善，父亲的心情也好多了，小日子虽不怎么富足，但也过得紧凑舒坦。闲下来的父亲，每日里忙得不亦乐乎，接送孩子，掀牛九，锻炼身体，赶趟似的。心闲自乐的日子，被安排得满满当当，有时候忙起来比我这个年轻人更拼。

这回，老黄牛般的父亲肠梗塞了。讲坛上站了一辈子的父亲，学生的孙子上学时，他依然是老家村小的主力军。在我十年的从教生涯中，他时常提念的一句话就是"不要亏待人家的娃娃，多积德"。时至今日，父亲单是前后进县医院不下十回。用父亲的话说，每一回，我们姊妹的人生有所改观，无不以他的大病一场做铺垫。从心底而言，我宁愿这样的改观少一点。

平为福，看透了的人生使然。

2

次日，父亲憋胀的肚皮明显松软了许多。再拍片检查，效果明显，足以宽慰我拧成一团的心。疼痛减轻了，睡眠充足了，父亲不停地起卧。晚上输完液体，我的睡意浓了许多。黑暗里，父亲老鼠一般，窸窸窣窣，咳嗽声、吐痰声，捏得很小。我佯装睡着。怕惊醒我，他变得格外谨小慎微。朦胧中，我眼角划过凉凉的好几束难过……

病痛让向来健谈的父亲，变得寡言少语了很多，眉头紧锁，双目微睁，呼吸短而促，瞌睡轻而少，翻身格外勉强，下床力不从心。苍白的语言根本无法描述这种扎心的疼痛。站在父亲的肩头，目之所及更高远；靠在父亲的脊背，身之所倚更稳固。

从 22 日中午未进医院开始，父亲就水米未沾牙。24 日，老人明显觉得干渴，害怕天黑，天黑了硬等不到亮。按照大夫的嘱咐，我用棉签蘸了温开水，浸润他干裂的嘴唇。他以前红润、饱满、富有弹性的嘴唇，才几天时间，一下子皲裂，缺少色泽。

渴极了的父亲，像哺乳的婴儿一般，棉签才挨到嘴边，就不停地挪动嘴巴，极力找寻湿漉漉的棉签，以便将其噙在口中。单是闭眼竭尽全力找寻棉签的神情，单是那含在口中咂吮的模样，像足了吃奶的婴儿，我的心尖尖颤了几下，心窝窝又疼了几下。

从天水回来到现在，天空总飘着雨，大一会儿，小一会儿，再不大不小一会儿。秋雨明显多了，秋思自然重了，搁在心头久久不能弥散开来，就如似雨似雾的毛毛雨一样，总在山头萦绕。

35 岁，人生分水岭黄金期。一次偶然的机会，生活将我从理赶到文，成为文艺门槛前的学生。也是从那时起，父亲的心绪宽展了不少，走在街头，我俩就像多年的"老弟兄"一样，总要挨挨挤挤地牵手搭背。

夜幕低垂，每每一个人在灯下写点文字，父亲总要利用起夜的间隙，笑容满面地凑过来，挤兑两句："数学老师，会写吗？"还想瞅一眼的父亲，伴着呵呵的笑声总被我挡了回去。我知道，父爱无言，这是一种变相的鼓励。我深知在这个外人看来异常舒适、安逸的文化圈子里混，若没有拿得出手的两把刷子，你根本就无法赢得别人起码的尊重。

当我真正明白了人生的些许要义时，忽然有一天，过去所有的经历，都成了我人生最好的铺垫，这让我素来卑微的心，有了些许宽慰。小时候的家里，花销不宽裕，一个字：穷。时价8元5角的磨面钱，是父亲找最好的朋友借的；吃粮不宽裕，当家里仅剩的一缸白面有些变质时，父亲的脸黄得像变质发黄的白面。

1993年的那场病，差点要了父亲的命。一个和他做了同事的他的学生，多少懂点八卦，说是父亲大难不死，必有后福。说来也真是凑巧，1996年父亲民教转正，换了身份，我家紧张的日子一下子宽裕了不少。转正后，第一回领了每月344元的6个月补发工资，腰杆一下子硬了的父亲，生平觉得自己成了名副其实的"富翁"。用他的话说，"心被幸福淹过了"。

就这样，父亲深一脚浅一脚，从命运拐角处走来，高一脚低一脚，从岁月转弯处走过。

我考入会宁二中那年，家徒四壁。利用暑假间隙，父亲生平第一回出外打工，面对日渐剧增的开销，每月40元的工资，无疑是杯水车薪。眼看上学在即，自己的学费尚无着落，偏又迟迟不见父亲回来，我心里着了火。每天上午犁完地，下午我就把家里的牲口赶到后山里一边放牧，一边等待。直到有一日，父亲肩背尼龙袋，大包小包地从后山的小路上走来……那一刻，父亲的脚步到底有多零乱，我不得而知。如果说，人生总有几次经历，让人刹那有所长大的话，大抵，那就是我人生里最早的一回。

上初中那会儿，因为住校，我一周从家里取一趟生活补给。母亲花上一天的时间，蒸一筛子馒头，烙一簸箕锅盔，白花花的白面馍，每回，总会被我们姊妹俩洗劫一空。为了顾及我们的脸面，父母常将黑面馍、糜面馍留下来，自己在家里当"茶垫"。差不多和窑顶一齐儿的麦篇，硬是被我们吃空了。即便如此，正在长身体的我，所带馍馍也只能支撑到周五。周六放学，空着肚子翻越十五里山路，径直往家奔，就是再也寻常不过的事儿了。

那会儿的家，不要说人的余粮，就是牲口的草料都不多。两头牲口要饲养，没有糜谷草、高粱秆，麦草饲养出的驴，瘦得骨头连着筋。别人家的牲口屁股光滑得连苍蝇落不住时，我家的毛驴老毛还没有换。无奈之下，冬天，父亲利用去学校前的空当，带着母亲，在老家的涧沟里铲骆驼蓬。后来实在寻不到了，父亲便豁出老脸找人借。奶奶看不下去了，时不时暗地里顺着场梗扔两捆糜谷草或者高粱秆。

父亲无不满含酸楚地说，那么难行，他还是挺过来了。

1995 年，县城搞开发，举办抽奖活动，父亲和同村好几十号人去参加，唯独他抓了一条毛毯。每提及此事，父亲的脸上总有掩饰不住的欢欣和激动，仿佛自己中了百万似的。

也就是在这种场合，稍觉轻松下来的父亲，乐意跟我说许多从未提及的往事。聊久了，父亲忍不住想喝水，可病情暂不允许。自然，我声响颇大的喝水声，总会惹得父亲半嗔半怨：

"把水端远些去喝！"

老汉者，老憨也！

3

病友出院了，偌大的病房里，只剩下我们爷儿俩。父亲安然入睡，呼吸均匀，胳膊外露，若不是鼻孔里插着胃管，实在看不出他跟平日有什么不同。半夜两点钟的楼道，安静极了，所有的疼痛疲乏都上床了。窗外，淅淅沥沥的雨声飘过来，像母亲悠长的絮叨，又像父亲偶尔的呻吟，还像妻儿小声的呢喃。

我睡意全无。

只有书、笔和纸能让我找到瞬间的平静，为我驱赶漫漫黑夜。天色未褪去混沌，母亲急匆匆地提着从外面买来的早餐赶来。一进病房，她在这儿扯扯床单，那儿叠叠被褥，总能翻腾出许多看见看不见的活来，偶尔和父亲开个玩笑，父亲的脸上旋即有了色泽和欢笑……

妻子领着儿子进门来，小家伙蹲下弱小的身子，一直瞅着插着胃管、打着吊针的父亲，好像不认识似的。我无法猜测孩子的内心世界，但能看出他的担心和关切。这才记起父亲从白银回来的当晚，儿子去看儿童剧了。爷孙俩还没碰面，父亲就住进了医院。每日里朝夕相处养成的那种依赖，让小家伙紧挨着父亲坐在了床头。眼微眍的父亲，不曾有过的疼惜和爱怜，一下子写满了整张沟壑纵横的脸。

小雨一直下，久久没有要停的意思。液体一直滴，迟迟不见好转的起色。输液的空当，我尽量给自己找点事做，瞅瞅父亲眼角有无眼屎，听听他呼吸是否均匀，信手翻几页闲书，动笔写几行文字，去楼门外抽烟，去水房里打水，帮父亲洗洗脚、擦擦脸。偶尔闲下来，翻翻手机，若是猛然想起一句话，赶忙记录下来，让自己烦躁的心获得片刻的宁静。

隔床的病友病情好转后，不时漾开许多欢笑来，足以抚慰我内心湿漉漉的心情，这心情与秋天不沾边，与秋雨无关联。

4

面对生活中那些猝不及防的考验，除了积极面对，我找不出更好的办法消解。不过这样也好，人前常教子，床前当尽孝，毕竟父亲就我这一个儿子。在计划生育正紧的那会儿，妹妹的降生实在太不易。母亲东躲西藏，从要结扎的乡卫生院偷跑出来，才侥幸给我生了个伴儿。为此，彼时当民办教师的父亲被下放一年。后来，还是大爷和当支书的邻居说了有分量的话，父亲才得以重返讲台。

晚间，好几个交好的朋友来电询问父亲的病情。这一回，因父亲发病急紧，我几乎是封闭消息的，亲人和单位领导也不例外，只说再休几天假。天气转凉，阴雨连绵，泥泥水水的，我真不想麻烦太多人。

可师傅还是来了，我接了两次电话后，再隐瞒就有些过了。接着，小姑也来了……

在我的印象中，父亲每每生病，小姑、三爸、三妈都是最先围绕在他身边的人。人活一世，尚有许多恩情值得用心铭记，比如养育之恩、知遇之恩，再如过命之交、患难之交……

小恩当有谢意，大义自知还不起，可恩义得终生铭记。不仅如此，父亲还时常把那些困苦年月里的恩义，翻腾出来，作为我为人处世的标杆。

历经数月心灵煎熬和漫长等待的事，终于有了一点眉目。一口气还未喘匀，好端端的父亲又住进了医院，让人的心一会儿都不能清闲。于是找医院的朋友借了纸笔，零零散散、长长短短地做些记录，以此来打发熬人的陪护时光。

眼瞅着白晃晃的日子几时能黑，心算着黑乎乎的夜何时能亮来，周、天、小时，时间能分解多细碎就分解多细碎。周末了，父亲先前的俩病友陆续出院。一个是老乡，他的女人做了胆结石，父亲坐在轮椅上检查身体时，他一直帮衬着我们爷俩。事后我才知道他是认识父亲的老乡，憨厚劲儿自不必分说。

还有一个病友，是年轻的 90 后，她的妹子妹夫都轮流着来陪护，几个人常说说笑笑。一个人的时候，她常躺在床上看手机。

后来的病友是陕西宝鸡人，在红堡子附近的国道上干活。天凉了，他想回家取些衣服，也顺道将老板的儿子领回去。谁曾想路上出了车祸，孩子受伤，他虽受伤不重，但惊吓非小。打了吊针，他就呼呼地下了四川。因为远，陪护的人还没有到，手机充电、打开水、换药，能帮的我尽帮。出门在外，谁都不容易，何况在医院里。

在来来往往的报平安电话里，不时传来急切的询问，间或夹杂着一时间到不了跟前的哭诉。那是家里女人急不可耐的询问。没有什么比这种骨子里的疼爱和牵挂，更令人心生温暖的了，尤其在这秋雨绵绵人惆怅、秋风阵阵穿心凉的日子里。

街道上，旋转的车轮，飞溅的雨滴，攒动的人头，犹如父亲梗阻的肠子一样，明显有些拥堵。这场历时一周还不见晴好的秋雨，更像笼罩在人们心头的愁云……

哦，开学了！我加紧了自己匆忙而又零乱的脚步。

有人说，天下的风雪都刮向旅馆，我觉得这个秋天的阴雨似乎都飘向医院。

陪护日记

2018年3月8日　星期四

一朵云从后山飘过来，带着掩饰不住的倦意，白云飘在蓝天上，蓝天衬在白云底，斜阳暖暖的，人影懒懒的。后山裂开的好几道口子如老人的豁豁嘴，车流掩映着人群匆忙的脚步，朝着太阳眨一眼，止不住一阵眩晕。

哦，这是定西。我陪父亲在医院，有幸撞了个单间。

如果不曾有突如其来的生活小插曲，至少忙完公事后，应该给家里的女人们过个节日的。女本柔弱，为母则刚。给母亲洗洗脚，陪媳妇唠唠嗑，帮女儿画画儿，都是一桩温馨的陪伴。女儿今天过生日，好几天前就嚷叫着，生怕我们不知道似的，还不停地跟我们要蛋糕、玩具……

父亲的病又犯了，跟老对手又耗上了，来来回回地跌绊着，好几个惊心的回合。单是疼痛的光顾，让他已经没了脾气，也让亲人们心疼不已。

每一次何时进医院，都是先试探老人家的口气，成了我作决定前必过的一关。见老人脸色不对，我就得想方设法地顺着他。人越老越憨。孝顺者，顺即是孝，孝就是顺。

约了表兄，一路颠簸，心情忐忑地直奔定西而去。还好老爷子的疼痛不是太剧烈。守江，妻子娘家的老兄，已经三番五次地麻烦人家了，我心内充满歉疚。江南，算是定西当地人，比我轻车熟路，可文化和卫生毕竟是两个行业，隔着山啊！后来我索性想通了，父亲是害病的，老兄是看病的，不求他求谁啊！这样想，心里又坦然了许多。

工作那边，这段日子正有要紧的事要做，可我怎能说父亲的病害的不是时候。父亲就我一个儿子，无论是责任，还是义务，我都该好好地伺候他。我的母亲，斗大的字不识一个，巴掌大的会宁城都走得不是太熟，若要让她来定西伺候父亲，不要说排队等候检查，就是一口热饭，也定然吃不到嘴里。媳妇那边，更不消说，一面是工作，一面是孩子，手忙脚乱的。

母亲常说："你娃娃一个人，力太单了，没一个帮衬的，若是遇上个头痛脑热，多少没个替换的人，就把你一个人绊展（绊倒）了。"

父亲毕竟是男人，心里能装事。前前后后生病好几回，他都不好意思再张口了。在他眼里，吃公家的饭，至少要对得起每月领到的那一份薪水，这是做人的底线。

灌肠后的父亲，睡得格外香甜，隔壁病房有吃饭的响动，日沉西山，余晖尽显，金黄一寸一寸从楼底消逝，夜幕一步步从天空降临。

能吃饭了！

2018 年 3 月 9 日　星期五

在定西市人民医院的第一夜，我半睡半醒，算是勉强撑持到天明。是夜，父亲除了翻身，肚子咕咕地响，除偶尔打嗝之外，没有因疼痛而发出呻吟。大抵这世间，除了因劳动而带来的疲倦之外，还有一种就是疼痛带来的困乏了。

与老人住在一起，晚上我打扰人家，天亮人家搅扰我，生活不在一个频道上，起居不在一个节点上，互有妨碍。可在病房里，这是没有办法避免的事。

也许是上了岁数的缘故吧！晚上我多半要读点书，或者在手机上看篇美文，或者欣赏一些摄影方面的图片，才能安然入睡。偶尔想写东西，还得等老人熟睡后，方能伴着月色写。在医院里可不行，病人最需要良好的休息、愉悦的心情、清净的空间，我竭力给予。

在屋子里待久了，连窗外的阳光都觉得格外的亲切，更何况在病房里。

窗外是朝阳。

马秀明家的牛肉面，隔壁的小米粥，成了我和父亲的早餐。

液体滴得慢，闲下来翻开从家里带来的《平凡的世界》，只要父亲不吭声，沉浸在一片熟睡声里，我就趁机翻几页。这期间，先是妹妹，后是三姑、小姑，打来电话询问。三姑用微信跟父亲视频，那头话不及三句，就哽咽着说不下去了；这一头，父亲眼眶有些湿润。这种没有语言的沟通，对心灵的触动从来都是最有力的，我也被感染得眼里噙泪。说什么也不能让他们看见，我必须表现得比他们更坚韧更刚强。

液体垂滴，情节渐进，我又两度泪水潮涌。一回是润叶第一次出现在孙少平宿舍时，那种细微如初、心细如发的关怀，无不浸透着对心上人孙少安的无限爱意。此时的少平即是少安，在她眼里，少安的兄弟就是自己的兄弟。从内心深处，她已经把自己当成了少安未过门的媳妇，这种介于爱情和婚姻之间的美好，每个人一生也许只有一次。二是王满银因贩老鼠药被公社劳教，兰花和母亲的哭嚎惊吓了老太太，老太太不明真相地嚎开了，让我忍俊不禁。在乱成一锅粥的家里，少平的第一回长大，便是他作出决定的那一刻，等他和父亲回家后，因忙了姐夫的事忘了极为稀欠的年猪而生出的小插曲。刚刚破涕为笑的我又一次垂泪，原来小兰香乘着大家不注意，早把猪喂了。

因为贫穷，这样的事似曾经历，这样的一幕惊人地相似。也许穷人家的孩子更能理解过家的不易。在生活的艰辛中发现孩子懂事了，没有什么比这更能令大人感动和心生温暖的事了。

孩子是大人生命的全部意义，也是大人活着的一切价值所在。这是人老祖辈手里传承下来的。

三瓶液体输完，稍作休息，我便带着父亲去街边的餐馆吃饭。一笼菜包，两碗小米粥，我连吃带喝，父亲只喝不吃，因为不能吃，也不敢吃，肠道还没有全通，小心终归是必要的。

出了门，散开衣襟，擦去脸上的汗滴，我才觉得阳光是多么的和煦。春首，复苏的万物正在温暖的阳光下蠢蠢欲动。

父亲平素一直爱阳光，我便带他到附近的公园里转转。刚修的公园，里面人影稀稀落落。许是正午的缘故吧，阳光正暖，刚好适合在露天睡觉。空气里弥漫着新春的气息，几只吃饱了的鸟雀在枝头变着法儿鸣叫，跟我们打着招呼；几只觅食的麻雀，藏在草丛深处，来来回回地蹦跳。干枯的树枝丫直指天空，微卷的落叶散铺于地面。我知道，春正在草丛下探头探脑，它要给人们一个惊喜，一份属于绿色、属于生命的惊喜。

父亲怜惜阳光，跟怜惜那些年的土地一样，总是觉得不够的样子。见周边无人，我赶紧劝他躺在长椅上，美美地睡上一觉，然后下午再去做既定的治疗。睡午觉是父亲几十年来养成的习惯，即使在麦头子掉地的时节里，也从未改变。

我在父亲的脚底坐下来，想想过往的人和事，翻翻手机里的各类动态，大多与标榜、推销、微商、段子有关，有价值的真不多。倒还不如一句，田润叶的"我想一辈子跟你好"来得热血沸腾，仿佛她跟我表白一样。

回头想想自己，老大不小了，却还是爱激动，容易情绪化，读文字，看戏，常常自个儿笑，自个儿哭的……

唉！人太感性了，终究不是一件好事。

2018 年 3 月 10 日　星期六

周末了，人影相对稀少了些。在医院里，人少天下好。

昨晚，饿极了的父亲，喝得稍有点多，我趁机领着他在侧面的公园里走了走，帮助消化。回来后我给他洗了脚，伺候他入睡。

六点多，我知道天亮了。见父亲还有些倦意，我索性将开了的灯又关掉。前两天下午的灌肠治疗，护士通知说移到早上，他们早上过来。从父亲灌肠时那种两眼微闭很是享受的神情看，我才知，梗阻对一个人的折磨有多深重了。是啊，无论是身体器官，还是心情，不郁结，畅通了就好。

一大早，家里人打电话说要来探视。媳妇周末还有课，母亲晕车，只能劳烦表兄一趟又一趟地奔跑，我心里很是过意不去。欠下的，都是沉甸甸的人情，有些还得起，有些还不起。

早些年，年过七旬的表爸，为了给父亲疗病，陪我四处奔走，跨沟过涧，逢寺便祷告，遇人就下话。如今，表兄又跟前跟后，这份情义啊……

能不感念吗？能不知恩吗！

快中午时，媳妇带着孩子和母亲从家里赶来。孩子终究是孩子，见着自己爷爷的亲热和欣喜，虽然嘴上不会说，心里却比谁都亮清。彼此削减了想念和思恋后，我留母亲陪伴父亲输液，自己便带着妻小和表兄去吃饭。人老了，话就多了，话头一旦扯开来，就扯得远了。这几天打开水的途中，碰到一位老大娘，年龄应该大不了母亲几岁，只是太多的辛苦和经历，让老人家显出有些和年龄不相仿的苍老。老人总是在楼道的拐角处，裹着头巾，朝着窗外痴痴地张望，神情忧郁，像一尊雕像。

是她一个人身处医院孤立无助，还是牵念家里不得成的事情？或许，她在等待什么人来探望自己。

好几回，我都不忍心惊扰。

吃饭，给父母提饭，陪妻小说话，时间瞬间从指缝溜走。打发了家人，我一直在等候父亲的灌肠药。父亲久久没有动静，一转眼发现他竟然睡着了。憋得越久，药物的作用应该越强。一时间，我心里踏实了不少，遂趁机又翻了几十页书。

临下班，江南打来电话，询问确切的位置。这妹子，仅从文字里就能嗅到不同于一般女孩子的气息：有勇有谋，大方，不做作，举手投足之间，有种蜕变之后的淡定与成熟。

提及诸多需要她帮忙的，我只能报以无尽的感谢。人一旦出了门，待在医院，只要病人病情有所好转，已经别无所求了。

夜里，在独处的病房里，搁下书本和手机，我们父子俩聊了好一会儿。就像当年我在外读书，好不容易回家一趟一样，我和父亲总有许多说不完的话。直至肚子久不憋胀的父亲有些倦困，我才重又铺开纸笔，零零星星地记录生活，打发时间。

饭要一口一口地吃，事要一件一件地做。更多的时候，一个人本身就是孤独的。远处，时不时一声火车的长鸣，不远处亮化的楼房，呼啸的车辆，三三两两的人影，匆匆忙忙的脚步……这一切，不属于我，却又真切地属于我。

2018 年 3 月 11 日　星期日

昨晚，前半夜看书，后半夜肚子不争气，三回五回地跑厕所，老辈人口中的所谓"跑肚子"，原来就是跟不争气的肚子比赛竞跑。疼痛来袭，若不夺路而"跑"，早就一泻千里了。

几乎一整个晚上，我都被跑肚子折腾，消耗了不少的气力。天快亮时，方才觉得自己被困倦包围了，连眼皮都没力气抬了。在医院，吃药本该很方便的，可大晚上的从哪儿去找大夫？护士也不敢擅自开药方。

天大亮了，我趿拉着鞋子，一脸疲倦地伺候完父亲的洗刷后，才抽空去医院外的小诊所买了药。吃完早餐，我一次喝了四粒药，一口气干吃了一个大蒜瓣。辛辣相比大半夜的疼痛而言，真的算不上什么。

世间最熬人的事有很多，等待就是其一。等人，等车，都是在时间的大海里航行，不在意，时间自然跑得快一些，若是在意了，难免心焦。就像昨晚的自己，差一点就熬不到天亮了。从东方泛白，到大地渐次裸露在一片晨光中，真是掐着指头熬。

昨天用了灌肠的中药，父亲一直没有排泄，我的欣喜里掺杂着些许焦虑。大夫说憋得越久，效果越好。父亲早上吃了两个家里带来的小油饼，一杯黑米粥。唯恐晚上有闪失，我不敢睡，索性翻开书本，看少安娶媳妇……普通人除了认命，似乎对于命运的裁决毫无反抗之力。

正因为经受过贫穷，所以更能深切地体会到穷人间的那种情义。除了关注跌宕起伏的情节外，我更注意环境描写与人物内心世界的对应和统一。万物一旦付诸了真情，草能张嘴，山能说话。路遥笔下，在那个特殊的年代，生活难以维系的黄土地上的人们，用他们最朴素的情义谱写了一曲人间大义。平凡的世界，不平凡的人生。

孙少平、孙少安、田润叶、田晓霞，这些主要人物之间的感情纠葛暂且不说，单就他们身上的诸多闪光点，却是需要孙玉亭、田福堂这些人物的自私、世俗、狭隘来衬托的。在小说里，衬托是强化人物立体感最有效的手法，也是辨证看待世界的方法之一。

众多人物，众多环境，一条明线，一条暗线，皆为一个主题。从情节到细节，从环境到人物，从正面描写到侧面烘托，从打结到解结，从语言到情感，总能激发人想持续看下去的热情。这便是一部好小说最不可或缺的东西。

为了给读者留下"残缺美"的震撼和惋惜，路遥硬是把田晓霞写"死"了。也许，有悲剧的世界才是真实的世界，有悲剧上演的人生，才是现实的人生。

读到这里，看看眼前被疼痛折磨疲惫的父亲，我心想，我们父子在这平凡的世界又该如何逃脱命运的钳制呢？

吃完午饭回来，我在父亲身边蜷曲着眯了一会儿。若不是父亲要回病房喝药，我真想在公园的草坪上睡一觉。这不仅仅是为消除身心的疲惫和困倦，而是为短暂地卸下这一肩的责任……

晚间，领着父亲往远处走了走，拓展了我们散步领地的同时，也把焦虑、担忧、困扰疏解疏解。

2018 年 3 月 12 日　星期一

入院已经有几天了，今早大夫开了透视单，用以查看疗效，以便确定下一步的治疗方案。输完液体，我和父亲照例在公园待了一会儿，就为呼吸一口新鲜的空气，估摸下午上班时才去做检查。检查结果显示还有百分之十未通，无大碍但不是最佳疗效。单子交于主治大夫，大夫询问肠灌了没有，我赶忙紧张地解释，药只开了三天。

"没药了要及时跟我联系，自己取药，自己熬药，最主要的是……"

我惭愧极了，再没好意思去解释，赶紧去取药。熬药时，医院熬药的机子坏了，只能到外面去熬，六点药才能熬好，可大夫五点半就下班。我赶紧主动去联系，还好大夫通情达理，说人家等着。

太阳落了山，天那边还有几丝不曾退去的乌云，一大片一大片未曾散开。取药，送药，联系大夫，灌肠，送父亲回病房，等一切做完后，我才挪动着有些困顿的双脚，缓缓回病房。

父亲还等着进食呢！

一时间，突然有些难以名状的心急和孤独。

2018 年 3 月 13 日　星期二

这些年，离开讲台的自己，算是铆足了劲儿地奔跑，从一个门外汉摸到了门帮子，也算是幸运的了。遇到了不少的奇人、能人、贵人，他们都给了我极为难得的引领和帮助。从行为习惯到为人处世，从生活模式到人生格局，有些改变是细微的，有些变化是明显的。

文化是系统工程，修为和素养，乃至综合素质的提升，绝不是一朝一夕能完成的事。它需要一点一滴的积累、历练和打磨。要想赢得别人的尊重，除了首先从学会尊重别人开始外，还要紧紧依靠个人裂变，只有不断地提升自己的人格魅力和个人素养，才能赢得更多人更持久的尊重。而这种尊重，必须是发自内心的。

知敬畏，懂感恩，人生才不至于那么苍白。

敬畏生命，世间除却生死无大事；敬畏自然，人首先是自然里的动物；敬畏艺术，活着毕竟不是生活的全部。

感恩生活，它赐予你活下去的勇气，生命也因它的滋养而变得更加富有色彩；感恩良师，他赐予你人生最好的方向；感恩朋友，他赐予你人生别样的旋律乐章。正是这些赐予和滋养，生命的底色才更加清晰，人生的梦想才更加丰满。

用药有疗效，吃一顿可口饭，睡一宿安稳觉，这是医院陪护人员最大的奢望。

2018 年 3 月 14 日　星期三

时间这东西，你搁哪儿，哪儿就好；你花哪里，哪里就见效。

没干几件像样的活，2018 年的 3 月已经噌地过去了一半，朋友们这几天都有不小的收获。看着他们用难得的机会，创作了那么多关于乡愁的作品，真羡慕。很多东西，一旦错过了，一辈子将不会再有碰面的机会，人、事一理。

自入院以来，父亲大多时间在病房里进餐。每次吃七分饱，刚刚好。今天破例带他去外面吃，午饭是酸汤饺子，老父亲吃得津津有味，稍欠一点，刚好。环境很能影响人的心情。

下午，找主治大夫咨询病情，人家说明天就可以出院。原想着看不出眉目、达不到最好的疗效，我是不回去的。如今大夫这样建议，我倒不好再说什么。

要走了，总像某种别离，不忧伤，却心情复杂。生活的种种际遇，人生的阴晴都会遇到，唯愿我们遇到的美好多一点。

晚间从外面回来，我明明记得给父亲带了一次性饭盒，谁知死活找不见。父亲一下子脸色难看了。

"一下子富得不得了了，能看上个一块钱的饭盒？"

我的脸火辣辣的，连脖颈都是。他抓住筷子时，我赶忙吐了一个舌头。妈呀！好险，要是当真发火不吃饭了可咋整？

此时，除了顺着，我想不出更好的办法来。父亲是病人，我就是有再充分的理由，这医院也不是言说的地方……

2018 年 3 月 15 日　星期四

要出院了，内心还是有些止不住的欣喜。

能提前办理的事务都办理了，接着开始考虑回家的事。思来想去，方式有三：一是表兄来接，二是小姑父来接，三是好兄弟赵二顺路捎带。为减免不必要的麻烦，我选择了第三种方案。

这个下午，我才觉得有些疲倦。这些日子来，吃了两顿可口饭，一是附近的一顿酸汤水饺，一是较远的一顿炒菜米饭。由于输液，当天不能办理出院手续，所以我们只能等待周五早上办理。一下午，我的困倦来了，挤在父亲的病床上睡了一觉。这些日子来，本来可以申请一张折叠床勉强凑合的，可病房里总共就那么几张，陪护人员又多，你有了，他就没了，我索性和父亲挤一张床。

我跟父亲一颠一倒地睡，父亲的病房属于单间，这在医院里算是高规格的了。好些年不曾在父亲身边睡了，今又重温，只是当年是他哄我入眠，如今是我费了好大的劲，才将他哄入睡。

有一天我也会这样吗？

父亲节俭了一辈子。利用下午的空闲，我带他去外面看看，也教了一些当下的消费方式和理念。我一边开玩笑说，您老人家就放开了花，那么多钱也花不到哪里去；您自己不花，到头来还不是我花。父亲笑了，脸上掠过孩子一般的笑容。

送别刘叔

接到老伙计宗政的电话时，我正在赶往庆阳的路上。来电说父亲的老战友、同学的老父亲刘万章老师过世了！一时间，我心内莫名难过。

车窗外，少见的天高云低，刘叔出殡的日子刚好与我的返程打擦边球，不知道自己能否赶回去送老者最后一程。于是，只能在心里跟自己商议：如果赶得回去，参加吊唁自不必说；如果回不去，父亲是不是该去一趟？

一路上，我把这个不幸的消息一直瞒着，直到第二天，才择机告知父亲。前不久，父亲还跟刘叔通过电话，两个上了岁数的"老革命"，依旧在电话里亲热地聊着，最后还相互叮嘱珍重，谁承想那通电话，竟然是父亲和老人最后的诀别。我打通父亲的电话时，电话那头的父亲，长叹一声，张口第一句便是："唉！到底太年轻了么！"等父亲情绪稍微缓和些，我试着商量前去吊唁之事，谁料他撂下一句"你能来了你自己去一趟，你不得来了带个情就算了"，随即挂了电话。

我理解父亲内心看不见的痛楚，更理解父亲话里听得出的惋惜。

父亲与刘叔属于困难时代的初中同学，后又属于一条战线上（教育行业）的同事。在人生极其有限的时光里，做了四五十年离开了就想念见面了就骂仗的"老革命"。有些日子不见，就念念叨叨；一见面，就是驴日的、狗日的地骂娘，几十年如一日，友谊从未褪色。及至后来各自有了家庭，即使当着家人的面，二人也嬉笑怒骂不曾顾忌。

当我从庆阳火急火燎地赶回来时，父亲满脸皱褶的脸上，旋即露出了掩饰不住的欣喜。那是几天未见的父子情深，那是生命走到深处最默契的相互支撑。他知道儿子一回来，替他吊唁老战友的一场心愿能圆了……

美美地洗了把脸，就着饭桌上尚有余热的饭菜扒拉两碗，泡了杯热茶，跟头儿请了假，我又带着父亲的心愿，远赴土门岘街道。只要活着，故土总有数不清让人回去的理由。

入夏以来的天气，天热得让人有些猝不及防，胸口不时有汗水流下。街道上依旧是滚滚的车流和人影，一时间我不知道该何去何从。该做的、能做的，就是尽自己所能当好父母手里的拐杖、孩子头顶的大树和妻子身旁的扶手。

走进足够熟悉、足够温情的土门岘街道，我的脚步感到少有过的踏实。无心顾及身边的一切风景，我迈开双腿，一路径直向目的地奔跑，不曾想走过了头，走出了村落。转身，就望见了低矮的瓜房、平整的沙地、横亘的山峦。早有上了岁数的庄户人，勾头弯腰地在地里铲草。路边开满了无名的小花，有些叫得上名字，有些面孔已经陌生。蛐蛐，此一处彼一处地低吟浅唱。大抵是黄昏，温度刚好，让人浑身舒畅，可这样的场景刘叔看不到了……

迎面来了一张熟悉的面孔，他不认识我，我可认得他。打听好了路，我才记起，上一回来这里，已经是十年前的事情了。那时候老伙计根深结婚，我随了两份礼，父亲一份，我一份，引来一阵热议。有朋友开玩笑说，你们爷儿父子分家了吗？实际上，两代人的交情，怎能用情簿承载？我只知道，在茫茫人海里，两代人能以这样的方式延续情义，在这个世界已属不易了。

自我记事起，刘叔常倒背着双手，捋直了大背头，在不大的土门岘街道迈步。他偶尔骑一辆破车，在街道上吱吱呀呀地来回穿梭。老人家教书满腔热忱，做事颇具公心，为人正直，不好权贵，从地方头头脑脑到街坊邻居，无人不知，无人不晓。不用说，这与他那肩上有大义、眼里有他人的品格是分不开的。

场面上的人倒是不少，大抵吊唁完都去忙自己的事了。我属于后来者，像做错事的孩子，进门，烧香，化马，叩头，鞠躬，作揖。虽然一步邻近，我却有些年成未见他老人家了。如今再见，遗像已然供于桌案，其情其景，猛然间像在我心里搁了块大石头，堵得我说不出话来。老伙计根深一脸的沧桑和倦意。唉！难得他的一片孝心。从2013年开始至今，他倾尽所有护养刘叔五年，我知道他已经尽力了。可他还是说若是再能维持五年，他便了无遗憾，只是，天不遂人愿。是啊！刘叔跌倒时，自己的小孙子，尚未满月。

在灵堂里，我与已然有些麻木的阿姨聊了好一会儿，眼泪自是控制不住地掉。为表达特别的心意，我拓印了一沓冥币。老人们传言，自己拓的真一些。不论是不是真有这回事，我都想以此来表达作为晚辈的敬心。

吃过晚饭，顺道去了趟土门岘中学，看望了一趟自己的初中老师。他们已经退休得所剩无几，若是错过这次机会，无情的时光，谁知道会在什么时候，把他们丢在学生们的身后。偌大的校园里，安静得很，一百来人，二十多个老师，农村教育经历了巨变，学生多的时候教室缺，教室多的时候学生少。十年的教育经历，让我比寻常人关心教育更多一些。

连续几个大热天的坐车奔走，让我困乏至极。等不及还在办事的尕姑父和老伙计宗政，我便早早入睡了。偶尔有车轰隆隆地开过，夹杂着几声狗吠，自是叫不醒我那积攒多日的瞌睡的。

刘叔的墓地选在密家岔沟，那道沟是我小时候去土门岘的必经之路，如今已有二十年不曾走过了。小路因年久失修而变得更加窄小坎坷。我清楚地记得，在每年都塌陷的沟垴上，有刘叔家的土地。在那块布满耕作脚印的土地上，刘叔曾经挥洒过汗水。如今，他又被土地收留，与山水同眠。

刘叔的坟就在以前林场下方一块平坦的地里，向阳，与他与世无争、爱热闹的性格暗暗契合。黄土填下去，哀乐响起来，坟墓越堆越高，心情越来越重。一抔黄土，一堆纸火，无尽的悲泣声，结束了刘叔平凡而可贵的一生。

没过膝盖的杂草上的露水，很快扫湿了我的裤管和鞋子。野草一片连着一片，满山满洼地为刘叔披麻戴孝。红白相间的狼毒花，在日渐高升的阳光里格外耀眼，分明就是对刘叔一生的最高礼赞。

医院蓝

1

这是父亲人生第几回进医院，我已经记不清了。来来回回地反复折腾，让身体本已欠佳的他，明显有了掩饰不住的心怯。

怕！

由于怕自己生病，拖累家人，生性要强的父亲，迟迟不肯去医院检查，结果小病养成大病，差点还酿成大祸。

许是骨子里的秉承，许是血脉里的遗传，跟爷爷一样，父亲的倔是出了名的。还是好心的梁叔，开了第二剂药后，主动要求晚上上门观察一下情况。我下午赶忙约了三爸来家里，顺便游说一下父亲。

"严重贫血，赶紧去医院！"梁叔一进卧室门，对我喊道。

"脸和脚手都白成那样了。"这时候连续高烧的父亲已经单独坐不住了，连头也无法长时间支撑。我大意了。

怎么会这样呢？自责、愧疚、悔恨、难过，各式各样的情绪涌上我的心头。

这回要不是吉人天相，估计父亲都到不了兰州。

血、蛋白、脂肪乳、营养药，能用的全用了，但父亲还是高烧不退……

在县医院，年轻的大夫，能使的本事都使上了，但还是建议父亲转院。梁叔也这么认为，且闷闷地说了句："严重着哩！"

突然觉得自己的腿都有些酥，我这才意识到什么叫危险，什么叫性命堪忧。于是，我赶紧联系强弟，在他的护送下一路奔兰州而去。

二进兰州！不进不行。

几经周折，算是有了病床，急诊科的护士照人下扁食似的，一副爱理不理的样子："没床！"还是陪送的兄弟，从角落里找来一张床，骨瘦如柴的父亲这才把自己身子搁上去休息片刻。这般时分，已经不是计较条件好坏、病床宽窄的时候了。

父亲被送进了监护室。接我们来的是重症医学科一病区的主任老曹，给父亲主治的是大夫小王，俩人都很好。

慌乱中的我，忘了跟父亲解释监护室的规定。当晚，父亲就闹腾开了，护士找到我，让我安抚他的情绪……

我这才想起，年近古稀的父亲，这是平生第一回进监护室。

监护室是啥？那是一脚踩着生，一脚就要落到死的地儿；那是一脚在实处，一脚在虚处的阴阳交界地儿；那是生死路上的分叉口……

"你碎驴日的到哪里去了？把我撂这儿不管了！咋不见你的音讯呢……"

父亲用尽全力吼着，但毕竟因气力不足，一句话吐出去，明显换不及下一口气。我看见他嘴唇上布满了大大小小的血口子，眼睛瞪得圆鼓鼓的，又心疼又自责。

父亲是1床，八卦一点说，住在"生"字上。我费了好大劲儿，劝一阵，说一会，再吓唬几句，要他好好配合大夫和护士的治疗。父亲算是勉强点了头。因为疫情的缘故，很多定期的探视都已经被取消了，探视也就那么几分钟。

简短的交代后，护士就让我出去。虽万般不舍，但实在别无他法，我把父亲一个人撂在了监护室。周围那些形状各异的仪器，似乎正对我龇牙咧嘴。

一时间脚步那么沉重。在医院，心里面的担心此起彼伏。

出得门来，妹妹赶紧凑上前来询问父亲的情况。门前聚了很多人，他们从双扇门两边伸长了脖子地朝里张望，我不忍心把身后的门拉上。出门三步，就听见里面的护士咣的一声，干脆利索地关上了门。那么多焦渴的眼神，一时间满是失望地撤回了。等待的人齐刷刷地站在过道两侧，盼望有人出来，有消息出来。

门外的楼道里，一部分人坐着，一部分人站着，还有一部分人靠墙脚蹲着。有人来回地踱着脚步，有人把头深深地埋在胸前，有人把亲人紧紧地搂在怀里。在一个显眼的角落里，一个女人不顾形象地号啕大哭，那哭声刹那淹没了电话声、谈话声、争吵声、叫喊声……

我不敢直视，不忍再听，逃离似的，穿过拥挤的人群。一个藏族女人铺开了卷好的毯子，正躲在拐弯的墙角里，磕长头做祈祷。另一头，有个年轻的兄弟，手里托着一本《悲惨的世界》，低下头认真地翻看……

夕阳把一天里的最后一抹余晖，穿过楼顶的塑料棚，散散地洒在墙上。

第二天，门口又传出话来，说老父亲不吃药，要家属做动员。我穿了件白大褂，进去给老父亲喂饭、喝药，然后擦脸、擦脚。父亲紧锁的眉头算是展了些。

父亲沙哑着嗓子跟我说了一大堆担心：

"手机上有钱哩！进来几天了，大夫都不见，护士天天换么。护工说的啥，我一句听不懂，这是活受罪呢！你们俩碎驴日的把我放这里面往死折磨哩！"

我一句一句给父亲详细解答。

我知道，父亲烦躁不安、生气、抗拒的根由。病把人害够了，谈病色变，更不用说这次被稀里糊涂地推进监护室，面对大大小小、高高低低的仪器和其他病人病苦的呻吟，我知道父亲的那点胆气已经消耗得差不多了。他身体的最后免疫系统已经被疾病攻破了，他精神防御的底线已经濒临崩溃的边缘。

一个好人进去，都撑不住那紧张的氛围，何况，本就心窄的父亲。

2

为了尽可能地陪护父亲，我想尽一切办法，至少两天见他一回。穿上白大褂，护工不敢问，护士礼貌地打招呼，这是"地下"工作最好的掩护。但次数多了，总会被"敌人"识破。瓦罐不离井口破……

晚间，我从外面地摊上买了一卷塑料垫，随便在地上铺开，就是一块展腰伸腿的好地方。但是得迟迟地睡觉，早早地起来，再跟清洁工打游击。

太乏了，灯一黑，不久便进入了梦想，鼾声四起。门外的小卷铺，跟病房里的病床一样，摆得齐整有序。这些等待命运随时决裁的人，窝在监护室门口，心内的熬煎、焦急、无奈、辛酸，只有自己知道……

一位河南的老大叔，年过六旬，儿子出了车祸，在监护室住了一个多月了。苍天开眼，儿子苏醒过来了，认得父亲，脚手都有了知觉。每到吃饭的时候，为了省钱，老叔白开水就干馍，看不下去的大夫给他买了好几回饭。天地还是有善心，人间还是有道义。

一位武威的老教师，得了肾炎，在当地治愈后硬去工作，结果因劳累过度，旧病又犯了，进了监护室。跟父亲一样，他天天嚷着要出去。

一位会宁老乡，肺部感染得厉害，高烧不退，大夫时不时叫家属前去谈话。

一位临洮男子，开车出了车祸，住了几天，受不了高昂的费用，妻子有放弃治疗的想法，妹子哭吼着气走了。病人卡里有钱，但谁都不知道密码，仅拿身份证取不出来。要大夫开证明，大夫不开……

还有一老叔，兰州人，白天妻子送饭，他的女儿请长假专门来伺候。老人吃法好，听着让人都振奋。还有新来的，不知道内情的病友，大家围坐着，议论着……

一位定西的老人进去半个月了，至今没有苏醒，他的儿女还是忙忙碌碌地伺候着。

早晨五点，沉睡中的病人家属们，一个个被轰隆隆的拖地机器吵醒来，手忙脚乱地拾掇起打好的地铺。过道的灯被打开了，一双双惺忪的睡眼被强光刺激。那开机器师傅，颇有耐心，不言不语地挨齐儿拖过去，不放过任何一个角落，一些没收拾好地铺的家属，他总要等上一会。临上班前，穿制服的保安大姐，一路巡逻过来，一张张别在墙上的"服务"卡片，被她一个个捏在手中，若有打地铺的家属，她也会善意地提醒，礼貌和态度还是不错的。

也是，要不是情况特殊，谁愿意待在这个地方，接受这委屈和煎熬的折磨？在人生之路的最窄处，让能过去的人都过去，是为大义。清扫的机器开过后，疲惫至极的家属们又倒头睡去。五点到七点是睡觉的黄金期，还有整整两个小时，很多人不愿意错过。也有惊醒来睡不着的，在黑暗里安静地坐着。七点，护士一声喊，这间大通铺一般的过道里，重又归于一片忙碌之中。洗漱、送水火、打水、买早餐、送餐，病房门口的按铃总要忙碌好一阵子。蓝绿色的是护工，紫色的是护士，白色的是大夫。病房里和病房外一样，开始了一天的忙碌。上午十点左右，很多人都伸长了脖子，在监护室门口远远地张望。那张望不仅仅是一种姿势，更是一种态度，饱含着对健康的渴望和对生命的希冀，也浓缩了人性至纯至善的一面。

被人约谈，总归不是一件好事。大夫随口一张，那些门口的家属们，个个步履踉跄，双眼圆睁，两耳竖起，生怕错过一个细节……

午饭时间到了，楼道里飘散出各种各样的饭香。实际上，我知道他们中的每一位，都没有多少胃口，只是机械地往嘴里喂。吃饱了才有力气做好病人的陪护和后勤保障。

午饭后的小憩，弥足珍贵。有人背靠着墙打盹，有人趴在台阶上眼睛微眯，有人斜偎着，有人竟坐着睡着了，鼾声如雷……

在人群里，只一眼，我竟看见了小张。她跟我一样，送老人进了监护室，一时间心堵得厉害。

下午，大夫说要输血，得去血库申请血。前来帮忙的朋友，手里攥着四五个献血证，一个也用不上。医院要最近一周的，真是难人。没有办法，只好赤膊上阵，自己献血。因此，我也知道了自己的血型是 A 型，跟父亲一样，遂一次性献血 400 毫升。那个晚上，总觉得右胳膊有些异常。管他呢，父亲是给予我生命的人，我的体内流淌着他的血，此刻我没有理由不去为他老人家拼命。

血、蛋白和脂肪乳的能量补充，让四肢无力的老父亲，一下子有了坐起来的气力，有了骂我的力气。我一面听着老人家骂骂咧咧，一面擦拭着老人家的脸庞和四肢。倒水，喂饭，扔垃圾，人生的温情、相守、扶持、支撑和相依为命，都在这一刻的病房里默默升腾。

偶尔，跑到楼下过过烟瘾。这几日来，自己的烟瘾更大了，一天一包，似乎只有抽烟才能缓解铺天盖地的压力。

有一刻，我挤在人堆里，透过半张半开的门缝，看见了病床上的父亲，正拖着大大小小的管子，爬在床上的小饭桌上吃饭，我心里猛然一喜。这个历经过无数次人生劫难的倔老头，会很快度过这次劫难。这么一想，我的脚下又生出劲力。

天空下着小雨，志元兄和嫂子带着孙子前来探望。因为疫情的关系，无法见到病人，他俩索性被我挡在了医院门口。被我挡在医院门口的还有婷娃，但她硬是给我塞了钱。这两年，婷娃给我的帮助，不是"人情"二字能表达的。

3

周五早上，大夫跟我沟通父亲的病情，初步估计下周一就能转到普通病房，并言说她周五下午休息。

眼看着黑乎乎的天就要亮了。谁料，大夫休息的周六早上五点，我却被告知要对父亲实施抢救。

我直接蒙了！

抢救？

在不明就里的情况里，我眼泪唰地就下来了。老爸，您一定要挺住啊！我坐在台阶上，整个人似乎被命运之手提悬了抖……

命悬一线啊！

谁不紧张？

当下我以自己的名义，通知了骨肉至亲。如果父亲有意外，我这个愣头青，该怎么办？

三姑父、小姑父、大哥他们拿着我背过父母偷偷赶做的老衣，乘车奔兰州而来。另一头，小舅、表弟顺利、亚东他们也抽空赶了过来。

下午做胸部CT检查，我和妹妹、妹夫、大庄四个人一起陪护。在楼道里，父亲的眼睛什么时候睁开了，我都没有发觉。我叫了声"大"，他用微弱无力的目光扫了床两边一眼，因为插着呼吸机，说话已成奢望了。我赶紧亲吻了一下他的额头。

"吓死我们了，大。"我俯身在父亲的耳边轻轻说了句。

第二天，我费尽了心思，打发三姑父和大哥进监护室去，瞧了瞧父亲的现状。出来后，我们共同商议，当下决定往回撤人。有些后怕的我也同意了。父亲的脚手一直肿着，按照人老祖辈手里的经验，这是老人不攒劲的征兆。我的亲人是帮我拿主意做建议的，但最终的决定权还是在我手里。我是独子，我说一，妹子决不说二。我又联系三爸，安排地方救护车，前来接父亲回家。都拾掇好了，已经要开拔了，王大夫打来电话：

"别轻易地做冲动的决定，老人还没到最后一步。到九九八十一了，我也会下病危通知书的。"

"你们不就是害怕拉不回去吗？这一点我总要留足够的时间，就这么冲动地作决定，真是可惜了！"

我动摇了。

反过来一想，父亲人生最后的帷幕还不曾落下，我又何必这样！这时候，三爸打发的救护车已经上了高速，遂赶忙退订了奔来的车辆。

我得放手一搏。周末两天，商量，等待，等待，商量，时光过得比任何时候都慢。周一王大夫回来，查看病情，说是等综合评估完了再做决定。冲动是魔鬼，我差点就此糟蹋了父亲的生命。

在主治大夫跟前，我哭得像个孩子。王大夫心一软，本来要去深圳送检，改成院内自检。

总算有了一点眉目、一点方向，尽管它不是太明朗。

抽痰，送检，营养支持，呼吸支持，抗感染治疗……随即一项项铺开来。

父亲用了镇定剂后，一直处于昏睡状态。护工害怕他醒来后又拔管，只好让他昏睡。

之后，我也是打发亲戚，回信朋友，电告三爸，整理心情……

一股浊浪掀天后，旋又归于平静。

周二，打发妹妹回家一趟，她出来半月了，家里不知乱成啥样了。

晚间，小张父亲的病很不稳定，再加上大夫的谈话，小张眼泪汪汪的。此一刻，我不知道该说什么好，索性什么也不说，只给人家递过去一点纸巾。

下午预约了拍片，安顿好中药熬制，便一个人去外面吃饭。夕阳的余晖，洒下每一寸金黄，几只高飞的风筝，自由地在天空翱翔。云层下，一大阵鸟雀盘旋着。城市依旧车水马龙，谁还会知道，有那么一群人正在医院里备受煎熬。

4

我已经有好几天没见到父亲了。仅靠营养液和蛋白维持生命的他，不知道会不会做梦，会不会在梦里埋怨他儿子的不近人情，甚或有些残忍。

午后，老同学前来探望，说好的不拿东西，结果又提了不少，没地儿搁啊！这个午后，算是在一片回忆中度过。老同学要看娃，我要取药，离开时都未吃个便饭。

晚间铺了地铺，跟朋友的亲人搭伙睡在一起。两点左右的时刻，朦朦胧胧中被王大夫的电话催醒，站在门外等她的时候，又是好一阵心惊……

直至人家说换一下呼吸机管子，要签字，我才算长出了一口气。回去后又蜷缩着睡了一会儿。

一大早，大夫向我索要检查的片子和报告，我便马不停蹄地直奔检查室而去。只希望妹妹早点回来，好有个照应。当忙完眼下急切的事务，坐下来的时候，一回头，老朋友就递来了一整个马蹄子馍馍，焦黄酥脆，我掰开了，拿了半个。人家一再要求全拿上，经过这几天的风浪，我怎么能吃得下呢！

　　这时候的伙食，哪一顿不是为凑合而动口。

　　忙完要紧的活，去拐角的楼道里找陕西老大哥，一起去外面过烟瘾。岂料找了两三回大哥都不在，一打听，说是天长日久了，回老家去了。老大哥的老哥，肺部感染，腹部胀痛，消化系统紊乱，进监护室眼看就要五十天了，他支撑不住了，便让侄儿过来陪几天。再说一天近万元的费用，钱从何来？什么叫花钱如水，大概只有病人的家属最清楚。

　　"陕西的姑娘不对外，面条就像皮带，锅盔就像锅盖，老太太爬树比猴快……"老大哥不时来两句段子，以一个男人应有的刚强和坚韧，给了我无限的力量。

　　老陕哥不在，一时间，我心里有些说不出口的失落。妹子终归是女人，时间久了，家里总得收拾。打发她回去，我自有用意。

　　到点的时刻上，老魏两次发短信提醒我取药的事，我一面扫码取片，一面去中药房取药。时间啊！慢得晃晃悠悠。

　　晚上，累了一天的家属们，头挨地儿就呼呼入睡。夜再深一点时，那些晃悠的贼，瞅准机会下手。昨晚睡在充电宝机子下的小伙子，自己的手机就被他们顺走了。手机对于现在人的重要性，自然不言而喻。还有，刚做好的科室、医生、护士三栏简介，竟被人为弄坏了，里面塞了救护车接送、代办献血证等各种广告卡片。一时间好端端的医院文化，被这些卡片糟蹋得面目全非，令人唏嘘。

　　未见到父亲，一晃又几天了，他正在监护室里的病榻上跟病魔抗争。

　　我已经习惯了，习惯了在楼道里打着地铺睡觉，习惯了偶尔走出去在蓝天白云下透透气，习惯了不知甘味地扒拉吃食，习惯了在七弯八拐的楼道里漫无目的地行走，习惯了门口传来呼叫声时顾不得脚下的奔跑，习惯了木然地接打无关痛痒的电话……

这两天护士催得紧，靠近监护室的楼道口，除了他们点了名的家属，其他人不能再待。将心比心，若是他们的亲人在病房里遭罪，他们还能躺在宾馆里安然入睡？

于是，地铺被一遍遍搬过来搬过去，如迁徙的鸟雀一般，来来回回地往返。人生的这味汤药，已经不仅仅是苦了，可遇上了，你闭着眼睛也得喝，哪有什么难以下咽啊！

5

早上起来，我忽觉得嗓子有些不舒服，浑身无力，估计是感冒了。不争气的身体，已经不止一次地释放信号。这个节骨眼儿上，我可不能发烧，不能倒下。我的身后，我的臂下，那一双双眼睛正眼巴巴地瞅着我，等我孝敬，等我抚养。

为了寻求内心的平衡和支撑，按照老家的习俗，这两年，我能跑到的路子，能想到的法子，该用的、能用的，七脚六手地都用上了。

头顶上的天，脚底下的地，犄角旮旯里的长辈，我都以诚相待。可为什么老天还要给我这么多的劫难？真让人猝不及防，心力交瘁！苍天开眼，神灵护佑，如果有罪孽，我愿一人担，请您护佑我的家人安康！

穿过熙熙攘攘的人群，一大早，陕西老大哥找到我。他手里提着一卷捆绑好的塑料护垫，说这是护士给他的。他要转院回去了，回到县医院，尽最后一点手足情……

两个大男人的手，有力地握到了一起。那一股股的手劲里，有不甘，有感喟，有鼓励，有同病相怜，也有无奈……人间有的都有，人间没有的也有。

一时间心里汪汪的。

我搁下东西，忍不住跟他过去，躲在角落里偷着抽了根分别的烟。

他老哥出了车祸，已经花了三十三万了，保险公司只掏了八万，大夫和二病区的主任找他谈了三次话。他侄儿是二十几岁的小伙子，他把侄子叫到大夫当面，挑明了谈过话。

再有一百万，人还是那个样。

生命如柴草！

烟剩下没几口了，保洁员来了，我俩一口气往楼顶跑，然后错开了躲逃。

陕西老大哥的家，在灞桥姨奶奶家不远处，故而觉得他格外亲。他那爽朗的性格，也分外讨人。

生活就是泥巴，至于让命运捏成什么，有时候我们没有一点儿办法左右。

从内心深处而言，我希望朋友越来越多，更希望病友越来越少，最好没有。那种扎心的怜惜，无力的疼痛，没有几个人能受得了。

6

中午一点左右，王大夫安排人放我进去，探望病榻上的父亲。护工阿姨给我穿好了防护服，我明显觉得自己的脚步有些踉跄和慌乱。父亲身上盖着薄薄的蓝色被套，嘴里塞着呼吸机的管子，牙齿间紧咬着白色的管子，胸部一起一伏，两眼紧闭，像睡着了的样子。左眼角有些干了的眼屎，右眼角有些透亮的水滴，泪滴般那么晶莹。灰白的发梢，消瘦的脸庞，呼吸一口逮着一口，像不由自主打嗝的样子。

我掀开被子，父亲的胳膊便随即露了出来，我赶忙攥紧他的右手，以父子间应有的感知，温暖着彼此的心灵。我深信，睡眠状态里的父亲，心里一定感知到了，他的儿子正渴盼他醒来。这种神奇的心电感应一直存在。

2000年，父亲从济南回兰州，天蒙蒙亮下的火车，在僻静处遭遇抢劫。歹徒掏净了他和表弟的身，留了心眼的父亲，最后靠着鞋垫里存放的一点余头，才回的家。而在当天夜里一点左右，我被噩梦惊醒。睡梦里，父亲被一大帮人围困，救父心切的我大喊了一声，也把自己喊醒了！父亲被抢劫之前，我就已经梦到了。后来，这事我们爷儿俩得以核对，不用说，那是父子之间的心电感应。

我先摸了摸他的手，那双憨墩墩的馒头手，曾经书写过不计其数的汉字和数字，曾经抱起未曾细算的粮食袋子，曾经牵过老老少少一代代人的素手，曾经拍打过我和妹子多少回，如今安安静静地摊在那里，一动不动。

我又摸了摸他的手腕胳膊，一身的肉跟剐了一样，瘦得骨头连着筋。只有跳动的脉搏和仅存的温度证明，父亲是一个病人。胳膊弯里，拔针后留下的针眼和血迹清晰可见。

我忍不住又摸了摸父亲的额头，那些皱褶如同岁月冲刷的沟壑，深一道、浅一道地刻在额上，也刻在我心里。

我轻轻掖上被角。就在这儿，前几天，我还为满眼怒气的父亲擦脸、揩鼻涕、顺气、揉穴位。

掀开父亲足下的被角，他的一只脚蜷缩着，一只脚伸直着，我压了一下，还是半肿着。父亲干瘦的两腿间钻出一条管子来。顺着管子，我找到了挂在床边的尿袋。那是导尿管，黄色的尿液充斥着长长的白管。

生命走到需要导管协助导引的时候，那就是在人生最黑暗的深巷里潜行。

一刹那，我的眼泪又流了下来。是我不孝，早没有带他看大夫，才酿成今天的大难；是我不孝，未能听从他的请求，把他带出监护病房，让他受尽了医疗器械的折磨；是我不孝，床前足下，未尽到儿子的孝道。

一滴泪滴洒在父亲的被角上，一滴泪滴在我的镜片上，眼前顿时一片模糊。我摘下眼镜擦拭的时候，王大夫不知道从哪儿走来，跟我谈论病情。我尽力伸长了耳朵，但还是晕晕乎乎的，没听进去几句。

几点困惑，几点怀疑，几点喜出望外，几点额外担忧。

"下午咱们做 CT 检查，头、胸、腹都要查一下。"这是大夫临走时的安排。

一时间，我心里重重的，脚步沉沉的。

我解下防护服出门后，妹子在门口探了探，也想进去一看，却被护士堵住了。只能一个人，只许一个人，后面的话就有些遥远……

下午的检查，跑了两回。第一回，因为预约时间未到，呼吸机又快没电了，赶得脚步忙乱，心咚咚直跳。第二回出去，相较从容，我的目光基本离不开父亲的脸庞。虽然叫了病友老大哥帮忙，最后，还是跟一个护士和一个大夫合力把父亲抬上 CT 床。往上抬时，细心的妹子就发现床单湿了，怀疑有便液渗出。检查床上撤下来时，果然检查床都湿了，妹子赶紧掏出纸巾擦拭，免得人家介意。随后我们撤回病房。

回来后，还真是整忙了。要换洗的枕巾、毛巾、毛巾被，全被护工阿姨从脸盆里端出来。在卫生间，妹子打开毛巾被，全然弄得不像样子，没办法洗了。我决定再买一个，只留毛巾和枕巾让她洗了。我在外面找毛巾被时，电话里又传来缴费、签字的催促声，一时间恨不能脚下生风。

当我火急火燎地办完事赶到门口时，正逢下班的高峰，护士们一个个出来了，护工们忙着其他人的事，独不见叫我签字。

我有些急了。

六点半以后，王大夫才让我们进去，给我们谈及病情："检查结果出来了，头部没有问题，胸部稍有问题，腹部问题复杂，因为腹腔有积液。它是怎么来的，是什么，怎么处理，这一切都得请外科会诊结束再作决定。"

我心里的鼓，被王老师敲得隆隆直响。

"完全出乎我的意料，抗感染治疗，我们还是有信心，可牵扯外科，怎么都得借助人家专业的外科老师。"

之后，扒拉了两口饭后，我急忙给那些关切的亲人、亲戚和朋友一一回信。交流只是为了一份情绪安抚。

这一夜，好漫长……

7

这两天，武威老叔去了普通病房，带着欢喜。又来了两家，一家是个五保户，把农运车开到悬崖下。刚来时病人还好一点，这几天一天不如一天。病人的兄弟还瓜着，连转院手续不认识。兄弟媳妇更瓜，留下亲堂兄弟照看，亲堂兄弟还是吃药的病人。

另一个是临夏来的。女人怀了孩子未足月，提前剖宫产取出的孩子，现在保大人。女人的丈夫是个挺精干的小伙子。

"我媳妇才二十五岁，到底太年轻，太可惜了么。"

监护室，这是一道隔开生与死的门，一个命运掰成两半的地方。

早间，王大夫来电话，问我在不在附近，我一面答应着，一面两步并作三步地冲向门口。妹妹办外务去了，我一个人被叫进去。在不大的谈话间，老王一脸倦容地向我告知父亲的病情，她额头上的头发有些明显的凌乱。喜忧参半，喜的一面，暂且不谈，忧的是因为她心里没底，没有足够的把握，让我提前有个思想准备。交谈一直在进行，她说得多，我问得少，我不想打断她。不知什么时候，我的眼睛里噙满了泪水……

腹部的情况不太乐观！

原来的信心和底气，在王大夫这里有些受挫。此一刻，我不能松懈，只能付之更多的信任。我知道她也需要一种力量，一种被信任、被托付的力量。

鞠躬！除了鞠躬，我已经无法表达我内心的感激。

"你们可以回去，休整一下，今天我不在。没啥大事，病人生命体征稳定。"说实话，已经十几天了，我很想知道父亲的病名、病因、治病的方案、治疗的效果等。

愿父亲还有一丝拨云见日的希望。

祈祷，比深夜更深。

医院是看病的地方。看病人的病，看家属的病。病人能不能好不一定，陪护的人熬着熬着，心理也不健康了。

医院是有色彩的地方，白色的是神圣，绿色的是希望，灰色的是病人。在生命的线上翻跟头，输赢颜色不同。

医院是检验人性，也是善恶共存、生死与共的地方。贪婪、自私、多变和善良、博爱、无私，在这里被展现得淋漓尽致。

医院是消耗人精神、财力的地方，更是磨炼人心志、性格的地方。在医院，钱似白纸，人似刍狗，一张钞票可能暴露人品，一个决定可能展现人性。

医院白，医院绿，医院黑，医院蓝。白的更白，绿的更绿，黑的更黑，蓝的更蓝。

芸芸众生，在这里总要被涂上一种颜色，深的，浅的，淡的，亮的，冷色的，暖色的。

出得门去，阳光刺眼，当我正不知道该往哪里走时，仰头一看，天空正蓝。

我随口说了句，医院的天真蓝，遂又融进了滚滚的人流……

父亲的守望

父亲走了。

不曾留下只言片语，这个老伙计，早早地给我卸下生活的担子，把他那一家之主给我让了过来，自己却去天堂独自安享心闲，"挖窝窝""掀牛九"去了……

2020 年秋天，父亲走完他人生的整个历程，永远地闭上了疲倦的眼睛，享年六十九岁。

父亲深情地望着我，眼含点点泪花。

老子不死儿不大。父亲常这样说。如今，我已经愿意长大，可他还是走了，他这是要逼着我长大吗？在他的庇护下，我已经度过四十有余的春秋。迁居县城以来，我的生活虽不富裕，但在他的引领和照料下，小日子过得紧凑而滋润。

从来不持家，哪知柴米油盐贵。这一回，老管家突然随手一扔，我连着打了好几个趔趄。扛大旗的人倒下了，我没有理由不去紧紧握住旗杆，并拼尽全力地撑起它。

听父亲讲，父亲的祖籍在甘肃通渭县马家河。因受不了饥饿和穷困的侵袭，高祖一根扁担挑起一家大小的口粮，一路向南逃难，最后，落户会宁县土门岘张家沟路家坪。曾祖一辈共计弟兄四个，大房头一直坚守路家坪，二房头去了范家弄入赘为婿，四房头落脚北山，三房头便是我的曾祖。以我的姑奶奶跟张家的姻亲联袂为由，曾祖迁居在张家的所属地马家岘，以耕种为生，1958 年移居张家沟。

作为读书人，父亲连他爷爷的名字都不知道，我曾不止一回地抱怨过。每回问及此，父亲面带难色，搔头挠耳。我知道，他这是觉得没法给儿子一个交代。

人生一世，理当知来处，晓归途。

父亲深情地望着我，眼含泪花。

这个给予我生命的老伙计，于1952年农历腊月初八出生。我的小脚奶奶，属于上家屲李家女子，嫁给我爷这个马家娃，一生受尽了磨难。晚年在父亲的照料下，享了几年清福，活了整整八十四岁。父亲兄弟姊妹六个，一兄四妹，父亲排行老二。大姑、二姑最初嫁到河对岸的赵岔和周岔。所谓岔者，就是那种两山夹一沟的地方。后来大姑、三姑迁居白塬，二姑随表弟暂居郭城驿，小姑嫁在城郊。有生以来，父亲以一个老哥的身份，牵心大姑，帮衬二姑，怜念三姑，疼爱小姑。从小时候给妹子买格子布衣服，到老了团聚时张罗的一顿大餐，他的心里，总是装满沉甸甸的亲情。

听奶奶讲，小时候的父亲，好学有余，淘气有加。因为家里劳力少，日子过得紧，好多次奶奶都不让父亲读书去了，留下来帮她挣工分。可一转眼，父亲从地里摸几颗漏拾的洋芋后，又溜回学校去了。奶奶常讲一件事：小时候因为家里穷，父亲把一个来之不易的火炮，视若珍宝地放在灶膛后面烘焙。烘干了，小个子的父亲准备取走炮，却不小心将炮掉进奶奶正搅拌的一锅莜麦面汤里。一锅汤毁了，奶奶急了。炮毁了，父亲也急了，直接伸手去锅里打捞。炮捞上来了，一锅汤彻底不能喝了，气得奶奶捞起擀面杖追打父亲……

在困难的坡上匍匐前行的父亲，先后在张家沟小学、土门岘初中、刘寨高中完成所有的学业，并于1973年1月圆满毕业。

高中毕业后，父亲辗转在张家沟小学、周岔小学担任民办教师。农业社那会儿，因为违反计划生育生下我妹妹，被下放了。后来又在当支书大爷的关照下，重返讲台，直至退休。父亲用39年的教育教学生涯，点亮了乡村教育文明的心灯。20世纪70年代以后，张家沟那片土地上，但凡走出去的学生，都或多或少挨过父亲的教鞭。

晚年的父亲，日子过得稍微宽展了些，在儿女跟前，原来的严苛、不苟言笑，逐渐变成了温和与平易近人。从我考上大学开始，每次回家，父亲都是满心自豪和欢喜。回家的日子一旦定下来，他都要老早地在路口等待，接我回家。一路上，山里的逸闻、山外的故事、工作的趣事、学业的精进，被我们爷儿俩颠来倒去地说个遍。

父亲常常教导我们，要帮人难处，记人好处。当年一个远方表姑家里很穷困，父亲把她安排在大灶上洗锅。这个办法，不仅解决了表姑的吃饭问题，还顾及了一个孩子的自尊。父亲的良苦用心可想而知。

父亲深情地望着我，眼含点点泪花。

父亲一辈子扑在教育事业上，三十九年来，父亲口中常提念的一批长辈：王志强、刘万章、安秉夫、张世荣、窦贵清、李吉祥、王世峰、安建太等，他们跟父亲一样，把一生的青春年华，都奉献给土门岘那片热土。在中学，父亲也如入无人之地，常常人未至声先到，王廷荣、岳汉平、李世杰、李守诚、吕建国、李守杰、宋富君、张克荣、张贵荣、李国强等，这些人都抬举父亲，他们后来成了我的老师。我相信，父亲的爽朗和幽默，当在他们的记忆里留有一帧。

父亲的老同学仲廷魁叔，当年在我们乡当书记，刘叔在教委当辅导员。父亲每回在街上碰见，就翻先人倒肚子地骂，骂得俩人一个劲儿地告饶，才罢休。

"冷尻，我大小也是个书记么！"仲叔一只手忙掩住父亲的口，另一只手拽着父亲的衣襟往办公室里拉……

上城之后，父亲的老同学，喝了酒后就专门跑到家里折腾父亲。可一向爱骂人的父亲，居然一言不发，满脸堆笑，全心全意、不厌其烦地伺候。

也是这两位老叔，总能在生活最紧处，五块十块地帮帮父亲，三十五十地周济我家。在父亲人生最紧困的年月，北山表爸背来了一袋莜麦；姑父的兄弟，为他檾羊毛交了几块磨面钱。所有这些，父亲都把它们作为生活的教材，不止一回地教导我们知恩报恩。

父亲当老师之初，尽管只有五元的工资，可日子依旧混得满碟子满碗的幸福。不仅如此，因为劳动分工不同，父亲在挣工分的农业社时期时时处处受优待。那会儿体弱的三爸因常年在外读书，安家表爸总要把他跟父亲分配到一组，睁一只眼闭一只眼，看着俩人混够时间即可。在那些关系紧俏的年月里，这已是莫大的照看了。

张家沟的第一辆自行车是父亲买的，那个阔气，只有父亲那一代人知道。那会儿三爸刚从卫校毕业，动不动骑了它赶赴会宁，填表、报名、打探消息，那辆自行车派上了大用场。在张沟村，父亲的淘气、倔强、仗义无人不晓。

我的外公去世得早，在父亲的帮扶下，外婆一家人举家从西吉马建迁徙到会宁土门岘安家白坡。也是靠着那点不起眼的公事，父亲照看了外婆一家几十年。从挨个儿帮舅舅们娶回四个妗子，到帮外婆撤离窑洞，从外婆初迁白坡，到外婆猝逝，梁冒咀弯弯曲曲坑坑洼洼的路，被父亲骑的自行车的车轮压得光光亮亮。对外婆行孝，对舅舅们尽责，对内侄关照，父亲把义务和责任做到极致了。

父亲深情地望着我，眼含点点泪花。

从贫穷处过来的父亲，迁居县城后，手里捏得更细了。自从承担了接送孙子的重任后，父亲每日里忙出忙进。他总喜欢随身携带一把折叠椅和一个袋子，袋子里装着扑克牌、茶杯、烟、打火机、零钱。孩子进了学校门后，他就玩起了纸牌，临中午散伙接孩子，中午回家吃饭、睡觉，下午继续送接。

进市场，逛超市，转地摊，父亲领着目不识丁的母亲和院子里的阿姨们，说说笑笑，哪里的鸡蛋味道纯正，哪里的蔬菜价格便宜，货比三家，讨价还价后才付款。午餐时，父亲很有成就感地跟我絮叨一番。

周末了，一家人乘着酥酥的阳光，去外边买点东西，吃点风味。父亲总是紧紧地攥着孙子的手，生怕一个不留神磕碰了。偶尔，我们父子俩出门办事，我把手或搭在父亲的肩膀上，或者揽在父亲腰间，亲密无间的样子，总能引来许多艳羡的目光。年过古稀的老姨娘，不止一次地在母亲和老姨父跟前感叹："你看人家父子像老弟兄，走在街上，牵手搭背的，才好得很……"

如今，父亲走了，用三姑父的话说，牵手的人没了，亲情又降了一个台阶。

父亲的去世，掰开了生死的豁口。这个豁口，横在了他的兄弟姊妹间，他的同学间，他的好友间，他的发小间……这个豁口，一旦掰开，去往人生那一头的路，就越来越短。

安葬好父亲，等我一身疲倦地转回家去，推门而入想喊一声"大"时，空荡荡的屋里，没有父亲半点踪影。那一刻，我才觉得，父亲不在了，我成了没大的娃，我的眼泪一瞬间喷涌而出。我在父亲的守望里，用一滴一滴的眼泪收割过往，收割不甘心，收割想不通，最后通通搁在放不下撇不了的那道湾里。

父亲走得还算体面，四铺三盖，密密麻麻的针脚，光光鲜鲜的衣服。收殓的老大哥，一脸实诚地按照规程行事；低调做人的王建国主任，一大早亲临指挥。三底两盖的柏木房子被数人抬着，数百人前来吊唁，几十辆车辆前去送行。阴阳一个罗盘定了乾坤，下葬时装着父亲的房子分毫未移动，一切顺利。天大亮时，父亲已然长眠于地下。

我在地上跪着，父亲在地下睡着。日头又探出了山畔畔，一群鸟雀在山坡上盘旋着，开始新的一天的刨食……

父亲深情地望着我，眼含点点泪花。

最早送父亲的，是三爸、三姑父、小姑父、小舅、本家大哥、内大哥、内四哥、强弟、顺利几个，后来陆陆续续赶来的都是亲戚和朋友。人在最光鲜时，前呼后拥者络绎不绝不足为奇，但逝后仍有人送最后一程者，皆为逝者生前积善所成。父亲便是。

在灵堂，父亲的老单位来人，一个是父亲的学生、同事，一个是我的同学。看着老熟人熟悉的背影，我的眼泪唰地流下来，掉在冰冷的地上。土门岘那块地儿，遍洒父亲青春的汗水，那是故土情深的眼泪。在院子里，迎纸火、焚香、化马、跪拜。大雾之后的天空湛蓝湛蓝，我昂起头，看着挂起的纸幡、悠悠晴空，这难以割舍的骨肉情竟然要以这样的方式断舍。我在地上压低了声抽搐着哭泣，猛然瞅见红在不远处也擦着眼角，那是故人重逢、人生渐至深处的眼泪。

过了十二点，从坟上赶回来，遇着我的老战友席胜。弟兄们没有过多的语言，两手相握，相拥一抱，热泪四流，那是好兄弟怜惜、相知甚深的眼泪。回家去，志清兄一句安慰，令我无限动容。"兄弟，节哀！人间每一步都沉重。"我的眼眶又湿了，那是好哥们手搭在后背，话说到心坎的眼泪。晚间出去，碰见乡上工作过的李叔，两只手捏到一起，我的眼泪就流下来了。一时间，李叔也有些哽咽，那是长辈们疼爱有加、言无不尽的眼泪。

　　头七纸，在媳妇的陪同下，我一个人默默走进父亲的坟园，丈余地里只有一抔黄土，辛苦了一辈子、谨行了一辈子、节俭了一辈子的父亲，已然跟我阴阳两隔。疼痛常常在外表，伤痕真正在心里，我已经没有过多的眼泪。

　　您所记挂牵心的亲人，我会一个不落地尽我所能地孝顺、帮扶和教育。您久藏于心的恩义，我会用"好跟好是换来的"这样最朴素的道理，去经营和践行。

　　万般皆是命，半点不由人。

　　安息吧！我的老管家。

　　安息吧！我的好父亲。

老伙计百日祭

年末了。

这个举步维艰的年岁，眼看就要过去了。

数九了。

天气温暖了没几天，就冒出一股股的寒冷来。

父亲去世百日了。

外面刮着风，很大、很急的样子，一阵比一阵紧。

吃完每人一颗烤洋芋、一个包子的晚餐，天擦黑的时候，才跟顺子、彦璧兄从村上往家赶。

明天是父亲的百日纸。

才进门，尚未卸下一身的疲乏，正筹谋着明天如何举行简单的家祭仪式，门口响起了敲门声。内家大哥裹着一身的寒冷走了进来，后面跟着话少言缓的四哥。

数目相对，眼底泛热，心头潮润。

我虽经事少，但在这般情境下和时间点里，两个妻哥的到来，不用说，肯定是赶过来给我帮忙、鼓劲、查缺补漏的。我们说了一会儿话，聊了一会儿天，扯了一会儿闲，似乎绕过悲伤很远，有时候我们甚至不说话，只是静静地坐着。烛火扑闪，香烟缭绕，思念重了，哀伤沉了……

"收拾一下，咱们迎纸。"大哥弹了弹烟灰说。那化为灰烬的烟灰，长长的一截，直直地横在他手里。

父亲去世后，照片一直用黑纱包裹着，置于高处。母亲小心翼翼、泪眼婆娑地从高架上取下来。我从母亲手中接过父亲的遗像，立在桌上，父亲的目光慈祥，充满深情，爱意无限。拾掇好香蜡纸表、奠茶奠酒，我把遗像端在盘子里，下楼去迎纸。

又穿起白孝衫，系了腰带。我和下午赶来的妹妹，一起为父亲披麻戴孝。

天冷了，也该将父亲的灵魂接到家中，喝口热乎的，吃口暖乎的，回家里随处转转，到处看看，听听我们说话，看看我们做事。

一股风过来，打了个旋儿，又旋走了。唯有烧尽的纸灰留在原地。奠茶，奠酒，叩首，作揖，心戚戚，情依依。

回得家来，将父亲的遗像供于桌案，焚香化马，献饭供果，叩首作揖。香烟曲里拐弯地升腾，食果的香味四处飘散。父亲的灵魂不远，护佑一家大小安康。

还剩下从兰州带来的多半瓶酒，我和大哥、四哥，每人斟了一茶杯，边叙边饮，边饮边叙。旧的，新的，酸辛事，难肠事，喜事，乐事，尽在酒中。

父亲，那还是儿子为了招待朋友，从同学那儿借来的。

父亲，亲戚回去了，我刚打发走，送他们到小区门口。家人们陪了陪您，都回屋去了。我妈和我妹已经躺下了，兴许在黑暗里絮叨呢。孩子们也都睡了，明儿还要上学呢。

生活的发条被时代的节奏上得够紧，少了您这座坚实的靠山，儿子的生活似乎一直都是疲于奔命。

父亲，等我跟您上炷香了，咱爷儿俩就好好叙叙以前，说说过往，议议生死，侃侃红尘，谈谈男人的责任，聊聊持家的不易。那时候，是我认识太浅，没有将您好好陪伴，今天才发现，落下那么多爷儿父子之间的话，都没来得及谈。

儿子至今仍然似在梦中，迟迟回不到现实中来。您的离去，真的太突然了些。那些年，您把吃药当吃饭，脸膛黝黑，骨瘦如柴，几乎成了医院的亲戚，您不是也走过来了吗？所以，我一直没有任何思想准备呀！

您知道的，在干工作上，儿子从不是马虎人、懒散人，这一点深得您的训导。由于之前请假太多，我一直想办法在工作上弥补。不说高一点的操守和素养，单就自己的工作，起码要对得起每月拿的那份薪水。就当我忙了一头的时候，您这头，给了我一个始料未及。

父亲，是不是我有些大意了？不尽然。上过兰州，走过定西，住过会宁就更不消说了。

"新冠"来袭后，您怕挨饿，跟着强娃专门买来米面，餐厅里摆了高高的一摞。那架势似乎当下就要挨饿了。当初，我还笑了笑，被您狠批了一顿。

"现在能行了，长本事了，过下穷日子的再不记了！"

父亲，是不是您还跟我隐瞒了什么？作为男人，您是不是怕我承受的压力太大，故意隐瞒病情，减轻儿子的精神负担？可您知道吗？您在，大树在，精神在，雨伞在。哪怕跟您吹吹牛皮，听您说说过往，都行。

真的，多想再听一听您的教诲，被您点拨……

从您有了我，您奔忙的脚步一直就从未停止过。小时候，给我喂饭，教我走路，教我识字，教我认人，教我做事。长大后，在您的扶持下，我先后完成了读书、工作、娶妻、买房、生子、转行等诸多人生事务。

您的去世，没有人不惋惜。我续了根香，那长长的香灰，一齐儿朝着您弯腰叩首。您在世时，常说，人死如灯灭。所以，我还是点起了灯。在灯下，我瞅瞅您生前的脸颊。遗像中您那双阅人无数的眼睛，无论从哪个角度看，好像都逃不了您的注视。

黑夜里，您灵前的烛火扑扑闪闪的。像您在世生闷气时，那爱睁不爱睁的眼睛，上眼皮一抬，下眼皮一闭。

黑夜里，您灵前的烛火摇摇晃晃的。那摇曳的烛火，就像您在世时，走着"Z"字形的小路去教书，慢慢爬上周岔河坡。

黑夜里，您灵前的烛火幽幽亮亮的。幽的是灰色的艰难，亮的是扑曳的教诲。难道我与您的今生相约，就只剩下回忆？

1952 年，那是个百废待兴的年头儿，您被奶奶带到这个世上。

十岁时，您已经是家里的一把好手。因为贫穷，因为饥饿，因为求学，您受尽了人间磨难，看尽了人生脸色。

二十岁时，您已经当了民办教师，用识得的几个大字谋得一碗饭吃，很是体面地活在家人的心中。

三十岁时，您因为我和妹妹的出生，幸福地做了父亲。从此您奔走的脚步更忙了，生活的心劲儿更足了。

四十岁时，家里的日子过得紧俏，步入中年的您，扛负了一个男人所有的担当，照顾老的，拉扯小的。

五十岁，您的人生渐入佳境，我小有初成，总算考了一所不甚体面的学校。您把大阳摩托骑在胯下，来来回回地在老家的山梁沟峁间穿梭。

六十岁，您带着一家人住进了楼房，端锅掌勺，早出晚归，接送孩子读书。

七十岁，还差那么一截，还差那么一点点，您就是古稀的老人，可您提前"退休"了。

人一辈子，那么长的路，您步履蹒跚地还是走完了，可我怎么也写不完，就像这人间丝丝缕缕的光亮，幽幽亮亮的灯火。

父亲，您去世已百日，请安息！

母亲的脐带

父亲去世后，老家张家沟就成了我人生的故乡和灵魂的脐带。母亲的脐带远在宁夏西吉，我四十年始走一遭。承蒙上天眷顾，多亏好兄弟陪伴，这样，甘肃会宁与宁夏西吉这条母亲生命的脐带，才得以再接和赓续。

母亲的一个发小，嫁到了离我老家不远的村子。那些年，俩人为过好日子，拉扯儿女，压根就没有时间去走动和联系。如今老了，居然联系上了。我陪母亲去县中医院看她时，她正被疾病折磨得不成人样，佝偻着单薄的身子像一张弓，喘着粗气，吃力地往前迈几步，都要歇几次。

许是岁月空白了一大截子，俩人一见面，就翻开了儿时的记忆簿，一边回忆一边感喟，一边唏嘘一边慨叹。我顺便打听了见证她俩青春的那片地，蔡叔摘下满浸油汗的帽子，从帽碗里掏出一张皱皱褶褶的纸来，上面画着歪歪斜斜的一行数字。一同被他掏出来的，还有一堆缴费单子。至此，我才联系上了母亲的老家人——郑叔，一个比母亲大几岁的七旬老者，耳背得需要自己女人来协助。

进入宁夏界，顺子的车开得贼快。窗外，天时阴时晴，路两边竖立的安全桩，像一齐儿的弟兄。偶尔一只野鸡探出头来，踱着碎步从地畔走过。生命的延续离不开相互间的依存，道路亦然。

沿途经过震湖，那蓝莹莹的水面，枯黄的芦苇，一湾一湾地随着地势一边藏匿，一边显露。水面的平，芦苇的直，像交错的人生。山脉、树木、芦苇、红色的杏、绿色的柳、粉色的桃，刚刚晨起一般，正对着静静的水面梳妆打扮。那些恣意绽放的桃花，把一身粉红的春，全都抛给了震湖，娇娇嫩嫩。再看那白鹭，双腿修长，脖颈柔软，正眯着眼养精蓄锐。早有那觅食的野鸭，凫在水面，摇晃着尾巴，一会儿一个水圈荡漾，不见了身影，一会儿又你追我赶，划开燕尾一样长长的涟漪……

车上山梁，站在山巅的公路畔，我就望见了远处的山峦和近处的人家。那杏树上一枝枝包裹的花蕾，正在春风里晃动着沉甸甸的身子，岁月无一处不是从沉重中来。只有那清明节前的桃花，白生生的，粉嘟嘟的，这半坡独有一树，那一湾簇着几团，再远点，满山满岇一大片，开得肆无忌惮，开得破斧成舟。山坡上，一大群人，似乎在植树。山脚下，几个放学的孩子正迈着轻盈的脚步，朝家里赶。

在约定好的马建新农村点，我老远地看见郑叔迈着热情的脚步，向我们走来。寒暄简短，握手有力，我在老人家的跟前亮明了身份。这一回他听清了，我是谁家娃，从哪里来，到哪里去，来干啥等。一时间，感觉这个在耳畔萦绕了四十年的"马建"，似乎早已成为我身体和灵魂的一部分。喝了口水后，我们就驱车向母亲家的老庄子走去，以期拍摄一点点遗迹，感受一点点气息，以供母亲日后能热腾腾地回想。

一路上，我的心里潮潮的。

母亲的老家叫庄子沟，位于一道横亘的大山脉的腹部，背靠山，面对山，那山比我见过的山绵长许多，像坐下的人把腿伸长了。让"山走了"的海原大地震，使得众多的山脉留下了难以愈合的伤口。在那些脱离了大山怀抱的"走山"的老茬口上，冒着一寸寸新绿。

母亲年轻时住过的老宅子，坐落在一个小圆疙瘩嘴上，像一把指头的其中一个指尖，又似一根瓜蔓上结出的一个瓜蛋。山脚下有一条由西向东的小河，流淌着向远处蜿蜒而去。原有的一点塌庄子，在去年的乡村环境治理中，已被推为平地，只留下铁杵打过土墙的痕迹。一个杵子窝就是一碗汤，就是一碗水，就是一碗饭，就是一碗汗，浸透着母亲一家人无尽的汗水和心血，也饱含着一户庄稼人最朴素的人生哲理。还有几截没有推倒的墙，像断断续续被遗忘了的胶片。

庄子左侧，唯一一棵健在的老榆树，枝繁叶茂，斜伸着身子，把一头的枝丫伸向无尽的天空。正前方，一色的彩钢房，是个养牛场。左前方，一座见证岁月的烽火台，泛着土黄，安静地屹立在小河对岸。一阵风过，台墙上，一岁一茬的蒿草，摇摆着身子，使劲了力气才站稳了脚跟。老榆树的下边，是老表兄成娃以前的居住地。老屋对面的崖面上，还有一个门洞，豁牙漏风地被半截门板遮住了羞丑。

我问及外公的旧坟园，老人说就在不远处。于是，我们三人又顶着快要正午的烈日，绕过弯弯曲曲的山间小道，前去拜祭。那是一块靠河台边的地，里面有好几处坟，可能是一处不错的风水穴。坟的外院旧痕迹还在，早有新逝的人占了半截添补空缺。老者和顺子一齐感叹，龙尾刚好甩下来，到了河边，靠山高远绵延……

20 世纪 90 年代，外公的老坟被父亲和舅舅们，骑着自行车搬迁到会宁。听说，搬迁的时候，庄间人为这风水都甚是可惜。庄子不在了，老宅不见了，我不甘心，还是想找点念想，遂决定用镜头记录同母亲、舅舅们儿时一起长大的人。

老庄子后面，住着大舅的好朋友存祥叔。大门上堆着一大堆玉米草，散落一地。院子里养着好几箱闹闹嚷嚷的蜜蜂，四处飞旋，出出进进地忙碌。郑叔前脚刚进门，就吼着嗓子，半开玩笑地说："县上的干部调查扶贫来了，看你有啥困难没有。"我们三人都暗自窃喜，却见女人咧开嘴已经诉苦了。及至坐下，郑叔才说出母亲的小名……

突然有故人之子造访，存祥叔惊得从沙发上跳起来，先是震惊，后是疑惑，最后是惊慌失措。我一面握紧了那双略显粗糙的大手，平复他的情绪，一面赶紧约他到院子里，给他们三人拍了照。

回去的路上，郑叔说，小时候有一回，存祥叔跟大舅、存娃叔、对对姨在庄子底下的堰塞湖里玩水，存祥叔不小心掉进水里，仰面朝天，使不上劲，也翻不起来。眼看存祥叔有生命危险，大舅和另外的伙伴还不知情地往他身上泼水，而且边泼边笑，边笑边说："看人家存祥的淹头子（水性）好不。"放学了的郑叔，从高处看见后，赶紧跑下来，把存祥叔从水里捞上来。存祥叔听天由命地缓了好一会儿，总算活了下来。

"要是晚几分钟，人就没救了。"郑叔至今心有余悸地说。原来大舅小时候这么淘气。

正当我们想一个个找寻一下母亲儿时的伙伴时，真巧，在老表兄家，一大帮人正在热火朝天地打平伙、喝啤酒、吃羊肉呢。我们赶过去时，厨房里飘出丝丝缕缕的肉香味。先一步进门的郑叔，亮开嗓子说明来由，介绍远路上故人之子。

"后山里来亲戚着哩。"

随着母亲的乳名被人叫出口，一刹那，满院子似乎地动山摇。地动山摇的是儿时义，是故人情，是大大小小的辈分，是深深浅浅的记忆，是聚聚散散的时光，是薄薄厚厚的光阴。我看见数十双眼睛齐刷刷朝我射来，我亦瞅见数十行清亮清亮的泪滚涌而出，映在正午的阳光下，闪闪发光……

老表兄成娃两口子哭得最厉害，他们一辈的几个弟兄只剩下他一个了。不曾料想突然间跟亲情撞了个满怀，再思想起自己的不易和艰辛，一时间泪水涟涟。父亲新逝，这个应该由父亲或者舅舅带我来的老地方，今天，因为母亲晕车，却成了我的独自寻根旅行。抖抖索索地点着嘴上的烟火，我不由自主地难过。

合一张影吧！为这些母亲儿时的少年，为这些如今的汉子。我相信这是我有生以来，手握相机，握得最紧的一次；手按快门，按得最幸福的一回。他们中年龄最小的也已年过五十，最长者已是耄耋之年，用他们的话说，活的是天天子人，吃的是顿顿子饭……

亲情不仅仅亲在骨子里，更融在血液里。人生上等的友情，不外乎儿时的伙伴、年轻时的同学战友、长大后的朋友，情感一直在生活的缝隙里默默地流淌着。这个特别的聚会，不知道会不会因为我的突然闯入而……

容不得多想，我们赶紧撤人了。临走时郑叔安顿老姨做的饭，应该早好了。

外婆是甘肃会宁张家沟大队的陈姓女儿，小时候因为贫穷，追撵一口吃食，嫁给我外公。母亲在外婆的子女中最长，身后是四个弟弟。外公去世得早，被当时老人传说的"黑水泄"要了命。毫无疑问，母亲和舅舅们的童年是灰色的、狭窄的。在那个粮食入仓了的深秋，外公走了，独留下外婆一个养育儿女。母亲说，那一年的麻子长得格外欢，她和外婆背回家，满满地码了一上窑台子。在那家家缺吃少穿日子紧困的年月，母亲一家的日子，常常被饥饿光顾，用她的话说："顿顿喝汤，汤都清得能照见人影。"一直到现在，无论多好的营养汤，对母亲而言，丝毫没有吸引力。

"汤把人喝怕了！"

为了一家人活下去，大舅一个人靠一根打狗棍、一个馍馍袋，天南地北地讨要。有时候，要得多一些，汤就能稠一点。可幸运不可能天天光顾，要是运气不好，一家人就要饿肚子。有时候，大舅几天不见人，回来时，肩膀上的口袋里，前面一截子是做熟的馍，糜面的、荞面的、玉米面的，偶尔也有一两个白面的；后面一截子是刚磨的面，玉米面、莜麦面、豆面，样样数数。作为家里的老大，跟大舅一样，母亲不曾进过一天学校，天天跟着外婆推土方，平梯田，拾狗粪，挣工分。

山背后住着仗义的回民乡亲，家里死了牛羊，就站在山顶上喊他们，让他们自己剥皮分肉来。山这边的人就小跑着奔去，快一点的，卸一根牛腿，慢一点的，分一个牛头，再迟点的能分得一点肠肚，以此改善伙食。

"一家人饿死着缓活来的。"

说起那些异常艰难的岁月，皱褶满脸的母亲，总要长长地换几口长气，眼眶湿润，眼底泛热。

"现在都长大了，能行了，你们都眼硬了。"

外婆的老哥，在张家沟落足，经过他的牵头搭线，父亲和母亲结了姻缘。长埋地下的奶奶生前跟我说，父亲那会儿当民办教师，母亲的针线茶饭确也不赖，是过家的一把好手。那时候，爷爷家的生活较其他人家，尚可过得去。于是，在父亲的动员下，外婆一家从宁夏西吉县马建乡大坪村庄子沟社，迁徙到甘肃会宁县土门岘乡张家沟村白坡社。

我很难想象，家徒四壁的外婆一家人，是如何心酸地徒步投亲靠友而去的。在庄子沟睡完最后一夜，星星还在天上眨眼，乘着如水的月色，外婆带领一家人天蒙蒙亮就起来赶路。母亲说，她只记得她自己挑着一副扁担，一边是半袋玉米面，一边是一口锅，身后跟着一只狗。那狗是只黑狗，四眼子，可恶得很，一路上没少让人操心。

一家人一直从早上走到混天地黑。那只狗，还在到达当日，将爷爷的掌上明珠小姑咬了一口，也将前来白坡接迎外婆的奶奶，吓得面如纸色。在安家白坡村口的崖窑里，一家人暂且栖居。看着这户孤儿寡母的人家，在父亲的央求下，当支书的大爷，当文书的桑家爷，从大队里周济了些糜子、莜麦，让一家人暂渡难关。如今再回首，可以想得出，外婆是怀着怎样的决心，选择逃避贫穷和饥饿的。

20 世纪 70 年代搬过来的外婆，直到 2012 年去世，老人家再也没有踏过那片土地。那片土地上饱含着她多少的辛酸、悲伤、难过、胆怯和不堪回首，只有天知道。要说幸福，就是她用尽全力拉扯了五个儿女，一个也没被饿死。大外婆好多岁的外公，到底把外婆骗了，先一步离她而去，丢下外婆一个独撑风雨。

如今五十多年过去了，年近七旬的母亲，也不曾顺着自己的脐带回过故乡。那个留有她足印的地方，那个洒满她汗水的地方，那个被贫穷和饥饿洗劫的地方，那个流淌着忧伤、弥漫着欢笑的地方，那个叫庄子沟的地方，如今却成了母亲名副其实的故乡。

歇过正午，我们就返程了。一路上，我一遍遍回味郑叔的话。外公一母所生的弟兄共三人，外公最小。大外公共生三子，乳名分别是祥子、录祥、润娃，现在世的仅润娃舅一人。据说润娃舅上过朝鲜前线，现居宁夏西吉县城。二外公身体残疾，英年早逝。外公所生四子，就是我的四个舅舅，乳名中都没有离开一个"祥"字，饱含外公对子女的祈望。

从逃避贫穷嫁到西吉马建，到逃离贫穷迁至会宁，外婆的一生都跟贫穷做着较量。作为外婆唯一的女儿，其间的酸辛，母亲无法用语言来表达，我只好落笔成文记录这段过往。尽管它给予母亲的是贫瘠，是饥饿，是不堪回首。

今天的庄子沟，早已历经了翻天覆地的变化。那几个沟沟岔岔的人，全部搬到了马建乡新农村点。那里一溜儿青砖瓦舍，一齐儿栅栏围墙，宽阔的马路修到了门前，涌动的自来水安进了灶头，吃穿住行早已不在话下，那些和母亲同龄的人已经开始注重保养身体。

"与过去相比，真是天地之别。"郑叔深情地说。

如今，大外公的后代，外公的后代，一枝枝遍地开花，早已与贫穷挥手，开始了与幸福接壤、与富裕共进的生活。

母亲通过微信视频皱着眉头，眯着双眼，一个个辨认儿时的伙伴时那"妈哟妈哟"的一声声惊叹里，藏掩着不知道多少回不去的青春年少。我知道，装了母亲不少心事的西吉马建庄子沟，又鲜活地在我心里扎下了根。

三　哥

　　三哥是我大伯的三儿子。八十高龄的奶奶说，伯母离世的时候，三哥刚断奶，是她一手把三哥带大的。

　　三哥天生一副俊样，阔方脸，大眼睛，浓眉毛，棱鼻子，宽牙缝，尖虎牙。

　　奶奶说，牙缝宽，做大官。可三哥后来终究未做大官。

　　三哥属牛，比我大好几岁，差不多十岁才进的校门。虽然他只读了一年级，却是我的启蒙老师。我歪歪斜斜的名字还是他教的哩。

　　天下老的都偏小的。三个亲堂哥中，奶奶唯独对三哥疼爱有加。记忆中奶奶很少做鞋，却忘不了给儿媳和女儿叮嘱，别少了三哥的千层底。

　　大伯放了一辈子羊，三哥差点子承父业。

　　小时候有一天，天刚下过雨，露水很重，放羊的三哥由于贪玩，让羊偷吃了露水地里的苜蓿和胡麻，一次性撑死了四只。自那以后，他的羊倌生涯也结束了。

　　从我记事起，三哥就睡在旧庄子的西房炕上。西方炕不大，上炕露着清晰可见的泥皮，泥皮炕上放着旧纸箱，里面塞满三哥的衣服，下炕有一坨奶奶每天都煨好的热炕。

　　一眼热土炕，一张糜叶席，一张羊毛毡，还有一件陈旧的老虎单，这便是三哥卧室的全部家当。

　　小时候，老家的冬天似乎格外冷。一有空闲，我总是喜欢去找三哥，把一双小脚塞在毛毡下，暖暖脚板，听听收音机里的评书。小小的收音机，便是我和三哥了解外面世界的唯一窗口。三哥有时候还需要我解释一下部分情节。渐渐地，我也喜欢上了热炕上的那个声音。以后的闲月空日里，那个说评书人的声音，磁场一般吸引了我的脚步。

再大些，三哥的食量大了，力量也大了。三哥有了一把好力气，不仅家里人需要他，连那头脾气倔强的大骡子也离不开他的调教。庄间人每有大活需要帮工，总是第一个想到他。

三哥最爱去的地方，就是村口的涝坝滩。冬天那里的欢笑，夏日那里的雀跃，都深深地吸引他。包括在树枝上睡觉的麻雀，都认得三哥似的，只要他稍一靠近，它们便扑腾腾地飞旋环绕。

三哥贪玩，常常家里吃晚饭的时候，独不见他的人影。很多个黄昏，爷爷总会在村口扯开嗓子喊三哥的乳名。伙伴们的嘲笑声，让三哥讨厌极了爷爷的呼唤。那回荡在村口久久不散的呼唤，就像三哥讨厌的涧沟崖畔的回声。也正是这个原因，三哥多会儿吃的是奶奶留在锅里的温热饭。

三哥刚学抽烟那会儿，不爱抽旱烟，总是难为情地向父亲索要纸烟。临走的时候，父亲还要给嘴馋的侄儿耳背上再架上一根。

后来，三哥也曾跟着二哥去银川、新疆的工地上打工，忙碌一年，钱没挣多少，铺盖卷儿却丢了好几卷。

三哥再出去时，父亲总要背着母亲，塞点路费。还有好几回的出门盘缠，也是几个姑姑背着姑父，粜了半袋豌豆打发的。有一回，三姑的新褥子被三哥丢在了外边，三姑骂了好几天，发誓再也不管了，可转过弯，照样对三哥偏爱有加。人常说，三尺长的牛肋子，往里弯不往外弯。三哥打小失去母亲，不用说，这是长辈们对他的另一种补偿。

三哥十八岁那年，家里给三哥查访了一个媳妇，那女娃娃很麻利，就是家里稍微困难了些。年底，媳妇没娶上，三哥就当兵去了，那是一个有编号的空军部队。我们老马家人老五辈手里没人坐过飞机，在三哥这个羊倌出身的农村小伙那里，却天天如坐板凳似的。那会儿，大伯连喊羊的声音都比以前高了好几倍。

"把它大，你还上天去来，你!"大伯大概忘了，从羊群滚出来的三哥，确是飞上了天。

再见三哥时，已是三哥探亲回来的仲夏时节了。那时，我已读了高中。大伯牧归的羊群还没进圈，三哥就被儿时的伙伴围成了圈。当晚，谈得起劲的三哥，硬是被大伯叫出去了好几遍。

"你把那纸烟留点，若抽完了，走你丈人家拿啥呢……"

当晚，已经修缮了的新房子里，煤油灯一直亮到半夜两三点。大伙儿齐聚院里，一边品尝各式各样的稀缺零食，一边试抽自己没见过的纸烟，那都是三哥这次专程捎带来的。风扫残云，月色正亮，大家伙索性看三哥在院子里表演擒拿格斗。高兴了的三哥，一口气做了一百个俯卧撑，啧啧啧的赞叹声吵得奶奶一晚上都没睡好。三哥还说，放羊时投掷土坷垃锻炼过的臂膀，让他在连队里投弹总能拿第一。

从此村里人眼中的三哥，再也不是当年的羊倌，而是部队里肩章上有标记的小官。

三哥回来的第三天，就要去他丈人家，我央求三哥跟父亲说情，走时把我也捎上。我从小就喜欢橄榄绿，那回穿了三哥的军装，觉得连头发梢子都神气了。我和三哥本来就长得有些相像，在他丈人家，本来有些近视的老丈人，竟然把穿了军装的我认成了女婿，一个劲儿地向我问这问那。

"你多会儿来的?"

"你多会儿走呢?"

……

回来的路上，大热天的我们，实在饥渴难耐，有了三哥的壮胆，我摘了不知谁家的一个西瓜来解渴。虽然，那时候我已经知道三哥说的纪律："不拿群众一针一线。"我跟有些认真的三哥解释说，我不是军人，不需要以服从命令为天职。

正因为走得近，很快我便发现了三哥的心事，有满心的欢喜，有一脸的茫然。晚上睡觉的时候，三哥神神秘秘低声低气，偷偷拿出了部队驻地一个护士的照片，那一刻我才知道三哥心里已经有人了，而且长得不赖。直到在煤油灯下绽开他心上人的信笺，我终于见证了什么是爱情。那一刻我方知晓，原来情书可以这么写！原来有人关心和爱慕，居然是那么的幸福和美好。

不难想象，我自然成了三哥情书的撰稿人。语言组织完，他还要听我念上两遍，生怕把他的意思没有表达全面。念完后，三哥这才爬在热炕上誊写一遍。我只记得那个女护士姓杨，用三哥的话说，反正是杨家将的后代。三哥还说他们的恋爱，源于他做过她军训时的教官，而且还是那个大胆的护士，捅破了隔在两人间的窗户纸。

那一夜，三哥讲得很动情，我托着下巴亦听得很入神。

三哥自幼为人和善，部队上的连长、指导员都非常看重他。可就是因为书念得太少，三哥被安排到炊事班任班长。从后来的来信中我才知道，他的兵特别尊敬他。

三哥终究吃了读书少的亏。最后，连长和指导员都为三哥的前途惋惜了一番，三哥不无伤感地对我说：

"兄弟，书念得少了！兄弟，没搭救到世上！"

服役五年后，三哥复员了。摘去肩章的那一刻，三哥在连长和指导员怀里哭得很伤心。和心上人分手时，心上人都哭晕了。可这一切，终究还是未能改变三哥要复员这个铁打的事实。

在复员军人的火车专列上，三哥和战友们因看不惯乘警对一个老人的恶劣态度，教训了一下乘警，导致警察出面协调，双方的对峙让火车晚点了好几个小时。

不知为什么，回来后的三哥，很快就作废了家里人做主的婚约。我知道大爸放羊时的声音肯定又低了不少。

父亲还是隔三岔五地塞给侄儿烟卷，只不过这一次已经不是数根根了，而是整盒整盒的了。

2000年，老家才通电。电工们看着这些煤油灯下熬了半辈子的山里汉，动不动就发脾气不干了，很多人敢怒不敢言。尤为可恨的是，有个电工年纪轻轻，骂起人来，不分老小，极为难听。

三哥便故意找茬，坐在地埂上不听调遣。平时在人堆里蛮狠惯了的年轻电工，气势汹汹地把三哥从地梗沿上踹了下去，接着，又不知天高地厚地照三哥屁股上就是一脚。强压怒火的三哥嘟囔了一句：

"干活就干活，不要踢人，你有本事了再踢一脚试一下！"

一下子围了好多人，那年轻电工显然恼羞成怒，踢出去的脚还没收回去，就被三哥转瞬间将头摁在了地，满脸是土。这动作太快了！很多人还没反应过来。

人群里一阵骚动。

"活该！教训得好！这回撞到白虎身上了。"

"这娃娃咋敢打电工哩！这电怕是拉不上了。"

有几个劝解着拉开了三哥，三哥这才松了手。临出人群的时候，三哥还撂了一句：

"你若再把那些能生养你的老人翻先人，小心我把你狗日的小命要了！"

自那以后，年轻电工非常客气。一时适应不过来的人们，连声叫好。三哥也因此在地方上名声大震。

再后来，听说那电工有一次从高压杆子上摔了下来，摔断了腰，人们都说是打骂老人的报应。只有懂事了的三哥，从心底间堆满了歉疚。

自打这之后，三哥又在外边晃悠了几年，直到遇上了他媳妇——我现在的嫂子。两人的婚姻就跟等着的一样，还是小姑夫托人介绍的。至此，三哥这才在城边上落了户，过起了安生日子。

结婚后，三嫂子对三哥约束得紧，弟兄们大过年的时候玩玩牌，三嫂子都很不给面子，而三哥此时总是满脸堆笑地发不起火来，看得人心里很是憋气。有一回，我和表弟联手，当下就给三嫂子来了个下马威。

"男人一年辛苦出头，大过年的跟家里人玩玩，有何不可？你哇哇地不知道臊脸，你让旁人咋看你的男人，咋看你这样的女人……"

不知是下马威起了作用，还是三哥枕边的沟通奏了效。从那以后，三嫂子变了，变得和蔼和亲，贤良达理。为此，三哥还给我和表弟俩一人一包黑兰州烟的好处哩。

　　我参加工作以后，三哥也一直在外奔波，挖抓光阴，除了过年见见面，一年实在见不了几回。

　　如今，三哥已然从孑然一身赚到了坐拥封闭式的庄园，两个儿女一双学习顶尖。尽管如此，我依然很是惦念他，不为别的，就因为他是看着我长大的三哥。

飘过安坡的那片云

人生行走的征程中，我刚好遇见了安坡。近四十年了，我还是平生第一回去安坡，生命似乎一下子有了足够的宽度。

老话说，不走的路走三回哩。今天下乡，选在了新塬、土门岘，为了节省时间，我们临时决定先抄近道直奔新塬，再到土门岘。拐过红土豁岘，车便一头扎进和岔沟，上到百岔梁，沿着梁顶绕过去，在左手硬化路口一拐，径直下到沟底，就到了安坡的地界。河道里，一片刚发过大水的痕迹，连翻水桥都明显受了冲击，伤痕累累。及至看到安坡的路标，心思突然间就黏稠了不少，说不清，道不明……

小时候，安坡给我最初的印象，大抵是舅爷（奶奶的结拜兄弟，已去世）和他的社火留下的。等到真正了解安坡，已经是上初中时的事了。每天里，总能目睹同班的走读生常常迟到的身影，一个个淌着河水过河的样子，一看腿脚便能想象。长长的雨靴，在颇为安静的教室里，通常会走出不一样的声响，湿答答的，泥乎乎的。再后来，爱上这片土地，就是因为情窦初开时自己心仪的娟子了。

从新塬返回，经过安坡时值正午，从山梁上观望，却是一道长长的涧沟，新修的梯田，横亘在山腰。盘绕的山路，绕过山梁。满山满洼的野草，茂密地摇晃着，苜蓿遍野，洋芋花开，还有极为熟悉却不知其名的各色小花，开得洋洋洒洒，有的含苞待放，如邻家初长成的少女；有的迫不及待，像身居闺阁待嫁的新娘；有的身材饱满，一副沉稳不与岁月攀比的样子……

看不到村庄，只能再往前移。

刚要找人打听，却见一辆摩托车经过，打照面时，才认得是舅爷的二女婿——当年临聘的乡干部。奶奶在世时，这个干部亲戚没少吃奶奶的油馍馍，被奶奶既当亲戚又当干部地伺候。显然他已认不得我，可是我认得他。简短地寒暄之后，我就直奔拍摄的最好角度而去。天阴沉着脸，又是正午，不是拍摄的最佳时期，可还得拍摄。因为这些路上，谁都无法预料下一回又在何期。

对面是山。那山，靠上面是郁郁葱葱的绿，靠下面是色泽亮丽的红。同行的老苟说那河台上应该有不少沙葱。山下面是一条横亘的小河，听说它好像直通新塬的老庄。河这边是目能所及的一道川，说是川，其实顶多就是一道宽阔一点的河台，密密匝匝地坐落着几十户人家。

我想去瓦房，一个曾经充满神秘和向往的地方。之所以神秘和向往，一是小时候，我当过舅爷的社火探马，舅爷已经不在了，可他的神态还在，美嗓子还在。"门前一棵槐，槐上挂金牌，月下生贵子，必定坐八抬。"大抵是社火给我最初的神秘印象。二是这地方，曾经是水灵的娟子的生长地，那里还留有娟子或深或浅的足印和或浓或淡的气息，不为一场为一方，一场缘分，一方天地，说大，大得没有边际；说小，小得无有缝隙。也许，舅爷就是个幌子，娟子才是我心里最真切的向往。问了路才知道，它就在跟前一里地的地方。

娟子是我上学那会儿，我深深喜欢的女孩，她生得眉清目秀，模样俊俏。平日里扑闪着一双大眼睛，通明透彻，深不见底。一头齐耳短发，一晃在前，一晃在后。怀抱一摞书本，一颠一步地沿着校墙根匀称地走路。今天再想，娟子的那种恬美，就像今天镜头里的局域光，总能留住人动情的目光。会宁民歌里有词"为了个花儿好人品，心疼了一对眼睛"。此话若是用在她身上，再恰当不过了。

路旁的麦子，已经开始变色，满川道四散的麦香。天地间一场麦收的革命，正在紧锣密鼓地酝酿，还有那刚黄才黄的色泽，让人蓦然心动。不远处，收拾豌豆的老乡，身子不断地起起伏伏，见有车经过，本能地扭头朝这边张望。不用说，这路上肯定还有娟子的脚印，只不过被岁月磨平了而已；这路上肯定有娟子的一根头发，正藏在泥土里挠得我浑身痒痒。

在村址旁的大场里，见到了久违的四个顶子已脱落的土圆仓，一溜儿立在原地，张着大口，似在朝着天空诉说。老苟说，土圆仓的好处就是上面是圆顶，利水；下面是气眼，防潮。是啊，先辈们有的是使不完的力气，有的是用不尽的智慧，你不得不服。老苟跟我一样，一脸掩饰不住的兴奋，赶忙喊我拍照，并随口取名"天下粮仓"。

就地打听娟子家当年的住地，老乡说已经走过了一点点，遂又折了回去。岔道有点多，我全凭运气乱撞。当从又一位过路的老者口里得知确切地时，我这才远远地看见了大概的方向。娟子当年的家，就坐落在长了一丛杏树的那个圆台上。

为了节省时间，我几乎一路小跑，沿沟里的小路直奔目的地，拐过一个胳膊弯，就到了娟子家门口。小道上多年不走人，杂草丛生，野花遍地，门前居然拴着狗，这是有人居住啊！可是我二十年前就知道她搬家了，自此没了下文。尽管如此，我还是有些止不住的欢喜，要是娟子能从门里走出来，给我堵住这可怕的狗，该有多好。我学着秦安货郎的模样随口喊了一句："掌柜的，有地站店吗？"岂料，那狗咬得更凶了，扑三曳四的，我赶忙顺着埂子底下的地，绕到另一面去。

地边上有一口废弃的红土水窖，窖口上横七竖八地搭着些木棍，模样还在，缺水的影子还在。门前是拾掇粮食的场，场下是菜园。园中葱垄上的红葱长得正欢，顶部新生了葱芽，摇晃着身子朝我招手。一旁是一大片大蒜，长得疏密有间，旋即又让我想起小时候的情景，就地选拔些刚结的蒜，就着浆水面饱餐的那个爽劲，便本能地咽了一口唾沫。等我真正拐到正面时，这才目睹了庄子的全貌：院子坐北向南，三面有房，大门颇具气势，上有瓦片整齐地覆盖。瓦房，无瓦就算不上房。只是有一样很神奇，在院子东南角，有一处凸出来的平台，建筑格局居然跟我家一模一样。我家的那块，那是我当年准备在上面盖个高房，想迎娶娟子的地方……我不禁为自己的傻憨笑了笑。场里是草垛、柴垛、碌碡，跟前是牲口圈、猪圈、鸡圈，圈舍的后腰都有些塌陷。

门前的一侧，十几棵杏树，大小不等，婆娑着，摇曳着，绿荫如盖。大门上铁将军把门，回身时，我就望见了对面起伏的山峦，背靠的是山，面对的是山，一山连一山，随意搭肩，自由舒卷，真正的群山连绵。

可娟子早已不在这山间。想到此，我突然有些说不出的伤感。

镜头里能留住的除了大山、小河、村落、屋舍、小路，一些居家的老物件，几乎再找不到别的。时光的最深处，聚焦的不仅仅是牵念，牵念的褶痕里，久未褪色的大抵只有刻在心里的记忆，不管时光的雨水如何汹涌，都无法冲刷。也是，定格的皆是美好，沉淀的俱为真情。

从门前胳膊弯的小道上回返，我似乎听见夏日风情的讥笑，我不敢回头，不忍回头，却又频频回头，只怕有限的记忆，再被岁月的泥沙搁浅一段。还好，头顶的太阳透了一点点亮，一时间我浑身有些酥软。

为什么会来这里？我不得而知。我控制不了自己略显零乱的脚步，显然被青春的回忆乱了方寸。

不可知。

我真回答不了自己。

倘若心还有一点灵犀，不知彼时的娟子，不论身在何处，心在何方，是否还能响亮地打几个喷嚏？

跺脚、提腿，上车，收脚的时候，几滴汗从额头掉下来，滴在大腿上，心也跟着湿漉漉的。

上了车，我弱弱地嘀咕了一句："娟子，你还好吗？"

"你说啥？"老苟嘴里塞了个豆角竖起了耳朵朝我喊。

"这雨怕是要把粮食下日塌了。"我赶忙补了句。

老苟一面拧大了随车音响，正是周华健的《让我欢喜让我忧》"爱到尽头覆水难收，爱悠悠恨悠悠……"

山远了，村落小了，突然觉得视线有些模糊，突然觉得喉头有些哽咽，酸酸的涩，涩涩的苦，一朵云正从安坡上空飘过。

绵里裹针

"出来了!"

"看!"

"谁?"

"苏凤丽!"

人群里有人敞开了嗓子丢了一句,刚才左顾右盼的人把脖子又伸了伸……

开戏了,刚才还嚷嚷闹闹的台下,突然间鸦雀无声。裹着头巾的,穿着长衫的,戴着鸭舌帽的,拄着弯头拐杖的,戴着石头眼镜的,无数个观众,一片片,一坨坨,妇女娃娃们扎成堆,老汉老婆子搭成伙,清一色的中老年人站几溜,齐刷刷朝着舞台望去。

只见,大幕开启,锣鼓响处,一干人等出出进进,忙忙碌碌,原来是员外家为闺阁女选取嫁妆,已然好几个回合了……

不用说,它是秦腔《锁麟囊》!

该戏以锁麟囊为主线,通过选囊、春秋亭赠囊、阁楼供囊、审囊等情节,讲述了登州富家女薛湘灵在出嫁之日,偶遇同日出阁的贫家女赵守贞在破轿中因其父被嘲而痛哭。短短几句传话问答,湘灵心生怜悯,遂隔帘慨赠装满珠宝的锁麟囊,不留名姓匆匆而别。六年后,湘灵因洪水九死一生,与家人失散后流落莱州,不得已入富室为佣,又巧遇供奉于该家的锁麟囊。回想往事,物是人非,湘灵不禁感慨哀哭,被主妇得知。于是,当年的神交之友相认,湘灵也全家团圆。

这部戏是从京剧中移植改编而来的秦腔经典剧,很多人演过,苏凤丽是其中之一。例外的是，属于她的那支"梅"正是从这部戏的高墙上开出来的。对于经典，人们有的只是仰望和敬畏，改编移植需要超乎常人的勇气和魄力。在秦腔界，苏凤丽属于前卫者，个中艰难唯有自知。爱秦腔的人都知道，秦腔自古以来，陕西重文，甘肃重武，而位于陕甘之间的苏凤丽，刚好把二者结合了。

只管看，整台演出仅仅穿衣，从穿粉装、顶红装、着鹅黄、换月蓝，到试玫红对披，千变万化。俊秀的扮相，甜美的嗓音，细腻的做工，唱念做打，这一板才完，那一场又上。每一板，都是跌宕起伏的情节，扣人心弦。每一场都是优美自如的表演，引人入胜。

苏凤丽，甘肃省秦腔艺术剧院副院长，中国戏剧梅花奖获得者，先师从于康建芳、吴玲慧，后拜师著名秦腔艺术家肖玉玲。在她正打基础的那些年月，巧遇了平凉的"人梢子"。也是从那时候起，她家的大门前、场院里、地埂边，都飘满了她哼唱的秦音，山听了山笑，水听了水欢，庄稼听了侧身，树木听了顿首。这种天然纯净的自然环境，给她的嗓音留下了最原始、最单纯的印记。

进入甘肃省秦剧团以后，从一本戏、一句台词到一个动作、一句唱腔，还有哪些突破口，怎样才能突破自己，她跟艺术拼上了劲，她跟自己较上了劲……

从 2000 年首届中国秦腔艺术节开始，这个有心的女人，比别人多了些看不见的思考。也刚好是那些最痛苦、最煎熬的年月，给了她最丰富的营养。塑造深入人心人物形象的同时，她塑造了自己。刻画人物形象的时候，她也雕刻出了自己，有时如流水般柔软，有时如磐石般坚硬。

从 1983 年学艺，到 1986 年登台演出，再到 1997 年跟团演出；从 1998 年进入甘肃省秦剧团，到 2013 年获得中国戏剧梅花奖，再到 2015 年担任甘肃省秦腔艺术剧院副院长，苏凤丽的艺术之路是艰辛的奋斗之路，更是与艺术共进之路。

她用扎实的艺术素养、坚实的艺术功底、独特的表演风格，塑造了一个真性情、有良知的富家女的形象。"囊"是人生悲欢离合的见证者，又是人生贫富转变的见证者，既凝聚着人性的美好善良，又浸透着人生难得的恩义，揭示了人间种善得善的伦理原则。悲中有喜、喜从悲来的氛围铺垫，正是大秦之声散散袅袅、幽幽怨怨的一大特点。苏凤丽不是放开了喉咙唱戏，而是委婉了唱腔演情。

2020年国庆佳节，适逢会宁举办金秋文化月活动，当地特邀甘肃省秦腔艺术剧院前来开展惠民演出活动，演出时长十天十夜。作为分管业务的一把手，她必来无疑。

我抽空儿赶到酒店时，她已经在那儿打粉底哩。屋子里空气不是很好，没有专门的化妆间，她只能在卫生间勉强凑合。不论在何时何地，都能搁下自己，这就是苏凤丽。

"旭明，把窗户开一下，透透气，闷热得很……"

那个夕阳洒满祖厉河岸的午后，足足两个小时，在化妆师王琰的帮助下，她完成了擦脸油、上底色、涂红色、上胭脂、提眉毛、勾眼睛、画口红、上头面等化妆程序。人间所有变化，从来都是在某一刻突然发觉的，就像春，也如秋……

不一会儿，她的模样越来越俊，酒窝打旋儿，眉宇含情，一颦一笑如从画中来。

七点半开演，六点化完妆，她也不拿手机，只带一个水杯，身披一件旧外套，匆匆出门而去。在戏场的化妆间，到处是色彩，到处是声音，到处是道具，早有戏目角色分配表挂在灯光下的胡须边，幽幽暗暗，一阵风过，胡须动了动，帘角卷了卷，灯泡晃了晃。她开始在王焱的帮助下，包头、别钗、勒巾、穿衣。

这个看起来身子单削的女人，骨子里最不缺的就是硬朗，尤其是性格。再注目时，她正背靠在箱子上，双眼微闭，若思若睡，似睡非睡，应该是从头至尾过电影呢！

作为一个好演员，仅仅这些显然是不够的，苏凤丽身上闪光的另一面就是她严谨的从艺态度，她的眼里容不得半点瑕疵和失误。这种多年来养成的习惯和与生俱来的性格，造就了苏凤丽本就是一个与众不同的秦腔人。

　　救场如救火。《锁麟囊》演出当晚，苏凤丽用几十年的功力，用救场给我上了生动的一课。因为伴奏的特殊性，《锁麟囊》向来是现场乐队用得少，多数是音响伴奏。正当戏接近尾声时，音响设备突然出了岔子，没了声音，我和馆长一颗心都被揪到了嗓子眼上。

　　伴奏放不出来，再好的唱腔表达势必成为一句空话。

　　还好，哑下去、停下来的伴奏重又如涨潮的海水，慢慢浮了上来。有经验的苏凤丽并没有立马去接，而是等伴奏音量稳定了，一句词快唱完的关键处，恰如其分地接了上去。从吐字、发声到送气，整个过程衔接得十分自如。娴熟老练的救场，一时间让台下观众掌声雷动。

　　看苏凤丽的戏，就是一种享受，因为她浑身都是戏。只要登台，她的眼睛里是戏，眉宇间也是戏，指尖上还是戏；单削的肩膀耸一耸是戏，纤细的腰肢扭一扭是戏，活泛的双腿迈一迈还是戏，灵巧的双脚踮一踮更是戏。一颦一笑，一闭眼一用目，一甩袖一弹指都是戏。

　　苏凤丽的戏可贵之处就体现在肢体语言、表情语言的运用上，尤其一双会说话的眼睛，将人物的内心世界塑造得惟妙惟肖。她对舞台的操控和驾驭，就像鱼游水中、鸟飞天空一样自如。

　　吃透剧本，把握角色，需要的不仅仅是像，需要的是对剧中人物的把握、拿捏、揣摩、吃透。每个人的理解力不同，人物形象的塑造自然不同。演好了，戏就是人，演砸了，人就是戏。

　　认真、较真、严谨、视艺术为生命，追求极致、追求完美的完美主义者，这就是绵里裹针的苏凤丽，一朵西北大地上怒放的梅，一朵中国大地上盛开的花。

　　柳条打人，不伤骨，只痛；绵里针扎心，直戳心，真疼。

　　今天，《锁麟囊》已经成为苏凤丽的代名词。

　　毫无疑问，《锁麟囊》的剧本改编无疑是成功的。纵观久唱不衰、流传千古的经典名剧，无不以感人的故事、巧妙的情节、优美的旋律、灵动的文笔为铺垫。且看已经参透人生、看淡生死的薛湘灵的唱词：

　　　　"一霎时把七情俱已昧尽，参透了酸辛处泪湿衣襟。我只道铁富贵一生注定，又谁知人生数顷刻分明，想当年我也曾撒娇使性，到今朝哪怕我不信前尘。这也是老天爷一番教训，他教我收余恨，免娇嗔，且自新，改性情，休恋逝水，苦海回生，早悟兰因……"

　　简短的一段唱腔里，包含着发声、运气、吐辞、咬字、拖腔、转调、收音、归韵等诸多技法。还有那旋律里流淌出来的清脆、干净、刚柔并济、强弱对比等技法，就像老家的一桌"十三花"的席面一样，只要细品，样样都是经典。从这一点来说，名角苏凤丽的唱腔无疑是有高度、有深度、有宽度、有温度的。

　　"我这人见不得搞艺术的人胡日鬼。大冷天，大晚上，大年纪的人挤不上一个好位置，因为爱戏，老可怜了。咱再勉强凑合、浮皮潦草地出去，总不能亏负父老乡亲的一片深情厚谊，辜负他们的一片期望。"

　　……

　　故土的养育之情理应由艺术来反哺。故土当之无愧，苏凤丽当之无愧，艺术当之无愧。

　　八月十五月儿圆，其心好比海阔天。如今的苏凤丽，虽身处光环之下，但跟很多人一样，只要回到故乡，她依然单纯得像个孩子……

　　愿她在艺术的道路上走得更远，走得更为稳健。

杏儿岔的诗和远方

一听说要去杏儿岔，灌满春乏的双腿，顿然来了劲。

惊蛰过后的一个下午，和几位朋友，兴冲冲奔向那个我惦念了很久的小山村。

车盘上东山梁，眼前便渐次褪去了城市的喧闹，几乎不用太费劲，我就找到了杏儿岔大致的方向。路两旁，一株株的白杨树，拧着身子，齐刷刷地检阅一年四季。蓝天下，几朵白云，撺掇在一处，正从后山翻涌。

车轮碾压过一段柏油路之后，就拐进了一段土路。山路依着山梁的脊背，弯弯绕绕地延伸，路面上铺着不多的一层沙，沿路的方向，竖躺着数道沟渠，那是车轮塞在泥里留下的辙痕，有些是消融的雪水，顺着地势自由地流淌冲刷而成。要前行，必须骑着它或者绕开它，那样，颠簸的车就少了许多跟跄。

人往高处走，春从低处来。阳乬里，好几块冬麦已经返青，晃动着绿油油的身子，眼看着就要遮住地皮。不远处，一疙瘩一疙瘩的村落躺在大山的臂弯里，沐浴着鲜活的阳光。去岁一茬草，今年又新绿。在涧沟的沟垴，泛水泉留下的盐碱滩，给这些静谧的村庄添足了咸咸的汗腥味。

上一回一脚踏进杏儿岔，还是跟朋友一道为牛庆国老师去世的母亲吊孝，时已三四个年头了。杏儿岔是陇中地区大山坳里极普通的一个村落，后来从老牛的诗文里，逐渐为外人熟知。实际上，在会宁，在陇中，在大西北，如杏儿岔一样的山村，走出了许多跟老牛一样的优秀儿女，他们把那些曾经的苦难和艰辛，都不同程度地化作生活更足的劲头和韧劲。相比之下，老牛只是用最朴素却极为生动的语言，唠家常、拧草绳一般，把好多人一直想说却不知如何说的话都说了，因而引起了不少人的共鸣。他的诗歌《饮驴》《字纸》《水窖》《持灯者》《杏花》《我把你的名字写进诗里》皆如是。

杏儿岔是老牛的生长地，也是他灵魂的栖息地。伏在生活的最低处，光阴穷，日子紧，缺吃少喝，挨饿受冻。这种穷困潦倒的生活经历，给老牛内心留下了不小的心灵"创伤"。那种穷，不仅仅是老牛一家，杏儿岔村，整个中国农村都是。站在精神的制高点，老牛将故乡每一处生活缝隙里的小皱褶，人生路途上的大疾苦，一桩一件地掏腾出来重新审视。

写《饮驴》"生在个苦字上 / 你就得忍着点 / 忍住这一个个十年九旱 // 至于你仰天大吼 / 我不会怪你 / 我早都想这么吼一声了"。知苦不言苦，吃苦不怨苦，于是就只能仰天大吼，站在干旱的土地上，人和牲灵相依为命，那些人忍受不了的，牲灵就替人吼一口。

写《字纸》"那时　墙缝里还别着 / 母亲梳头时 / 梳下的一团乱发 // 一个不识字的母亲 / 对她的孩子说 / 字纸 / 是不能随便踩在脚下的 / 就像老人的头发 / 不能踩在脚下一样 / 那一刻　全中国的字 / 都躲在书里 / 默不作声"。母亲渺小吗？渺小得一根头发都要别到光阴的墙缝！母亲伟大吗？伟大得把字纸一直存在高于头颅的高处。母亲生得低吗？低得目不识丁！母亲活得高吗？高得让"全中国的字 / 都躲在书里 / 默不作声"。

写《水窖》"一窖水 / 就是白花花的一窖银子 / 你信不信？ / 攥住吊水的草绳 / 就是攥住我细细的命哩 / 你信不信"。在"一碗油换不来一碗水"的大西北，水不仅仅系着人细细的命，还系着村庄的命，系着众生的命。那些因水所犯的难行，无论你信不信，都是事实。

写《持灯者》"必须撩起衣襟 / 必须轻挪小步 / 必须屏住呼吸 / 必须紧紧盯住如豆的灯光 // 才能把掩在怀里的一盏灯 / 从一个屋子端到另一个屋子"。"撩""挪""屏""盯"，这四个动词恰如其分地将持灯者的动作、心理、神态，写得活泛得要从灯火里蹦出来。只有切身体验过的持灯人，才能把语言的张力，用这样恰到好处的动词，发挥到极限。

写《杏花》开笔就是"杏花　我们的村花"单刀直入只一句，就切中要害，留下无尽的空白和想象。结尾却是"杏花　你还好吗／站在村口的杏树下／握住一颗杏核／我真怕嗑出一口的苦来"。杏花是甜的，杏核是苦的，杏花的一生，就是众多妹子、情人一样的农家女子的一生，苦得说不出口。

写《我把你的名字写进诗里》，他那长篇叙事般的铺陈，他那质朴、内敛、沉郁的诗风，将站在人生最低处的母亲形象，硬是磨成了绵里针，针针往人心口扎，扎得够密，扎得够深，扎得够痛。别说他自己，就是读者也哽咽得不想再读……人生的至痛，当长埋心底，可别轻易再提。

天地自然，人事万物，在他的笔下，总能留下人生深深浅浅的足印，折射生活长长短短的影子，触摸岁月斑斑驳驳的痕迹。老牛不一定是人生的强者，但一定是生活的智者。

老牛家的老宅，蒿草能淹没脚踝，"长期闲置"的几个蓝字，喷印在长满苔藓满眼斑驳的墙体。大门洞里，老旧的双扇门暗合着，门关上铁将军泛着陈锈，黑里透着红，红里泛着黑。黑的是门锁本色，红的是日子的成色。门滩前，废弃的水窖有气无力地呻吟着。门房，老时光磨旧了门窗、瓦舍、墙壁，豁牙漏风地聊着老话。一把点种玉米的牙子，寂寞地斜倚在墙角，几袋用剩的水泥，整齐地码在一起，满是土色。大门不远处，一棵歪脖子老杏树，拧巴着佝偻的身子，斜刺着把枝丫径直伸向天空。老杏树身子底下，新长出来的榆树干，支撑得老杏树骨节咯巴巴地响。我往前探了探身子，就瞧见了杏树干脊背上又粗又皱的疤痕，岁月把它的好长一截掏空了。

借着立在墙角的水泥窖盖，我兀自爬上墙头，四下里观看：院子还算齐整，只是厨房前沿墙有些塌陷，龇牙咧嘴地忍受着风雨无尽的剥蚀。院内是杂草，墙头也是。门开着，一阵风过，门帘动了又动，像要走出一个人来，或者吼出一口声音来。脱落的泥皮，像老人蹲在墙角，剥了一大堆死肉皮子。我知道斑驳的不只是墙壁，还有杂草的影子，老牛的心。装水的大缸，倒扣在房檐下，蔫头耷脑地不爱搭话……

邻家的一只看门狗，见我误闯领地，弓着身子，扑三曳四地狂吠，拖着长长的铁绳来回划着弧线。偶尔一声羊咩，惊得觅食的一阵麻雀，扑棱棱飞向吐着嫩芽的树梢。暖烘烘的阳光下，一阵风来，狗吠一下子远了，黄昏一下子近了，春一下子深了。

爬上西面的山坡，在一块苜蓿地，我就瞧见了几十年不曾见过的好景致：当地人称安地鼠（一种当地人为了防止鼠患安装的机关）。我始终没能抵得住诱惑，端详了半天老一辈人匠心独用的发明。几根铁物制作的箭，多半埋在土里，少半露在外头，上面吊着一块大石头，一张弓绷圆了膀子，在微微春风里，悄悄等待来犯的地鼠。

转到苜蓿地地边边上，杏儿岔的一角，尽收眼底：从老宅子的老旧程度来看，住家的老乡至多不超过三户。每户人家房上的瓦片青得纯粹而彻底，坝地里新铺的地膜在微风里抖擞，山坡上一群撒开的羊群或低头吃草，或抬头张望。在院场里，久未撕开过的柴火堆，半睁着黑褐褐的眼睛，垛在一角，跟不曾移动过的碌碡说着悄悄话。在半山腰，几处老坟茔掩隐在蒿草里，目瞅着这个人老五辈出出进进的村口……

几朵云挂在树梢，像缠了谁家羊尾巴上的羊毛，恣意地飞舞。这个黄昏，静谧得令人心生许多住下来不想走的眷恋。

原来老牛笔下的杏儿岔，大致跟我的老家一样，分为上下两个庄口，活像一根瓜蔓上结出的两个瓜蛋。

在村口的大榆树下，好不容易碰到一位老者，面颊黑瘦，老腰佝偻，脚下蹚起尘土，被风卷旋着。见庄里来人，便三步并作两步，主动地前来跟我们搭话，还一遍一遍地邀请我们去他家里缓一缓。言谈间才得知，他刚好是安好了打地鼠的弓箭，去下庄里掀了会牛九的人，遂有了种说不出的亲热。

问及年龄，老人黑乎乎的嘴洞里吐出几个轻飘飘的字来：

"活七十六着哩"！

就好像指不定哪天被风吹走了似的。

简短的话语，如一把匕首，刺得大家的谈话一时间停滞了，空气随即有些说不出口的凝重。

问及庄口的人家，他无不感慨地说：

"荒庄难看得很！"

我无言以对，遂一同站在场埂边，点了烟，狠狠地抽了几口。

转身，我们就挥手道别。在车上，我心生再看一眼的想法，旋又下车回视了整个村落。在山坡的不远处，还住着一两户人家。那山坡上的路，盘来绕去地一直从山顶缠到了山底，仿佛将整座山五花大绑了。恍惚间，我仿佛看见那些命运之子挣脱无形的捆绑蹒跚着走出大山，又忍不住深情回望……

在村子根底的涧沟，肆虐的洪水年常日久地冲刷着黄土，正一截一截地从下往上塌陷，没多远就能到村子跟前。我不知道，对一个村庄而言，这算不算是从根子上袭来的威胁？

沟畔，一个裹着头巾的女人，正拼命地把持着手扶拖拉机头，尘土飞如野马奔腾……

老牛，这棵杏儿岔的老杏树，每年都要开出那么一树的惊喜来。

是啊，春暖了，花还未开，等杏花开的时候，杏儿岔，我还会再来！

第三辑

吾行

藏乡巴寨行散记

若是人间有天堂，巴寨就是梦里最迷人的向往。若是天堂有神仙，巴寨就是最佳的神往。

"不敢高声语，恐惊天上人。"这是我站在海拔 3600 米的巴寨，心生的最真切感受。

2018 年端午小假，我们一路驱车直奔人间巴寨而来。这趟难得的旅行，算得上是专门的邀请，遇得巧的是顺道的拍摄，没想到的是满满的收获，最珍贵的还是感动。藏乡巴寨给了我们最难忘的旅行，也给了我们最扯心的牵念。

且不说泉水在大大小小的山涧恣意流淌，鸟儿藏在深深浅浅的丛林里啁啾，单是村道上的牛哞，山坡上的羊咩，栅栏里的鸡鸣，围圈里的猪哼，就是一曲天籁自然谐和曲。山是高山，险峻而挺拔，直插云霄，伸手即为蓝天；水是泉水，只知去途，不晓来处，能看到的只是汇集，能听到的只是流淌；雾是大雾，围着山峦一直缠绵，缠绵够了又一路奔跑；烟是炊烟，满身柴火的味道，此一处丝丝缕缕，彼一处散散袅袅；民是乡民，憨厚而热诚，才拐出来走在田园小径，忽一转身，早已不见踪影；桥是石桥，桥下水逐水，桥上人看人；屋是木屋，黝黑的斑驳里透着岁月的薄光，真想携一双纤手，只此终老……

前世有缘，山与水在这里相约；今生有愿，云与雾在这里赴会。所幸上天眷顾，自然恩赐，靠山吃山，靠水吃水。寺庙佛塔，经幡猎猎，信仰无时不存；烟雨翠峰，桑烟袅袅，美景无处不在。

让一处上座，贵宾一样高格；泡一杯清茶，山泉一样甘洌；小瓷碟里刚采摘的蔬菜，夹一筷满是久违的芬芳；大掌盘里熏制的腊肉，割一块便是岁月弥久的醇香。主人在侧，起起坐坐地招呼不已；家人在下，出出进进地伺候不停。更有酒盘端上来，自酿的青稞美酒，至少三杯。只此三杯。无名指三弹，敬天敬地敬朋友。

高规格的仪式，满身心的热忱，不能不喝，不能不醉。

酒过三巡，主人这才敞开了心扉娓娓道来，他是恢复高考以来，舟曲县巴藏乡巴寨村走出的第一个大学生。一方水土养一方人。学有所成后，他终难忘故土的养育之恩，尽心尽力反哺家乡。

一是在国家未免除义务教育学杂费之前，他带头多方筹措资金，资助本村所有的适龄儿童上学。二是为抢救并保护藏族的非物质文化遗产，发挥榜样的力量，带头拆掉了自家新盖的房屋，在寸土寸金的巴寨，修建了偌大的朵布广场。不仅如此，他还抓住机遇，提议当地百姓封山禁牧搞旅游，此举得到了群众的广泛支持。就这样，他带领乡民还了巴寨一片绿水青山。同时，他还利用人脉资源，争取了两个千万以上的大项目：在山林深处建起了当地矿泉水生产基地；在通往神仙山举行朝水节的路上新修了栈道。所有这些看得见的努力，不仅让当地村民稳妥地实现了脱贫致富，还圆了他一直以来造福家乡的夙愿。

我不得不叹服，主人的善行义举。我不得不相信，真正的觉醒，从来都是从灵魂深处开始的。在这一点上，主人做到了，巴寨做到了，中国做到了，为"绿水青山"，为"金山银山"，必须干一杯。

大自然最讲情义，它时刻不忘你的好，总是以自己独有的方式来补偿。人间巴寨的老乡，何不是这样？

下午的安排是去葱地组，进寨子，拍摄一些朝水节前的化妆准备场面。真正的文化和艺术从来都在民间，在低处。天空丝丝缕缕地下起了小雨，昂首间，烟雨迷蒙中的山峦、丛林、古树，俨然就是一幅地道的水墨画。不断起落的大雾，黏人地缠绕着山峦，久久不肯散去。俯身，新修的六十多户齐整的院落，如同开在足下不知名的小花，吸引了我好一阵。支书新修的家，幽深而光亮，小憩片刻后，我们便朝山里原始的村落进发。

一路走，一路拍，景致在镜头前凝结，美好在快门声里定格。在支书的旧屋里，热腾腾的包子，暖乎乎的心意，我们久久地被包围着。若不是天气不如意，还真想住下来。

掌灯时分，我们才返回了主人家里。晚饭安排在村支书家里，满碟子满碗的吃食，摆了两茶几。还没吃好，就被邻桌、支书和他女人满壶满盅的酒敬得有点晕。

是夜，鸡鸣狗吠水叮咚。一行人为了去不去朝水的地方好生纠结，去了，指定赶不上这边的演出；不去，定然感受不到信仰中虔诚的力量。世间两全其美的事，毕竟是少数。

巴藏乡位于舟曲县西北部，距县城45公里，地处白龙江中上游。东南接憨班，西南与曲瓦隔江相望，西北接迭部洛大，东北与宕昌接壤，省道313线经乡政府驻地过境。辖区总面积111平方公里，下辖5个行政村。

5月18日，在尕布广场，第五届舟曲民俗风情楹联文化节暨第六届巴寨朝水节隆重开幕。这个节日的盛会，吸引了四乡八邻的村民前来观看。男的结成队，女的搭成帮，花色相间的衣服，风格别致的头饰，明光闪电的刀枪剑戟，裹在云山雾海的尕布广场，就是一场历史最动人的穿越，就是一曲生命最美好的赞歌。清一色的是男人头戴的帽子，女人手持的哈达，演员们身穿的衣服，还有洋溢在众人脸上幸福的微笑，让人根本分不清。

广场周围，刺绣、剪纸、小吃、特产，能摆的都摆出来了。偶尔，阿哥大大方方地拉着阿妹的手，头挤在一处，促膝拍下爱情的样子。

蝶恋花开，多想闻一闻；酒窝深陷，真想亲一亲。

巍巍神仙山，一曲天籁唱不尽；悠悠龙江水，一支曼舞舞不完。花开锦绣的藏乡舟曲，神奇梦幻的山水巴寨，就这样演绎了一场时代发展的歌舞盛宴。这是一片充满希望的土地，撒播着自然的神奇，浸透着历史的文明，闪现着时代的光芒。崇德尚义的藏家儿女在这片充满希望的土地上，正在用自己的智慧和勤劳，创造着幸福美好的明天。

祝我们的"山水新舟曲"更加美丽，祝祖国的"藏乡小江南"更加富饶。扎西德勒！

敦煌散笔

人生第一回坐在飞机上俯瞰大地，那是在飞往杭州的途中，因为兴奋、新奇、雀跃，还没享受够云与云之间的穿行和遍览大好河山，就落了地。

此番敦煌之行则不同。

在飞往目的地的小飞机上，虽然只是往外瞥了几眼，就觉得视觉有了别样的冲击：天大了，山小了，云近了，水远了，大地有了色彩，河流有了曲线，城市有了版图。那些不断起伏的山峦，一座座手挽着手，一丘丘肩并着肩，如大自然粗笔勾勒的山水画，随性、恣意、疏朗。在山的更高处横亘，在地的更低处绵延，每一道都是大地母亲裸露的脊梁，每一刻都在经受风雨严寒的不断剥蚀……

一时间"地不言自厚"的大写情怀，充盈了贫瘠的内心。那些恣意流动的飞云，一朵连着一朵，一团拽着一团，一层叠着一层，薄的像纱，厚的似棉；白的干净，黑的生动，还有些白多黑少的，像大仙在蓝天吐了一口仙气，软绵绵的，轻飘飘的。巍巍祁连有如裹着白纱的少女，满面含羞，隐一半，露一半，阳一半，阴一半。是谁把同一棵树上纹路清晰的树叶摆在那儿，正朝着各自的方向径自向外生长？又是谁把无数的小舟停播在那里，正满脸欢欣地接受阳光的沐浴？

这不，从山顶到山脚，皑皑白雪反射的银光，越来越淡。在山腰，云裹着雪山，来回缠绕，来了又去了，去了又来了，像分别在即的恋人，迟迟不肯松开攥在手心的纤手。

一进戈壁，沙为信仰而蛰伏，水因生命而动容。一根草，一粒沙，一尊佛，一座山，一条河，一串脚印，一只甲虫在爬行。

敦，大也。煌，盛也。

鸣沙山

沙之上，云之下，就是通往大漠深处的条条沙丘。在这些"S"形曲线上，总有人在移动，裹着纱巾，背负行囊，如佛滑落在凡尘里的袈裟活扣，每一步，就是对大漠的生动解读。那么有型的沙画，你压根就不忍心往下踩，若是随便踩一脚，绵沙随即包围了脚掌，还有很多从脚缝里冒出来的，如岁月深处闲散的光阴，沙沙的，痒痒的，恬淡，活泛，自然。这种景象，叫什么好呢？戈壁？沙海？沙丘？埋在深处的，还有芸芸众生，其实还有很多，我都叫不上它们的名字。

驼铃阵阵，唤醒天明第一缕晨光；露珠颗颗，浸润清晨第一声鸟鸣；风送了一程，云送了又一程，阳光便送出了最早一程。黑暗渐渐褪去，东方出现最迷人的红晕，天色愈来愈亮，沙丘愈来愈红，当一个火球从沙梁上一下子跳出来时，鸣沙山满身金黄，着一身铠甲在大漠里猎猎生风。

离别在即，极目远眺，月牙泉犹如佛陀溢出的一滴怜悯苍生的眼泪，滴在沙海的深处，晶莹剔透，盈盈生动；又如反弹琵琶的飞天转身时瞥来的一汪深情……那一刻，仿佛整个沙海都静下来，只有驼铃声穿透浩浩沙海，应和着千佛洞里九霄梵音。

或有滑翔机，撑开了有力的翅膀，排着一字的队伍，从头顶一掠而过。敢情是从沙漠深处走来，渴坏了，便绕着一汪月牙泉，久久地回旋，寻找最佳的降落点。更有直升机，螺旋桨飞转，过去了，过来了，像不忍离巢的鸟儿，目光装满故土亲人的影子，把每一刻都当作生命里的永恒。

驼队过来了，骆驼四蹄散开，踩开一溜溜蹄印，头一昂，就向深处、远处、更深处、更远处进发。骆驼，人类忠实的伴侣之一，曾经，它的祖上驮着我的祖上张骞，从荒无人烟的戈壁里硬是蹚出一条路，打通了商旅的国门。敦煌有奇山，名曰鸣沙山。一楞楞，一道道，高了低了，低了又高了，在深处的更深处交错，在远处的更远处延绵，大抵是佛小时候把爱灌的沙土随手一扬，就成了现在的模样。敦煌有神水，沙漠里的月牙泉。大自然最悠闲，纤手随便一翻，就把那么多的生动和奇迹撒播在人间。沙，干旱、坚硬。水，温润、柔软。可水怎么就躺进了沙的臂弯？还有绿，生长在沙堆里，得多少勇气啊！得多少毅力啊！得多少连自己都不知道的掩埋啊！而且埋下来，常常就是几个世纪……

山之上，百鸟有鸣；沙之下，万物归尘。

莫高窟

几千年前，这道崖，也许跟普通崖面没有区别。那会儿，兴许还是一片戈壁，什么时候，时光的流水冲刷开来，然后难以尽数的驼印，便踩踏每一粒沙子，在戈壁，在旷漠行走。流沙、匪患、滚石、龙卷风，没一个好惹的，来往的商旅便开始寻求内心的安稳。

于是，敬畏自然、祈求平安，成了这条道上来往商旅的第一要义。传说有一天一位修行的高僧来到崖对面，看见这里万道金光四射，便径直来到这里，一箪食、一瓢饮地把日子过成水，把光阴熬成沙，打坐修禅，凿壁刻画。至此，莫高窟便与佛结缘。

一尊佛，度化万物。心向佛，佛法无边，我是佛，佛即我。卧佛、大佛、睡佛、弥勒佛，佛佛不尽同；心中佛，龛里佛，佛佛都讲良善。骨子里的信仰，至此心有寄托，解救生灵，散落民间。

是佛，总在俯瞰人间，人间有疾苦；是人，抬头当知敬畏，众生皆磨难。

再后来，或因战事，或因海上丝绸之路的开通，这里突然静寂，一沉寂就是数百年。

让莫高窟重见天日的，是那个叫王圆箓的小道士，祖上的宝贝、先人集体智慧的结晶，因为弱小、贫穷、短见，经不起他人的再三哄骗，都拱手送了人。

于是，这才有了千年莫高，人类敦煌。

是不是只有敦煌才敢接近西域？我问佛，佛什么也不说，只是把目光投向驼峰般的沙丘。远处，云动，沙动，动也是不动；近处，目光不动，凡心不动，不动也是动。

阳关和玉门关

其实小时候，我就听闻过两位"关"先生，只不过在王维的《送元二使安西》里："劝君更尽一杯酒，西出阳关无故人。"还有王之涣的《凉州词》，那会儿囫囵吞枣，不知其意，至今仍是。只不过在大漠戈壁里走了几回，在岁月幽深里长上几岁，似乎那种朦胧里的感觉愈来愈强烈了。

玉门关，晨曦的第一缕光亮，夕阳的最后一道影子，故土与他乡的分界碑，升腾希望的烽火台，纵观历史的大卷册，一代盛世的那枚玉玺。望见了它，就想起了故土家园，随便翻开一页，皆是深深的乡愁，多少的家国情思，都在这里汇聚，出使西域，远走他乡，通关文牒在手，"羌笛何须怨杨柳，春风不度玉门关"。

在阳关，随便捡起的一块瓦砾或石头，都浸透着满身黄金甲的余韵和气息。守城的将士，披甲戴盔，板着面孔，要来客响亮地回答完历史问题方可通过。

每遇这样的情景，我心里就有说不出的怯乎，就算底襟子不抖，也能心跳半晌，好像自己就是那个企图混进城门的奸细。还好，同行的伙伴中总有高人，总能对答如流。

在阳关遗址，遍地皆是历史悠悠、岁月苍老的土色，也有同伴大红半紫的丝巾迎风律动，悲壮和柔情共生。云追着云，风赶着风，在裸露的山川大地上奔跑，一朵朵，一团团，一簇簇，随便找一处栖身地，双手径直抱头躺下来，背靠大地，仰面朝天，每一秒，都是人间难得的享受……

党河风情

出生在干旱地区，打小爱水，大抵是我一辈子无法改变的情结！还好，在敦煌，党河之水总能给人以无限的想象。

吃罢晚饭，约三五好友，出来走走步，聊聊天，散散心，观观景。傍晚的敦煌，出落得大家闺秀一般，典雅，温润，秩序井然。纵横交错的街道，不但格外整齐，而且异常干净，那种难得一见的干净，让人连一个烟蒂都无处抛掷。

出天润大酒店，向西而去，没几里，就望见党河波光粼粼的水面。城市的建筑，把自己的影子倒映在水面，正在顾影自怜，听着滔滔水声，内心突然升腾起不可言状的宁静。同行的伙伴们，一个个掏出手机来，记录这美好的瞬间。或有蹒跚学步的孩童，洋溢着满心的欢喜，在大人的辅助下，迈着寸步，总要跌跌撞撞着挨个儿走过石阶，咯咯盈盈的笑声，让一河的水都有了无尽的涟漪。

我终是经不住水的诱惑，自个儿跨越石阶，河里的水草因为保护性的生长，已经长得足够欢实。蓝天、白云、倒影、微风，我怎么能好意思不定格这生命里美好的一刻。夕阳把最后一抹余晖打发过来，水面遍是黄灿灿的金光，最是人间唯美留不住。在桥上，来往的车流井然有序地通过，桥下水龙头的喷注扬得老高，飞溅的水花洋洋洒洒。

有水，一个城市就活了。

佛法多像水啊！那么柔软，无所不浸润，无所不包容。

在敦煌，吃住均有专区，行游全赖疏导。若是外地车辆不慎停错了地方，早有礼貌的交警，跑过来工整地敬完礼后总能给以善意的提醒。同伴说："咋没罚款?"不用说，肯定是中华文明的浸润，肯定是无边佛法的感化。敦煌，甘肃旅游的品牌，中国文明的窗口，正在以其崭新的姿态漫步在新时代的大道。

丝绸古道八千里，华夏文明五千年。丝绸之路仅在甘肃，将近占了四分之一，甘肃，怎能不绚丽！甘肃，怎能不如意！大美中国，人间敦煌，只字片言叙不尽。

　　返程了。

　　随着飞机冲上云霄，敦煌远了，阳关小了，眼前，又晃起那个身影；沙梁上，背负行囊的玄奘，深一脚浅一脚地把双腿迈向深处；耳畔，又传来沙海里回声嘹亮的驼铃声，高一脚低一脚地向着目的地进发。

　　又见敦煌……

九曲黄河湾　多彩石林行

　　不曾加固人生的生命支撑，已经有些时日了。适逢又一个五一小长假，忽而觉得有了陪陪老人、带带孩子的想法。另一方面，假期里，朋友的农家乐开业，老家的一个远方侄儿结婚，颇有些事儿堆到一起的纠结。

　　五一早上八点钟，我还在家迟疑未定。已经有些健忘的我，貌似之前表达过五一要出去的意愿。

　　洗完脸的孩子，鸽子一般划着弧线飞出了卧室，出发喽！那稚嫩的童声，叫得人心里直痒痒。母亲不止一遍地叨念着，你妹子等着哩！媳妇说如果决定不出去的话，她就要回娘家看看。一刹那，主意拿定，去黄河石林。

　　当我在大巴上一觉醒来时，车已进白银。怕母亲晕车，受不了接连的颠簸，吃过午饭，我们只好在白银妹子家滞留一夜，次日再向目的地进发。

　　妹夫者，白银打工仔是也。虽一人挣全家花，小家却也拾掇得妥帖有余。我唯一的手足妹妹，还是当年母亲为避计划生育东躲西藏所生，一直深受父母疼爱，再加上后来辗转读书未果，于情于理都成了父母最大的牵挂。

　　那一夜，一家老小，絮叨有余，吃喝有味。其实，最兴奋的，还是相逢的孩子。他们出进如影随形，睡觉同床共枕，欢闹的声音经久不息。也许，亲，真是骨子里的东西。

　　除了回老家，一家人集体外出这还是头一回。低头的一刻，我突然意识到。

可能是由于心情大好，也可能是及早喝了晕车药的缘故，母亲表现得有些出乎意料的精神。怕母亲晕车，早餐大伙都没凑齐了吃，也没多余携带，除了给孩子们捎带了些吃喝。到景点的时候，父亲听了一斤八十元的酸烂肉，一瓶十八元的饮料后，吃惊非小，可最后还是忍痛割爱地掏了。幸好，饭菜还算可口。人终归是五谷的精神。

吃完饭，已是正午，望着晴好如初的天空，我知道已经错过了拍摄照片的最佳时机，何况到岸边了，就没有制高点来拍摄黄河九曲十八弯的全景。可来了，多少还是得留点念想的，便顺手来了几张。

码头上，人声鼎沸，就如街市里的地摊，到处挤满了人：男的、女的、老的、少的、穿红的、着绿的、遮口罩的、戴眼镜的。到处涨满了声：贩子的叫卖声，游人的欢笑声，大人找孩子的呼唤声，还有那游轮的鸣笛声，鸟儿展翅掠过水面的鸣叫声，和着那母亲之河的惊涛拍岸声。到处立满了石：圆的、方的、顺立的、倒置的、有形状的、没特点的，活脱脱一幅黄河风情画。不远处，刻着"黄河之水天上来"字样的巨石，恰如其分地屹立在黄河之畔。站在巨石边，望着奔腾不已的滔滔河水，真有"子在川上曰：逝者如斯夫"之感喟。

再回头，码头的一侧是羊皮筏子的世界，筏子滚圆、通透，光鲜的色泽，独特的造型，在光照下熠熠生辉，还有那羊皮筏子工，肩扛的、卸车的、撑浆的，姿势各异，不可谓不说是一道靓丽的风景线。

我们这里才坐好，只见筏子工一浆之拨，羊皮筏子便顺着水流缓缓前移。当我问及筏子工一趟能挣多少时，他只说了一句一趟九十元，管理费十元，自己拿八十元，便再未顾得上说话。

多么真实而坦诚的答复啊！对抓挖光阴的他们来说，时间就是金钱，他们每一日都在和时间竞走。少有一份闲情，也许就能多接一筏子客人，那可是新崭崭的人民币。置身河中，顺流而下，除了视觉的独特之外，就是思维的换位，有人说鸟儿的故乡在天空，那羊皮筏子的故乡就该在黄河，也只有将它们置身滔滔黄河之上，方能显现出它灵活、轻巧、便于操控的诸多好处。

也不知是筏子借了黄河的水势成就了自己，还是黄河因为筏子的点缀而有了诗意。总之，世间万物的存活，似乎就离不开相互间的这份依靠……

很快，这些念头就被身边的浪头冲荡得无影无踪，一面是随之而来的惊叫声，一面是起伏不已的晃荡。那是归岸的游轮满载着游客，正从我们身边经过。巨大的冲击力搅动了原本平静的水流，筏子晃得厉害。刚有些心悬时，却见筏子工镇定自若地随着起伏的波浪，很快稳住了局面。

弃筏登岸，我硬是在人堆的缝隙里，给了筏子工两张特写，可惜没有拍好。要进石林口了，却见大巴车的售票员早已在那里等候。

"我一直在等，就是等不见你们。"

他跟门口的检票员打了招呼，我们径直入里。进门的两侧是搭成的简易凉棚，以供累乏的游客和商旅休憩之用。许是万里征程第一步，孩子们显得格外兴奋。

峡谷内，驼铃声、车鸣声、驴打喷嚏声、吆喝牲灵声，声声不绝于耳；五指山、十二生肖、飞来之石、守护神，峰峰突兀险峻。几段脚程，几道拐弯之后，疲乏随之袭来，妹夫和老人首先渐次落后。正午的阳光，正是最毒的时刻，可来往的驴车还是没有停下行进的脚步。游人们或斜躺着，或端坐着，或倚靠着，姿势各异。驴耷拉着耳朵，马走走停停，或一阵疾驰，或磨蹭不前，憨态可掬。

时间有限，我决意留下走不动的大部队，带了媳妇、妹子和大外甥，朝峡谷的更深处进发。幸好一路有不同的风景、不同的人群做伴，我们四人这才饶有兴味地用脚步丈量曲曲折折的峡谷。

在临登谷顶时，媳妇和妹妹实在走不动了。为了赶时间，我几乎一路狂奔，心头只有一个信念，就想站在高处俯瞰一下石林全景。体味一番"会当凌绝顶，一览众山小"的感觉。

及至观景台，自己早已腿膝酥软，大外甥狠了劲地一路跟着我，可把娃难为坏了。置身高处的时候，作为摄影爱好者，那贪婪的本性，就像裸露在外的石林，尽收眼底。

远处，山峦的曲线，飘荡的白云，盘旋的小路，流转的黄河，似诗。近处，峰台的景观，滑翔的飞鸟，错落有致的村落，整齐划一的农田，如画。如此美好的景致，只有我和外甥饱览了，遂又为没有到顶的媳妇和妹子，惋惜了好一会儿。

　　返途中，为了掂量体验的幸福，和父母们碰头时，我又弃车和媳妇沿黄河边徒步走了几公里，边走边观，边观边拍，边拍边捡，在一处沙滩边，我还捡拾了两小一大的石头，以作纪念⋯⋯

　　登上车，刚坐下，车就启动了。为了不错过最后制高点的取景，我选择坐在了最后的窗户边，打开窗，硬是在移动中拍了几张。

　　就像黄河的弯曲，人生的弯曲，有时候也许也是一种别致的景观。

　　短暂的一天里，体验与赏景并行，疲惫和乐呵交错，是以题记。

邂逅甘南

　　人生难得跟灵魂相似的人有一场相约。适逢端午小假，约得三五人，搭车走路，一路晃悠着就开始了初宿宕昌县、离程扎尕那的短暂旅程……

　　官鹅沟除了山险、石奇外，就是流水潺，鸟鸣寂。山因雪而别具气势，林因水而更显葱郁，谷因鸟鸣而独享幽静，溪因石怪而百折流回。在丛林深处，无论喜阴喜阳，遍地皆是生长的姿势、花开的声音。眺峰，大峰裹着小峰，奇峰应着险峰；观绿，旧绿衬着新绿，深绿映着浅绿。

　　一年一寸新绿，岁月也；数载几度别离，相思也。

　　迎着腊子口纪念馆左右相望，山的险峻造就了"一夫当关，万夫莫开"的天然屏障。那险峻，不是所有的鸟都能飞得过去，可当年的红军铁流过去了，沿着崎岖的山间小道，伴着猛烈的敌人炮火。那一刻，天险腊子口遂被天下人尽知。看守的门卫，揪发梢，皆已花白，一把年纪，看身板，笔直的精悍，十足的老小伙，一块石子也要亲手扔到沟涧。

　　大自然真是神奇，孕育了扎尕那这么让人向往的人间仙境，据说还是摄影人在逐光追影里发现的。一坨一坨的光，时有时无，移动着轻盈的脚步，走了又回来，回来又走了……

　　我们一直追着光线跑，一朵一朵的云，大的赶着小的，小的追着大的。一堆一堆的柴火，或横或竖，码得格外整齐。一泡一泡的牛粪，散在田野里，干的挨着湿的。一缕一缕的炊烟，扭着别样的身姿，袅袅升腾。一座一座的白塔，在飘扬的经幡下泛着金光。偶尔从窄窄的石阶上走出一位藏族同胞，牵着马，背着柴，拽着小孩，满脸山一般朴素，红扑扑的脸颊，黑黝黝的皮肤，见人羞怯怯地笑。

吃过简单的晚餐，我们一行摄影人便开始了夜间星空景色的拍摄，师傅周，领导董，队长史，老兄张，还有我，当下分成了两拨。沿着石阶经过庄园，顺着小路找寻可心满意的拍摄地。找来找去最后才发现，店主扎西大哥家的三层小楼的拐角处，就是绝佳的拍摄地。原来，美好一直在身边。由于不熟悉地形，一次深夜里的成功试拍，就足以令人欣喜不已。半夜一点的星空浩瀚无比，那散落的银河，更给这方秘境增添了与众不同的神秘色彩。天蒙蒙亮时，没有等到雾，可我们依然很知足。也对，不完整的方为人生。早间，吃完扎西大哥的稀饭和鸡蛋，我们又匆匆上路，朝着一望无际的草原进发。

邂逅甘南。弯弯曲曲的流水，高高低低的山丘。一簇一簇的野花，一绺一绺的经幡。绿的是草原，蓝的是天空，白的是羊群。一匹马，独立山丘，几头牛，皆饮溪流。一朵白云漫过山坡，毡包里探出一位娇好的姑娘：漾着粉红的笑脸，闪着迷人的眼睛，身姿绰约，步态轻盈。这不，吃草的羊群停下了，朝着她深情地张望；饮水的马站直了，向着她久久地嘶鸣。

合作佛塔，四檐高翘，塔尖矗立，佛事向天，虔诚叩地。敬信仰，天地悠悠，看人事，欲海茫茫，圆有轮回之意，经具静心之功。看人生，一场修行，论良善，信仰之本。

还是会期待，来一场说走就走的旅行，仍旧会向往，遇一次这般美好的邂逅。

一寸杏林深处的光阴

从会宁出发，经甘沟，穿三房，沿国道 309 线一直向东南方向而去，穿过绿树掩映的十里桃林，拐过连绵起伏的黄土高坡，一头就能扎进杏林深处的山里人家——厍弆。山是一座一座的，川是一道一道的，云是一朵一朵的，光是一坨一坨的，路是一条一条的，花是一簇一簇的，人是一户一户的。天有多高，云就有多低。此一道山梁，羊群散开了四蹄啃青。那一绺山坡，农人脱下了外套犁地。到处是涌动的春潮。

春，总能给人最无限的神往；春，最能给人最丰富的想象。

山川沟峁里，耕地的汉子高扬着鞭杆，撒种的婆娘顶裹着头巾，散粪的后生抡圆了臂膀。山川醒了，大地醒了，桃花、柳枝探出头来，招惹得蜜蜂到处竞飞。榆钱撑开叶来，一疙瘩一疙瘩地迎风飘荡，合着杏林里隐隐约约的秦腔，学校里经久不绝的耕读传唱……古堡乐坏了，每听一段悠悠岁月，每瞅一眼郁郁春色，只是一个劲儿地画"句号"。

若是再往高站一些，映入眼帘的全是山川、大地裸露的脊梁。裹在云雾里的厍弆，平添了一层看不透的神秘：首先是线条，全膜覆盖疏密有间，反坡梯田错落有致，乡村公路蜿蜒盘旋；其次是层次，近处是十里桃林，中间是新农村建筑，远处是巍峨的大山。

若是再往近迈几步，就能看见新修的瓦舍在阳光下泛着金光，码得整整齐齐的柴火，拾掇得干干净净的院落，挨挨挤挤地静候日子的寒来暑往。狗舔着嘴巴蹲在门口，鸡拍着翅膀飞上高墙，猪晃着身子躺在阳山上，驴伸着脖子靠在圈墙。灯火掌起来了，灶膛亮起来了，炊烟升起来了，谁家厨房里一股浆水味溢出来，馋人的馨香只往人鼻孔里钻。谁家上房里一声秦腔吼出来，和在晚风中断断续续，幽深而绵长。谁家大人站在村口，呼儿唤女声叫得人浑身痒痒，连牧归的牛羊迟迟不肯归圈，久久地收蹄张望……

夏收开始了，最先收的是口松的豌扁豆。这些豆类作物，等不及一场雨的潮润，就想自行蹦出来，倾听阳光破裂的声响。稍迟些，就是相对口紧的小麦、莜麦。钻进麦地，满世界都是麦芒相互挤嚷的声音，这些天籁般的自然之声，就是庄稼熟透了憋不住想落地的声响。这些油画般的大地之色，就是庄稼想疯了等不及收割的神情。从麦子未全黄时旋着拔，到全黄时赶着拔，一直到黄过时乘着早晚的潮气挣命拔。六月酷暑的麦趟，一直能从阳山山里赶到阴坡地里，从沟底赶到山顶。麦倒了，农人们长长地吐一口气出来，一屁股坐在月亮地里，将贴在后背的汗衫解开来，连风似乎都要比平时凉爽温情很多。

夏田上场的动人故事，晨曦知道，小路知道，牲口知道，薄山陡山的地知道，还有不知道的，庄农人的汗水全知道。车拉，驴驮，人担，年老的多背些，年少的少背点，全家总动员，直至大大小小的麦垛子垛起来，夏才摇晃着满身的疲惫淡出人们的视野。

相比着急慌忙的夏，库弇的秋更漫长些，更分明些。大地的色块，在时光画家的笔下，总能描摹得恰到好处，蓝花花的胡麻，红秆秆的荞麦，黄澄澄的谷穗，红彤彤的高粱。秋天把生命最富足的色彩全部涂给了广袤的陇中大地，秋收把四季最忙碌的身影尽留给了憨厚老诚的农人。

若是再多几场透雨，庄农人就能趁着下雨天，扯开了鼾声，翻来覆去地睡几个透觉，舒展一下久蜷的身子，歇缓一下酸困的脚板。女人从废弃的窑洞里抱来柴火，烟熏火燎地做上几样茶饭。男人磨罢刀镰，喂完牲口，打好绳索，才盘盘腿坐在炕上，卷一棒旱烟，慢腾腾，大大小小的烟圈吐出来，颤悠悠，深深浅浅的心事吸进去。一时间，时光慢了，光阴沉了……窗外，滴滴答答的落雨声响彻起来。窗内，女人哧啦哧啦的上鞋底声，孩子窸窸窣窣的写字声，合着山里人家幸福的欢笑声，从酽酽的罐罐茶里溢出来，满院子的馨香。

过了白露，土地合了口，粮食上了场，洋芋藏了窖，厍弄的秋一下子深了。山野随即空旷起来，杏林一天一个成色，赶出圈的牲口，随便赶在田野，散开四蹄由着性子跳蹦子，欢欢地放着响屁。土地和牲口解脱了，放牲口的孩子，咯咯的笑声不时惊起觅食的鸽子从山坡的上空低低飞过。那淘气顽皮的身影，一直将西下的夕阳逼下远方的山梁……

厍弄的冬，最先是从清冷的拂晓开始的。一年的辛苦要归仓，于是一场接着一场的摊碾，便从天麻麻亮就动起了身，高摞子拆开来，圆圈儿转起来，罐罐茶熬起来，细长面吃起来。此一刻，庄农人的相互帮衬就在碾场时发挥得淋漓尽致。从里往外地摊，边摊边收地碾，一圈一圈地抖进去，一层一层地挑出来。一锨扬起来，风过处，粮食、麦衣依轻重而分离，风头上，粮食颗粒堆积得越来越多；风尾上，粮食衣子铺陈得愈来愈厚。秕的簸出来，饱的装进去，四杈、扫帚、木锨、筛子、簸箕等农具，顿时赶起摊碾的大集。男女各有分工，老少皆有安排，头顶月色屏住最早一股寒气，肩披夕阳脚踩最晚一道影子。

"紧腊月，慢正月，不紧不慢的二八月。"一进腊月，年跟前的日子常得扳着指头数，从出圈粪、磨年磨、榨油、杀年猪、跟年集、办年货，一直到蒸年馍、灌蜡、拓票、扎花、迎纸、接先人、贴对联，年一天比一天欢实，人一天比一天亢奋。

年三十，炮仗响过，一家人围坐在一起，气蒸的、油炸的、水煮的、蘸酱的、倒醋的，满碟子满碗子地上，吃罢稠的，喝稀的。碗筷才搁下，酒杯端起来，酣畅地整上几口，脸红了，心亮了，话就更稠了。女人们坐在炕头，摆开所有的针线，相互比对着，从颜色到大小，考究个不停，间或一个丢一句男男女女的话，只臊得另一个尽往炕旮旯儿里钻。那一刻，老猫半闭半睁着睡眼正卧在炕角里睡得一塌糊涂……

才觉得摘下春的烂漫，哪知晓就围上了冬的火炉。时间，一晃而过的年成。日子，难以觉察的黑白。最是那不紧不慢的，要数那一寸掉在杏林深处的光阴。

钟声飘过黄河湾

"东接兴隆乡，南倚泰和山，西邻石门乡，北濒黄河水。"这是我接到去靖远双龙镇参加金秋笔会后，在百度里查到的关于靖远县双龙镇的解释。

彼时两天里，刚好手头事务比较多，确定人选，联络车辆，对接行程，还真搅和忙了。

2017 年 7 月 24 日，两辆车，十个人，男女搭配，老少结合，一路欢歌笑语，我们一行人便一路向北，远赴靖远县双龙镇参加"白银北部黄金文化带论坛暨金秋文学采风笔会"。

精神矍铄的老作家孙志诚，笑意盈盈的老师毓新，风度翩翩的忘年交王维德，满负行囊的作协主席老周，风尘仆仆的老哥镇勇，老实憨厚的朋友伟义，笔耕不辍的文友军雄，伶俐秀气的老乡陈琴，满腔热忱的侠女毛毛，算上我，刚好凑了个整数。收拾停当人员后，我们便老早地出发了。

靖会两路人马凑齐时，已临近中午。午餐安排在张总的天下涮火锅店。小个头、大眼睛的张总，鼻梁上架一副眼镜，文艺范儿十足，却将生意做得风生水起，若不是在店里忙里忙外地张罗，怎么也不会把她跟一个正儿八经的老总想到一块儿。为了节省时间，张总上了凉菜和干锅虾后，直接将本来要煮的菜炒了，别是一番滋味。喝了茶水，抹了油嘴，致了谢意，四辆车就奔过黄河，一路向北而去。

抵达黄河北岸后，一行车辆很快就拐进绵延不绝的石头山峦。在车上，我问及老师毓新的代表作《羊腥》的创作起因，老师说正是如此这般的山峦，如此这般的豁岘，国营羊场里的几百群羊，就遍布在绵延数千里的戈壁荒滩。在羊场，他住过好些日子，对于牧羊者来说，几个月不洗澡是常有的事。若是偷来西瓜，绝对是上乘的美味佳肴，牧羊者为避免吃了瓜总撒尿还要脱裤子的麻烦，索性脱下裤子，一边吃，一边任其自然流淌……

一车人笑了，前仰后合。

是啊！对于一个作家来说，没有切身的生活体验，其作品的优秀程度是要大打折扣的。我最崇拜的大作家路遥，为创作《平凡的世界》，不也是亲临一线，下井钻洞体验。

今年的雨水，丰沛合节得少有，连多会儿撅着光屁股的山峦，都披了绿格子外衫。一湾一湾的村落，一座一座的山峦，一坨一坨的油葵，一地一地的籽瓜，在车窗外渐次映入我们的眼帘。进了城沟，仰望泰和山，它影影绰绰地耸立在云端。顺沟而上，早有当地的村民，将胡麻摊在水泥路上，来回碾压。沟的深处，各式各样的树木郁郁葱葱，各色各样的花草馨香四散，鸟鸣啁啾，山泉汩汩。不远处，老石羊领着几只小石羊，正在敏捷地朝丛林深处攀爬，憨态可掬的模样，惹得我们竞相观看。

很多人，见过的，没见过的，一拨接着一拨来。很多花，熟悉的，不熟悉的，一朵争着一朵开。映在落日的晚霞里，摇曳着别样的美好。山因石而方显巍峨，石因水而始有灵气。没走多远，就听见流淌的水声，循声而去，在杂草遍生的低洼处，我看见了泉水的真面目，晶莹剔透，捧一掬在手，入口，清醇甘洌，回味无穷……

在一处峡谷里，一大片一大片的花，听着鸟鸣声，合着泉水声，追着太阳，赶着月亮，开得有声有色。置身其中，仿佛世外桃源，真想在此建一间石屋，搭一座小桥，合着潺潺流水，跟心上人一起蹚水走桥，养鸡饲牛，生孩抱娃，隐居终老。

时间仓促，我们至多走了三分之一的路，便折返了。镇勇老哥催促说双龙那头等着开饭呢，我们这才意犹未尽地离开了泰和山。

站在高处，无尽的群山连绵，画面着实震撼，只可惜时间太有限。

到达双龙中学时，斜阳正暖，住在教师宿舍，吃在学校食堂。钻进教室里报到时，站在久违的讲台，老师毓新、忘年交王老师和我一样感慨。在略高于教室地面的讲台，毓新老师一站就是几十年，而王老师和我只站了十年。一时间突然想起，原来，我们仨都与会宁二中有关。

新朋友初见，少不了握手寒暄。老朋友碰面，怎能不促膝长谈？晚宴欢迎仪式由双龙中学校长唐发主持，在开幕仪式上，我见到了此项活动的发起者，银川文学院院长唐荣尧先生。他生得浓眉大眼，不仅年轻、帅气，而且口才极好，文思俱佳，男人味十足，学者味特浓，讲话才思敏捷，余音袅袅。他的那句"最不敢演讲的地方是故乡和母校"深深地触动了我。每个人大抵都一样，故乡情怯，母校难回。他还说"有个死囚临刑前，法官问他，有什么遗愿，他说，想回到故乡那个母校再上一次学，所以说故乡就是天堂"。

现场静极了。

唐荣尧，甘肃靖远人，宁夏青年作家、学者，获第六届"中国当代徐霞客"称号，先后被评为宁夏十大优秀青年、宁夏首届名记者、银川市十大优秀记者等称号，获"中国人文地理写作杰出贡献奖"等称号，为中国的人文写作开辟了新路。

是夜，三县两区和远道而来的文朋诗友分了好几拨，品酒的一拨，进食堂浅酌慢饮；朗诵的一拨，挤宿舍声情并茂；交流的一拨，围一处谈笑风生。散散的月光洒下来，明亮的星星悬起来，都在悄悄听我们说话。或有微风拂面，或有流云散淡，和在蛙声一片的乡村和谐曲里，心里顿生一份说不出的安详。

次日上午是研讨交流会，下午是观赏北城滩唐代古城遗址、明代长城烽燧以及黄河景观。在明长城不远处有一座烽燧，依黄河而立，站在一曲三折的黄河的岸边，大有"逝者如斯夫"之感喟。捡一块瓦砾或者石头吧！说不定背后有故事，有岁月的痕迹，就有先人们的气息。惊涛拍岸，岩石再坚硬，也阻挡不了黄河水的柔软。男人如山，女人似水。女本柔弱，为母则刚，母亲河黄河如是。老人常说，石头大了绕着走，母亲河更如是。学会拐弯，这不仅是母亲河的生生不息之道，更是中国传统文化的精髓。

做人讲原则，凡事留余地。

晚间，按照日程安排，该是篝火晚会，早有村民老早出出进进地张罗。砖墙，柴堆，人群。烧烤炉子，调料包子，吃饭桌子，一切随着时间的推移各就各位。为了热乎，早有安排好的节目一个个竞相亮相，广场舞、诗歌朗诵、秦腔、花儿、小曲一个个层出不穷，欢呼声刺破黑夜，鼓掌声划过天际。最是那谭明春的朗诵，诗作选自唐院长的《腾格里之南的幻象》，抑扬顿挫的声调，略显沙哑的嗓音，高远、悠扬、柔软、妥帖，一节"听一首旧歌／你会让泪变成武器／你会感到城市远了／自己大了／诗歌与酒的浓度高了……"连空气都凝结了，我甚至看见诗作者自己用双臂抱住了自己。朗诵属于典型的二次创作，没有挖透作品的立意和感情，断不会引起读者和听众的共鸣。

老谭挖透了，无论是作品还是人。

老唐被挖疼了。

他俩几十年的交情没有白搭。

在食堂摆开的一溜长席前，歌声不断酒不断，老周把诗与酒演绎得恰到好处。还有对面唐院长，面对仅有的两位美女，不怯，不卑，每人单列一首歌献唱，俩美女作家不得不羞答答地端起酒杯一饮而尽。后场里，酒酣正浓，动了真性情的唐院长，硬要拽着我，一起跟大伙敬酒一圈……

厨师下班了，热心的毛毛，使出了过家女人的本领，在外面自个儿串肉烧烤，硬是满当当地端来了三四盘羊肉串。她又钻进厨房，就着仅剩的黄瓜，三下五除二地整上来了六大盘。

收场了，一切刚刚好。

出了门，仰头，一片乌云遮月。

夜里，我和老哥镇勇睡一处。年过知天命的他，为两句诗，能捻断数根须。见他本来眼睛已远视，还用手机打字，我实在不忍，就让他读，我来打字。赶完他当日的作业后，我们才沉沉睡去。

第三日，在凤凰山上，当地人讲了山形地势，算是风水吧。凤凰展翅，左右有两翼，中间是凤头。双龙镇就坐落在这两翼之间，前临黄河水，后靠泰和山，与景泰的五佛乡隔河而望。正所谓稻花香里说丰年，虽一河之隔，然稻子的可口程度截然不同。我听过的凤凰山，不知道是不是此处。我终究没敢问，却见义务守护老庙的庙官抡圆了大锤，抖索着长长的胡须，三下三下地敲，钟声袅袅，不绝于耳，天听见了，地听见了，人听见了，泰和山听见了，黄河也听见了。

下了山，去唐院长的家，他年近八旬的老妈妈，因赋闲在家，遂自发开了个农家书屋，藏书数万册。大家带着无比崇敬的心情，参加了白银市第一个"作家之家"挂牌仪式，爱心捐赠图书仪式。"作家之家"牌匾由甘肃省作家协会副主席、鲁迅文学奖得主叶舟所提，"谷雨书屋"牌匾为张贤亮的手笔。

仪式结束后，唐院长代表母亲表达了最诚挚的谢意后，就谷雨书屋的来源简单做了介绍。这才知，他之所以开辟这个文学创作基地，就是为了让本地和外地来此采风的作家在他家查阅资料，吃上一顿好饭，睡上一个好觉。他还说按照他母亲的意愿，会把这个书屋再扩建一下，方便更多的孩子就近阅读。不用说，年少时缺少课外书读，始终是搁在他心中的病。

在河虾养殖基地，大家观赏美景，放牧心灵，放开了乐呵。蓝莹莹的水面上，映着白生生的云朵，在这里，天地早已互换。

返程了，到处弥漫着诱人的稻香，到处是身子开始变红的枣粒。每棵树底下都有落枣，那红红的身子躺在泥土上，腐烂了也是最好的肥料。车队所过之处，惊起一群觅食的鸽子，正在朝着东去的黄河展翅劲飞。义和村、仁和村、北城村，正沉浸在秋日的喜悦和丰收里，叽叽喳喳……

双龙，一块风水宝地，铭记历史，演绎时代，展望未来；双龙，一道天然屏障，历史长河里闪烁光亮，一处军事要塞，战争簿上罗列在行。进可攻，退可守，背靠大山，面朝黄河，要山有山，要水有水。双龙，多民族的统治地，多文化的交融圈。今天的双龙，正在新时代的大道上，合着新时代的钟声，用仁义礼智信撰写未来的新辉煌。

震湖的召唤

春，万物复苏，自然萌动的时节，蜷缩一冬的心灵，终于被春风所召唤。其实，召唤我们的还有震湖，这个自然毁灭人类的见证者。

周日下午，天气晴好，简单商议后，六个大人一个娃，分座两车，便一路朝东直奔震湖而去。一出城，田哥脚踩油门，将自己多年的爱骑"四环素"开得贼快。八个车轱辘冲破正午的阳光，七颗心随即被窗外的自然景色所淹没。

春色刚刚好。

杏花遍野，一枝丫一枝丫出得墙来；绿柳成荫，一缕一缕垂下地来。一坡一埂的弯曲恰似生命，一山一水的勾勒更像艺术，一草一木的摇曳犹如剑舞，一庄一户的显隐宛若描摹。

不远处的坡凹地里，苜蓿一大撮一大撮地贴着地皮，探出头来，嫩嫩的，绿绿的。若是掐几朵来，拣拾干净，洗淖，水煮，凉拌了上桌，是不可多得的美味佳肴。半山腰，两棵造型极好的柳树，像一对依偎的恋人，并排而立，风雨同迎。

冬小麦彻底盖住了地皮，郁郁葱葱，和满山遍野的枯草一起与春寒做最后的较量。几年前甘宁界尚还展拓的柏油路，如今已经如老人沟壑纵横的老脸，满是褶褶皱皱，不用说，这都是来往重型车辆超载的"伤疤"。

老公路一直沿着山顶盘绕，虽坡陡弯急，然喜哥开得稳当无比。一辆重型运砂车，蛮横霸道地占满路面，堵得好几个小车尾随其后。他瞅准机会，果断出击，把它甩在身后。上坡老是跟在大车屁股后面，潜在的危险不言而喻。

在宁夏西吉界的山梁上徘徊不久，公路随即回旋向下，远远地在群山连绵里，在白云涌生中，黄土高原的山根底，一湖水浮现出来，跟蓝天、白云、黄土形成鲜明的对比。

1920 年，举世震惊的海原大地震，让这片柔软的黄土地，遭受了毁灭性打击。

山走了！

后来就有了今天的震湖。

一生都与泥土打交道的庄户人家，怎么可能会想到，自己被终日为伴的泥土要了命。

今天的震湖，更像一滴上苍未曾拭干的眼泪，或者一面映照生命何其渺小的镜子。只要在这片土地上有生息，生命在自然灾害面前的卑微，就不会被历史忘记，被世人忘记。

在震湖陈岔，遇到了一幕很久很久不曾见过的场景，我急忙叫停喜哥的车辆，取景于镜。在有些坑洼的乡间小道上，行走着一家姐弟四个：三个姐姐，一个弟弟，稍大的牵着稍小的，最大的背着最小的。最小的那个弟弟，伏在姐姐肩头，嘴里塞着一根棒棒糖，幸福地吮吸着。路一旁的墙头上，一溜桃花开得正浓。

孩子们明显有些怕生，我怕长长的镜头惊扰到他们，故而站远了拍摄，用镜头定格他们脸蛋上的那份淳朴，眼神里的那种坚毅，以及快乐向前迈进的脚步。相对于对着明星模特的狂拍，我更钟情于这种来自大山泥土深处的素材，因为它蕴涵的内容无疑是丰富的、深刻的、有故事的、有张力的。

上了车，我对喜哥说，这才是我想要的东西！不仅是因为其中暗藏着自己童年的影子，还有一个重要因素，就是它本身是难得的民生题材，到处浸透着浓烈的生活气息。只此一个场景，我就知道不虚此行。

在刀镰般的震湖的刀尖上，一行人临岸，穿行于芦苇丛中。喜哥的小宝看到野鸭子，激动地挥舞两手，伸直双腿，似要挣脱大人的怀，追赶她眼里的鸭鸭去。

很明显，震湖的水位降了不少，露出来的地方被白色渐次占领，最终沦为碱滩。一直擅长于风里摇曳的芦苇，这个季节又干又脆，一碰就折。尽管我足够小心，但还是碰断了不少，心中便泛起怜惜的阵阵疼痛来。

大概是与我独爱芦苇有关，在好友亲密有间的QQ相册里，有佳人站在芦苇丛中回眸一笑，可没羡煞我这个西北汉。对岸，几株桃树立在半山坡独自烂漫，黄、蓝、粉、绿，色色交映，黄的是芦苇，蓝的是水域，粉的是桃花，绿的是草芽。

震湖不比西湖，无论从历史的厚度、水域的深度还是水面的广度而言，都是无可比拟的。

在震湖畔，风吹芦苇的沙沙声，野鸭戏水的嘎嘎声，车盘山路的鸣笛声，声声应和。偶尔传来一声悠悠的叫卖声，那是转乡走街的商贩，从村东头喊到村西头的等待和呼唤。彼时，让一直躺在春乏里的小山村恢复了不少元气。

当地政府为了生态保护，关停了湖畔不多的几处建筑，震湖正在等待一场历史的变革和时代的包装。也许是忙月，也许是正在改造，在湖畔，除了遇到一位垂钓者和一对恋人外，游人寥寥无几。

漫步湖畔，身浴阳光，手捻芦苇，脚踩大地，论现实，春分缕缕，一段接着一段；谈理想，水波粼粼，一浪赶着一浪；畅人生，白云朵朵，一拨追着一拨。

山无言，水有声，天含情，云藏意。

在湖畔，喜哥的小宝晃动着小脚，只往水里扑。喜哥抱了她，用她的小手手轻轻划过水面，小浪随即追撵而来。小宝咯咯咯的笑声，洒在湖水里，久久地回荡，父女俩玩疯了。梅姐、安蓝、田哥、军雄站在水边，长久地凝视，诗情可劲儿地流淌。震湖如故人一般，静静地躺在大山的怀抱中，享受着时光和诗人独有的青睐。

几只野鸭在头顶盘旋，找寻最佳的落停地。那对恋人，男的戴眼镜，女的着白衣，携着双手，径直走向芦苇丛的深处……

春动。在看见看不见的大地深处。

震湖北面有一处官堡，很少见过堡子的安蓝，怂恿大家前去一探究竟。

在荒弃的庄园地，一株枯枝新芽，着实给了我们不小的震撼和感动。生命最动人的莫过于顶着雨雪风霜，向着阳光，用执着书写顽强。只要扎稳根，向上生长便成了一种独有的姿势。

那官堡，修得颇为雄伟壮观，有城壕，有二墙，还有高墙，仅墙体就要三米多厚。在高山之巅，拥有这样一处城，凭借险要的地势和开阔的视野：一面是高陡的山坡，三面是结实的二墙，足可用以排兵布阵，防范土匪之用。

傍晚了，太阳西斜，云层漫卷，乘着难得的一束光亮，我拍了张震湖全景图，云层很快遮掩了我们返程的影子。

还是在陈岔村口，遇见了卖鸡鸭的乡贩。他那颇有磁性的叫卖声，高一声低一声，远一声近一声地在岔里久久回荡。那些小精灵，憨愣愣的，毛茸茸的，睁着明亮亮的眼睛，在大笼子里叽叽喳喳，把整个春天都唤醒了。旁边围着几个女人挑拣鸡娃，那些扑棱棱飞上框边来的，尽被挑了去。不用说，这是鸡娃攒劲和机灵的特征。从儿时见过这种场景后，我再没有遇到如此温暖的场景了，遂连拍好几张。

转身，宁夏就被我们撇在身后。在甘宁界的豁岘口，独立着两株老柳树：一株佝偻着身子，把干透了的躯干斜伸出来，神态安详；一株也许是根扎得深，给散开来的一枝头儿女，一个不落地着满绿装。父母的拳拳之心，映在夕阳里，干净，透亮，让人心生出许多敬畏和感动来。

新生和死亡，总是在路上，日去月来地交替。眼里美景的召唤，从来都在心上。

一场雨中的四十里铺

农谚有云："八月十五云遮月，正月十五雪打灯。"

人勤春来早。才正月十二，会宁的年就被难得的一场春雨浸透。当薄雾罩满四十里铺的整个山头时，老兄志清家的农家小院里，浓浓的年味迅即升腾起来。来自会宁文学界、评论界、摄影界的朋友一行二十余人，挤满了两屋，熬一罐酽茶，温一壶浊酒，夹一筷热菜，喋一碗长面，热热闹闹话长里短，眉开眼笑中才思涌现，年因人而格外浓烈，人因雨而尤显亢奋。

志清兄跟伟义、清泉，都是四十里铺那片热土上生长的汉子，跟我一样，如今都挤在这座小城狭窄的空间里刨食，属典型的文学爱好者。三人皆在泥土里写诗，叶有疏密，枝有繁茂。志清的诗，圆润、活泛，灵气十足；伟义的诗，厚重、朴素，拙而有情，跟他的为人一样憨实；清泉的诗，常安静地流淌，很多时候，我都不相信他属于黄土地的歌者。

撤去碗碟，上了干果，旋又烟雾缭绕，酒香四溢。抬杠、谝传、头挤到一起，肩并在一处，话题有了指引，人生随俱别样。可算是忙坏了田家嫂子，所幸田家有女初长成，帮田嫂出出进进地忙，又切又拌，又端又捞，折盘涮碗，端茶递水。田嫂开足了煤气，两个火头，汤溢出来，水添进去……只吃得一行人额头沁汗，满嘴溢香，肠胃酣畅。

屋外，空气中没用一丝风，雨一直下，丝毫没用减停的意思。人生总会有些感动和美好属于发现的眼睛，总会有些机会和凑巧属于难得的机缘。且看这一角，孙志诚老师和张明老师，会宁小说的领军人物，正在达成"共识"。张哥开会的表情照片被摄影人竞相传看。地方诗歌界杀出的黑马王喜，举手投足间掩饰不住见了师父李明的欢欣，当下圪蹴在一起交换意见。师傅周新刚神色正经地站在院子里施法，惹得大家一场不小的欢笑。陈导、尚总、王主席和一家子指头上仍旧来回较量……

我多少跟过社火，更能理解田兄此刻的心意，便约了他去庙里烧香化马，淅淅沥沥的春雨，沿着新修的柏油马路一头飘洒过来，从眉头到脸庞，不可言说的凉润。关帝庙，坐落在公路畔不远的一侧，内奉关羽、关平、周仓、山神，外奉土地。神灵案前重塑敬畏，让灵魂有所皈依，遂烧香、作揖、化马、磕头、奠酒，再作揖。一炷香里烧的是家富国强，三叩首里叩的是国泰民安。

舞台上走过零零散散的操办者，院子里不乏身影单薄的扫水者。院子不利水，雨水走不开。我顺手拿了把扫帚，扫了一大片。庙门口来了俩孩子，手里掌着格外好看的花灯，怕被雨水淋湿了，上面用塑料严严实实地裹着，他们一前一后地把花灯置于干燥处。关帝庙和舞台遥相对应，立在雨中，台上一曲民谣穿过春雨的幕帘，人生要义"忠孝节义"，似乎一刹那，我已对它有了更深的领悟。

出了庙门，又跨进田兄家的门槛，细细碎碎地做了些许事。一直往后压的社火队，总要有个出发的时候，再压，节目肯定是表演不完的。田兄电话里不断地沟通着。天全黑下来的时候，一大帮人，索性乘着绵绵春雨，径直朝台上去了。炮仗响起来了，锣鼓敲起来，伞灯举起来了，灯笼亮起来了，人马喝起来了，都扯开了嗓子为自己的社火呐喊壮威。跪下来接迎，敬神事也，站起来碰头，和人事也。每个社事都有社火头，掌管操持本社事大小事务。

炮过三仗，先敬神，后娱人。狮子、龙灯、旱船、小曲等竞相登场，逐次演出。社火跟社火之间，总要比一比装束、力道、表演的完美程度。一家社火就是一家社事的所有形象和代表。一家要比一家强，这就是不服输精神的最好写照。它总会激励这个社事，在来年用更大的心力操办此事，并以此来凝聚人心。相比日渐人烟稀少的边远村落，四十铺属于幸运者。五家社火齐碰头，震天的炮声，拥挤的人群，飘洒的春雨，丝毫没有阻挡住人们自导自演、自演自赏要社火的心劲儿。

这边社火刚耍完，舞台上的仪式又拉开了帷幕。已经三四年没有在人前讲话了，这次还要代表自己的老师、师傅和文朋摄友们致辞，从内心讲，我心不甚惶恐。还好，自己写的稿子，以前当主任的底子，两相交织，勉强应付了仪式。节目开演了，这一回，男人自觉站在了女人身后，平素里被女人伺候惯了的男人，这会儿悄悄眯眼地跟在女人身后，为她们默默地做着力所能及的服务。会跳的，能唱的，八九个搭一伙，十来个凑一组，统一着装，化个简妆，就跟着音乐的节奏扭上几个来回。

陆陆续续有人回去了，先是熬不了夜的老人和小孩，后来是提前演完的队伍。二十个节目，田兄考虑得相当周全，一个都不曾删减。也是啊，准备了好长时间的节目，临上场掐掉，大过年的怎好意思拂了演员的盛情和美意。在后台，我和杨华老师给田兄的弟兄——社火头家给了特写的镜头。兄弟同心，其利断金，手搭在一起一二三，就是团结力量的最美彰显。

社火是中华民族传统文化的一部分，起源于中国上古祭祀活动，是民间一种庆祝春节的传统庆典活动。它既是民俗文化的重要组成部分，又是人们归属信仰、寄托乡愁最有效的载体。

以敬畏之心敬神事，以谦和之心和人事，净化心灵，亲邻近友，不可不说是我们地方上一件大喜事。民俗里所述的"社火娱神，香火娱人"，也正是此理。受田兄的盛情邀请，会宁文艺界的同仁，是他们用手中之笔，做最有温度的记述；用眼中之镜，做最美丽的定格。

夜色四合，我们乘着渐小的雨滴，匆匆回家。四十里铺犹如一盏心灯，照在黑夜里，就是一坨难得的光明，望着送完我们重又回去收拾后场的田兄，我又想起他《四十里铺 关帝庙诵经》里的最后一节诗：

五月十三，关帝庙听经
我在经中，经在心中
四十里铺啊，不远不近
在一场雨中
……

我和外拍的约会

这几日，酷暑疯了，感觉整个人似被蒸熟了，一坐下来，前胸、后背、额头、耳背、发梢，全是躁汗，把人悬悬地提着，不折腾也不行。

麦黄了的消息，一经山里的风传开，便不胫而走。雀跃，欣喜，更重要的是这个消息对于摄影创作外拍，本身充满了极大的诱惑。大地有了各色切割的块，还有那些律动的线条、明暗的光影、丰富的色彩，总会激发人的想象，催动人去一一收纳。于是，周六下午便有了一起外拍的相约。

自从离开讲台，与文艺结缘，我的心确实野了不少，时不时往外跑。每一次外出，满怀的期待总会变成丰厚的收获。一起拍摄的朋友，不是趣味相投，便是灵魂相似。每日里早出晚归，肩披夕阳，或登山涉水，或跨沟越涧，一同仰望浩瀚星空，一同定格美丽瞬间。其实跟灵魂相似的人在一起，漫步人生，细赏风景，也不失为人生一大幸事。

常常为一缕光线而欢欣不已，间或因一个场景而兴奋不止。或披星戴月，或风餐露宿，都为追逐梦想的一寸寸浸润。春的烂漫，夏的热烈，秋的斑斓，冬的恬静，皆为背负行囊的一步步追逐。迎接清晨第一缕曙光，陪伴傍晚最后一抹夕阳。四季因摄影而格外分明，人生因钟情而分外美好。

偶尔在坐在时光的帷帐里，推杯换盏，细诉家常，用欢笑洗去一身疲惫，用分享擦拭双目光亮。有争议壶里乾坤大，达共识杯中日月长。

放下手头几多事，搁了枕旁数卷书，就筹谋着要出去。每个月的零花钱，总显得有些捉襟见肘，向媳妇明面上要些，朝老人暗地里借点，简单地收拾行李，擦拭镜头，一切准备工作略显匆忙。为了少耽搁时间，连憨憨的儿子也常常给我帮忙。出门前，一家人朝着我笑：不是反穿背心，就是偏带帽子。家，总是能给我许多温暖和无尽的依靠。

摄影类似于文学，悟性很重要。摄影又不比文学，摄影可集体创作，文学可不行。所以对于师傅的督促相约，多少年了，我几乎没有爽约过。当我肩背大包，手提脚架站在大街上时，已是下午四点半。在等待户家哥的同时，我躲在树荫下独自欣赏人来车往……

要是小时候，这会儿已经在麦趟里赶趟哩！光脚丫犁地是我暑假里的主修课，我是后来穿了皮鞋才知道，黄土不但养人，还除脚臭。不蹚黄土，城市生硬的钢筋水泥，总会划伤敏感的自己。

很多乡村空了，熙熙攘攘的陪读大军，挤在小城的旮旯里，为下一代的求学下了赌注。空巢老人、留守儿童，这些新名词对于习惯脚踩黄土的山里娃来说，多多少少有些伤感。还有微商、快手啊，这些止不住的时代新潮，总是切割着游子与乡村的脐带……

灵魂的脚步被时代的发展甩得好远好远。

户家哥急匆匆地赶来，说是给孩子打印试卷，耽搁了些。我知道，一大家子人的生计，全靠他一个人的刨活。强者呐！还有孙主席，孩子考得蛮不错，总算吁出一口憋了三年的气，连心情也格外敞亮。

出南城，穿窝铺，七拐八弯就窗外生风、白云悠悠了。试验田里的庄稼明显有些干旱，小麦、豌扁豆、胡麻、玉米、莜麦、洋芋、糜谷、荞麦，大棚蔬菜，形形色色，全都耷拉着形形色色的脑袋，直挺着长短不齐的身板，正在接受六月酷暑的考验。

要是能下场透雨就好了。

素有米粮川和小江南之称的中川，今年又成功尝试种植了油菜花，惹得附近不少游客前来观光。红色热土大墩梁，做了会宁红色旅游和绿色产业相结合的典范。几月前的花海，如今正躺在休耕的泥土里养精蓄锐。

夜宿大墩梁乡韵农家乐，不讲究宿营，不嫌吃喝。饭菜未齐，啤酒先行。天热得近乎有些疯狂，人自然格外的渴。游戏还未分胜负，我先抢着喝了一个，把大伙儿全惹笑了，以至于后来的烟雾弥漫、斗智斗勇，皆为笑谈。

是夜，大墩梁战斗遗址、乡韵农家小院里，留下了我们忙碌的身影。观漫天繁星，叹人生短促，论英雄豪气短，赞中华好儿男。

找完北极寻银河，点罢烟卷换方位，密布的繁星，灿烂的银河，每每都让人欲罢不能，久久不忍离去，这样的情形一直持续到三点。不能再迟了，天明五点启程的晨拍，当晚抓阄分配的房间，已经不允许再恋战。

头挨枕头的惬意，满满地拥抱了积攒的疲倦。黑暗中有声音推醒了我。

"拍照还是睡觉？"

"还用说嘛。"总要珍惜每一次来之不易的机会。昨天傍晚错过了壮美的日落，今天可别再错过初升的朝阳。

好不容易找到目的地，却见天空不是太通透，且伴有轻微的浮尘，前景里线条倒有，就是色彩不太明快，画面不太饱满，满怀的希望略有跌落。还好伴有许多虫鸣鸟叫声，风电炫舞声，差前错后，被风送过来，丝丝缕缕。好好享受这份难得的晨光吧。每日里杂七杂八地忙，事儿没干多少，人就是一直没有闲着。远离喧嚣，亲近自然太不容易！

等晨光渐次弥漫开来，东方泛白，旋又映出一片红晕，一张脸终于露了出来，朋友欢呼了一声，再以后，就没了下文，以至于太阳怎样跳出地平线，我都全然不晓。

找角度，换方位，只为了最佳的位置；调光圈，变速度，皆因了最美的景深。对于真正的摄影人来说，日出日落的前后三十分钟，就是拍片的黄金时段。这个时间里，可没人顾得上跟你瞎掰扯，他们自己压根就没有赏景的心思和精力。就如虔诚的信徒一般，面对大自然的神奇，唯有顶礼膜拜。

收兵回营时，迟睡的师傅也不见了踪影，我就知道他也睡不着。问店家要了荷包蛋，每人两颗。两人补瞌睡，一人操办伙食，我提了相机在附近转了一圈，期望碰到心中想要的东西。

返程的路上，终于有场景触碰了我心灵最柔软的部分，一大片山坡上的麦田地，远眺，金黄的麦浪翻滚，齐整的麦捆码垛；近瞧，抖动的麦穗，隐约的草帽。

割麦者，一个身穿格子衫，头顶旧草帽，腿护绑腿棉，不断地挥动刀镰，母亲式的庄稼人。一个白衬衣，蓝裤子，一边捆，一边垛，看架势，伯父似的羊倌。问及年龄，都年逾古稀，至今仍在薄山陡峁的地里刨活，让人暗自敬畏的，老人自始至终没有像个别懒汉一样，见人就哭穷，逢人就要扶贫，可自己懒得能把门槛当作烧火棍。

穷、苦，对于这些老者而言，是难以启齿的。只要吃饱穿暖，没病没灾，腰来腿来胳膊能动弹，家贫的羞丑轻易不言说。我不忍再言，沿着扁豆地畔转了几圈，心里酸酸的，想着怎样才能用镜头表现……

还有一畦地里，一大家子齐上阵，年轻的顶着烈日赶趟，年老的往一起码着麦垛，孩子们拉着耙子在地里耙拉着，有脑袋从麦垛里钻进去，忽又探出来，活脱脱一个儿时的我。

摄影是瞬间的艺术，它拍天地，拍自然，拍人，拍万物，拍的是眼里的风景，拍的是心中的美好，拍的是一份执着，拍的是一份感动。如此，生活的缝隙里，我总能偷偷出去和外拍相约。

山背后

有这么一则貌似笑话的真事：在梁峁纵横、沟壑丛生的新庄塬，有一回，下乡的干部迷了路，刚好遇到一位当地女老乡，裹着头巾，穿得烂，走得慢，干部问路时，捎带着问老乡的家在哪里，她指了指绵延起伏的山梁说："山背后！"不熟悉实情的干部，丈二的和尚摸不着头脑，返回后跟领导汇报："那个人好像瓜着哩，我问她家在哪里，她指了指一望无际的山说，山背后。"从此，山背后在当地有了形形色色的传说。

实际上，山背后确有其名，那个女老乡也没瓜着，正是地地道道的山背后人。

打小生在山里，长在山里，翻过山峦，登过山顶，也曾见过不多不少的山，爬过不高不低的山，有的高一点，有的低一些，有的瘦削，有的胖圆，有的陡峭，有的平缓……唯独新庄塬的山，朴素而温润，大方而别致，有的如哺乳期母亲的乳房，有的似刚出笼的馒头，有的又如五彩大地的琴键被时光弹起来，处处散发着与众不同的气息。

读一读、拜一拜、登一登、拍一拍这一方水土里的山，一直是我的夙愿，这些年，心志愈坚。山里娃爱山，是有一种莫可名状的情感在里面。

立在塬畔，极目四眺，你会被眼前的群山连绵所震撼：一座座手挽着手，一溜溜肩并着肩，一道道足蹬着地，一个个头顶着天，像极了一母所生的兄弟，高高低低地错落着，起起伏伏地绵延着、追逐着、跟撵着，或光着脚丫，或散着头发，又像巨蟒穿行，奔跑穿行在黄土高原。

日前，有幸跟随老武的脚步，陪着他这个新庄塬的游子，回了趟他的老家——山背后。驱车沿郭城驿西面盘旋而上，至塬顶再在杏林里穿行数十公里，从寺寨处下山，翻沟过涧，拐进豁岘，就到了山背后。

在刚要拐弯且前路有了分叉的村口，一块花岗岩巨石规整地映入眼帘，其上金色的"山背后"三字苍劲有力，像这连绵不断的众山，随性、随情，岿然不动地立站。至此，山背后才在自己心里有了大致的模样。

下了车，眼见三哥两口子汗流浃背地拾掇着老屋，他们也是带了孙子从县城归家不久。放下摄影器材，一面坐在台阶上的荫凉下喝了几杯三哥亲自泡来的浓茶，一面登上庭院东边的高房台，察看一番。

三哥家的后面不远处就是公场，堆积着大大小小的草垛，新的压着旧的，旧的盖着新的。茅屋前，一台废弃了的老碾子斜躺着，由性儿说着心事。墙角的荫凉处，聚了十来个人，又说又笑……原来那是拉网线的工人，正在帮他们连通通向外面世界的最后一公里。

一直走到没有前路的庄垴，我才发现，这里每户人家的庄前屋后，都有不大的一片菜园。花椒树、枣树上，绿油油的叶子在微风下尽情地舒展。几道菜畦，齐整地种着葱、韭、蒜、辣椒、茄子、西红柿，应有尽有。干净整齐的门庭里，一应农人的家伙什儿，都安放得妥帖有致，居家的贤良，一时间在斜阳下闪闪发亮。

我拧开一家的水龙头，洗了洗手，随手拔了一撮沙葱，那是老乡专意从山里移植到地埂上来的，辣酥酥的味道，一时间让童年的味道遍地升腾。

不远处的一个菜园里，一位老妈妈双膝跪地，看样子正在侍弄菜园，丝毫没有发觉到我的到来。我捕捉了一张照片，刚要转身，就见她突然抬头看见了我，赶忙颤巍巍地站起来，绕着田埂沿走过来，我即刻停住了脚步。

"走，到屋里走！你谁家娃？我现在没用了，干脆认不了人！"

老人耳背得厉害，几乎跟我吼着说，生怕我也听不见似的。她耳鬓间散落出来的几根银发随风飞舞，满脸的皱褶就像长在山里的老榆树，满是岁月留下的斑痕，横流的汗水布满每一道人生的沟槽。

不知道她的名姓，也不知道她的往昔，只知道她是山背后人，一个在缺吃少穿、遍地干旱、以土为命、视水如金年月里走过来的山背后人。

在这个如簸箕一般的人字湾的后垴，我点了根烟坐下来，一边环视四周，一边等待光影，久久的不曾起身。一撇一捺的人字湾里，住着大概七八十户人家，满目皆山的山背后人，连耕种的土地都不怎么宽裕。写在纸上的"山大沟深"，在这里我似乎又有了别样的理解。就是这个簸箕般的大山臂弯里，簸出了诸多圆润饱满的学子颗粒，状元故里、博士之乡的美誉只有在这里升华得更有意义。

一刹那，我的脑海里浮现出一个熟悉的影子：一位田地里劳动累了的老乡，腾出两只臂膀来，在脚下的土地里，用布满老茧的手，不多时，便翻腾出两把柴草来！

活下去！

必须活下去！

后来的实践证明，山背后人不仅活下来了，而且他们也走了出去。

回到屋里时，后到一步的老武和李哥，早已等候多时，他俩宽大结实的手掌捏得我生疼生疼。早有三哥从老先人手里传下来的红土窖里吊上水来，盛满脸盆，大家洗漱一番，瞬时凉爽了许多。

喝了点水，歇缓片刻，我们三人便步行去文化广场，路畔的豌豆已经结出豆角来，长长地甩着身子，摇晃着……

在豆角地里，我专门给"不容易"的这俩人合了影。就在我做调试准备的时候，他俩在地里为了站位的高低争论着，爽朗的笑声回旋在山涧里，是那么有力，那么瓷实，那么嘹亮。

"归去来兮"亭，一脸守望地立在路口，像呼唤孩儿吃饭的母亲，像等待晚归儿女的父亲，把守望和疼爱硬是活成了一种生命的姿势。老武说，小时候，每逢学校放学、放假或者过年，老人们便在此处专门为儿孙们守候，是他们用咳嗽声驱赶蒙在孩子心头的最后一缕黑暗和胆怯。那站了一辈又一辈的人桩，至今在他记忆深处萦绕，遂催生了他建此亭。

"归去来兮，田园将芜胡不归……"东晋田园诗人陶渊明在《归去来兮辞·并序》的人生感怀赫然在目。不用说，老武立此亭，不仅仅是为了风景，而是将深深的乡愁和超然心境蕴藏其中。

人生总要有一寸土地，用来承载记忆、留住乡愁，毋庸置疑，故土就是安置灵魂最好的栖息地。年少时想撇弃，长大了却想回来的是故土；脚下踩过无数次，梦里萦绕无数回的还是故土。一堵不言不语的黄土墙，一条弯弯曲曲的羊肠路，一棵拧着身子的参天树，一片绕过山梁的山坡地，一个供人出进的豁岘口，都是无声的低吟，归去来兮亭看在眼里，记在心里。

如今，土地荒芜了，守护他们的人下不了地了，走不动路了，眼花了，耳背了，腰不灵便了，腿不利索了，游子们为何还不回来？

李哥开玩笑说："山背后何也？"老武一本正经地回答："山背后山也，前也是山，后也是山，怀里抱的是山，背上背的是山，左手揽的是山，右手握的还是山，报恩寺三面临涧，博士乡传为美谈。"

在文化广场，一场陪伴式的聆听和讲解，徐徐拉开帷幕……在三面临涧的龙头上，有山名曰"文龙山"，有寺名曰"报恩寺"，外加上新修的戏台、图书室、博士墙、碑廊、望归亭等人文景观，对于我这个文化爱好者而言，满是震撼和感动。

"黄金非宝书为宝，万事皆空善不空。""忠厚传家久，诗书继世长。""一等人忠臣孝子，两件事读书耕田。""勤为本深耕山后千亩地，书有路翻越领前万重山。""人文新庄塬，魅力山背后。"一块一块刻满人生教化的书法石碑，挨齐儿排布着，在晚霞的映衬下闪着金光。

返回的路上，突然遇上了太阳雨，晴朗朗的天，凉润润的雨，是巧合，还是奇迹？可无论是什么，都是难得一见的奇观。

眼要亮，心更得亮，亮不了的那些，老武硬是用执着和不容易把它擦亮。随着精准扶贫政策的实施，全国各地贫困地区相继实现了脱贫。跟"两不愁、三保障"一样，乡村舞台的建设也是衡量地方脱贫的一项重要指标。可山背后的乡村舞台，跟别处的大不一样。

一是这片小天地里承载的价值不一样，它的文化内涵、社会效益是一般地方文化场地所不具备的。二是这片小天地是老武在退休之后，利用自己的人脉关系，联合志同道合的文朋诗友筹措资金单独为自己的老家所建。三是这片紧靠报恩寺而建的小天地，是重塑信仰、净化心灵、崇文尚德的最佳选择地。

不仅是骨头，连肉老武都弄好了，专门写就了《山背后赋》，发表在《甘肃日报》，老武是真用了心、动了情的。多年不曾动笔的他，那种老道的文风、深厚的功底、敏捷的才思，自是让人折服不已。

晚饭是照看孙子的三嫂子刁空做的凉面，几个炒菜上桌，几杯热酒下肚，话稠、面长、汤香，关于筹建的过去、现在和将来，关于曾经的酸辛、眼下的难题都一一讲了出来……

因为要举行"甘肃省新时代乡村阅读季"启动仪式，前期的所有准备工作，都得从他们手里过。从装裱字画到制作请柬，俩人还真是费了些心思，包括暂居城里的三哥，来来回回地被老武使唤，还不时地挨批评、受气。大到数吨的花岗岩，小到一根钉子，都得有人去操心、去落实。为了公益，为了大家的事，他们的这种无私付出，无疑是值得肯定的。

是夜，我一屁股瘫坐在院子里，对着三哥的高房，拍摄了浩瀚的星空。夜色渐浓，繁星一眨眼，便有了众多的微笑，酒泛了上来，我压回去，硬是拍了一张山背后的夜景，为山背后，为这一份难得的人生情义，也为这些乡村文化的建设者。

要记住乡愁，首先得留住乡愁。热心的李哥，叶落归根的老武，都属于乡村振兴路上的先行者。故土情深。故乡，用笔尖划开了，就是一份回不去的挽留。乡愁，那是岁月酿制的原浆牌老酒，喝一口，话到嘴边，又咽回心头。

相约小康楼

直到天擦黑，我们才裹着一身的疲惫，迈进克成家的大门，又是一个混天地黑。在克成家老院子的一旁，新修的小康楼，刚好衬着最后的一点夕阳余晖，闪闪发亮。与小康楼一起发亮的，还有克成孝敬父母金子般的心。独具风格、格外抢眼的小康楼，竖立在广袤的山塬上，不仅别致、高端，且很有气派、上档次。我们像从乡下突然冒出的穷亲戚，钻进了城市的小洋楼，一时间感慨万千。

克成的父亲张叔跟大掌柜是同学，都已年过花甲，性格腼腆，不善表达。张叔说，他们俩打小就这样，后来，大掌柜人家变了，他没有变过来。

这场相约，不仅是老同学老情谊的续写，更饱含着大掌柜对老同学新居的祝贺。一条有讲究的红围巾，恰如其分地围在进门的显眼位置，不大不小，不长不短，刚刚好。礼轻情意重，张叔高兴得两眼眯成缝。

客厅、餐厅设在一楼，一南一北，遥相呼应。对面的电视墙，高大，蔚蓝，像大海那般浩瀚，图案的拐角处，一群鸟儿掠翅飞过。二三楼均有卧室、书房、卫生间。三楼楼顶是凉亭，立在凉亭，远处的山峦、沟壑、蓝天、白云，近处的人家、田野、土地、树木，皆在眼底。有人在大门口出进徘徊，有羊儿自在地迈着归圈的脚步。

在屋里，克成的父母，忙出忙进地张罗着。饭是便饭，扁豆疙瘩，我和大掌柜、小余每人三碗；酒是好酒，喝得恰到好处。可惜了一碟鸡爪，全被李院长一个人干掉了。克成的一对老人，朴实的脚步，言缓的性格，深邃的眼神，还有流出来的略带羞涩的笑容，都与这高规格、高格调的小康楼有点反衬。不知怎的，我内心反倒翻腾起一点察觉不到且说不出来的感受来。是不是没了父亲的我，遇见每个父亲一般的男人，觉得都像自己的父亲？

清晨，洗完脸，我悄悄地溜出门来，伴着栅栏一格一格的闲散光阴，沿着干净、整洁的院子小径，边走边看，边看边听，边听边想。朝阳初升，东方的天空泛出一层亮比一层的红晕来。远处，群山不语，沟坎不言。晨曦中，只有大自然泡了一夜的心事渐次裸露。

近处，早有赶早的农人，男人在前犁地，女人在后撒种，俩人大话扬天地套着一对牲口，犁出好大一溜儿。下地畔，新散开的粪堆，密密麻麻得像土地的儿女，手挽着手，肩并着肩，挨挨挤挤，也加入了闹春的队伍。长地头，少回牲口。赶早，人和牲口都轻松。这些犁地的诀窍，我上初中那会儿就知晓。

稍远处，姑姑等（斑鸠），等姑姑，长一声，短一声，尾巴一翘一翘的，身子一扭一扭的，站在电线上呼唤整个春天。最熟悉的还是麻雀，扑棱棱，飞几只，或依着树枝，分布得散一些，或抓着电线，晃着脑袋叽叽喳喳地鸣叫着。

再远处，山谷里的树林里，不知名的鸟儿，不知名的叫声。有一种，老半天一声，有一种，一声老半天，清脆，嘹亮，婉转，叫得人心头直痒痒。那啄木鸟不甘示弱，不知道在哪棵树上，长嘴敲得老树干当当地响。谁家圈里的绵羊，一声高过一声地叫唤着，声音里夹杂着急不可耐。又是谁家的大公鸡，脖子一仰，吼出一声长长的春来。

这大自然的天籁之声，可把狗急坏了，拖着长长的铁绳，转过去，绕过来。间或，狗汪汪两声，惊得刚落到地畔的鸽子，连拍着翅膀低低地划过地面，翅膀一缩，一个翻身，钻进沟涧里不见了踪影。那身着秀丽衣服的锦鸡，高昂着头颅，踱着脚步，走走停停，全然不把人放在眼里。

班车在公路上一声长鸣，那些想出去、要出去的山里人，从各个路口晃悠聚集到路畔来，等待搭乘。说不出的安逸，听不尽的闲散，一晃，时光的脚步慢了，灵魂的栖息静了。

柳树换了新装，一枝一枝地垂下身来，迎风摇曳，像要把春的喜讯，尽早地传给沟里岔里的一草一木。桃花开了，在这一湾冒出一片来，在那一坡开出几溜儿去，粉嘟嘟的，着实惹人喜爱。在老家，桃花大概是最早感知春暖的花了。杏树枝头的花蕾一嘟噜一嘟噜的，孕育着无尽的想象和希望。那一枝丫一枝丫对一季的向往，随着春天越来越深的脚步，头颅愈来愈重。还有那白杨树，老早地竖起毛茸茸的耳朵，侧耳聆听春风的脚步。唯有那榆树、果树、梨树，似要用最持久的忍耐，酿出今年的甘甜来，慢腾腾的，懒洋洋的。

"噢——回！"随着地头农人一声悠长的回牲口声，我才知道，自己的脚步已经走得有些远了，遂一面回转身子，朝屋里走去。小康楼里，横七竖八地躺着几个灵魂相似、志趣相投的人，为这一份难得的相约，自己何不请他们出来，听一听这大自然的交响曲？我赶紧加紧了春天里的脚步，为这一份难得的相约。

杨崖集走笔

人生第一回造访甘肃会宁南部乡镇，就遇见了杨崖集。感恩的是，由于工作的需要，让我才得以与这片神秘、美丽的土地相逢。在此之前，只是从高中同学的口中知晓，麦子里还有越过冬天的，老乡们把它叫冬麦，算是颠覆了我有限的认知。青青麦苗在冬天的景象，那是怎么也想不出的。

我数度踏上这片土地，甚至有些偏爱和喜欢，多半是由于水的缘故。那水从地下渗出，源源不断、汩汩汩地往外流，不仅属于长流水，而且还能直接饮用。对我这个小时候一直缺水的山里娃而言，无疑是充满了莫大的诱惑的。后来，因为摄影爱好，也逐渐跑得频繁了些。会宁的地理从大山川泾渭一分明，那山就变了形，水就转了向。那些东去的流水，一路流淌，一路汇集，径直朝渭河而去。

杨崖集，仅从字面看，杨应该与姓氏有关，崖应该与陡峭有关，集应该与热闹有关。准确地说，杨崖集位于一个大峡谷之中，这峡谷是华家岭和大山岭相对峙而形成的。峡谷内，有河穿怀而过，像杨崖集的脐带，因了河水轰鸣有声，被人亲切地称作响河。有路从四面交汇，似有好几条巨龙长伸着脖子在此饮水。

山因水而方显灵气，水因石而百折流回。在杨崖集，山有山姿，或一山跟一山在追撵，或一山跟一山正绵延。那山又像无数个逗号，拖着长长的尾巴，这儿尾巴一甩，扫出一湾，住着几户人家，那儿尾巴一甩，扫出一坎，盖着几间瓦舍。山顶上有土堡，多半是战乱年间用以躲避匪患的历史遗迹，张着大口，像在跟天空诉说着什么。山坡上，依据山形走向，陡峭处，生长着各种各样的野生植物，知名的，不知名的，有些是食材，更多的是药材；平缓处，全是开垦出来的一溜一溜的梯田，那不正是人生弯曲的另一种表达吗？山脚下，就是流水途经的地方，大一点的是河，小一点的叫溪。河靠溪而有了滋养，溪因河而有了名姓。那郁郁葱葱的小峡谷内，尽是无数泉水流淌的痕迹，像一片树叶的无数个筋脉，最后都汇集到主干上。那水波光粼粼，晶莹剔透，在阳光下闪着许多道金光，山向高处挺拔，水向低处流淌，山水相依的遥相呼应，不外乎如是。

春天，若是沿着峡谷往深处走，满山遍野的野花，铆足了劲儿怒放生命，在谷畔、在山涧、在坡洼、在河滩，一朵一朵，一丛一丛，一溜一溜，开得起起伏伏，开得旁若无人。白的、紫的、红的、黄的、蓝的、橙的，那一色一色的花儿，在茂密的草丛里跳跃着，盛开着，一股风吹过，满峡谷弥漫的，皆是那沁人的花香。那一湾一湾的左公柳，摇曳着纯粹的绿，像相处甚好的乡邻，相互间容让着，依靠着，比对着，谈笑着。那一坡一坡的老杏树，开白色的是一种，开粉色的也是一种，开红色的还是一种，一个个竞相绽放。连那鸟鸣也是一谷一谷的，听，谁的声儿这么嘹亮？再听，谁的歌喉如此宽广？又是谁把春天的嗓子润了润，立马引来了此消彼长的回应？

沿着峡谷再往里，眼看着没有了前路，一转弯，眼前却是一地的冬麦苗，绿油油、齐刷刷的，一齐儿朝我们招手。"山重水复无疑路，柳暗花明又一村。"麦田的尽头，一只锦鸡机警地伸长了脖颈眺望，不一会儿，又出来了两只，一公一母，各自摇晃着脑袋。那公的抖擞着华丽的羽毛，咯咯咯地叫了几声，似在责备突如其来的我们闯进了它们的领地。

正当城市燥热得人无处可藏时，在杨崖集，却正是绿盖如荫、凉风习习的好时节。蹚过响河，随便找一处草地，坐下来，或者径直躺下来，听那响河奔腾的脚步，看那树荫下回草的牛羊，闻那百草散发的异香……几个待不住的孩子追逐着跑到水边，不一会儿，一个个泥脚泥手的，嬉笑着叫嚷着要去抓鱼。再远处，一对对情侣一会儿相互依偎着坐下来诉说情话，蓝天羞坏了，赶紧抓过一朵白云，遮住了眼睛。

豌扁豆熟了，麦子熟了，玉米高过人了，糜谷长成垄了。蓝盈盈的胡麻遍地开花，白花花的土豆花枝头高挂，大地有了色彩，田野有了线条，似要赶着时间点缀这广袤的杨集大地。它们似乎知道，现在若再不灿烂一季，等下半季，就全是中药材的天下。这不，黄芪的枝头上，已经泛出星星点点的黄来。也不知道哪天，属于夏收的日子，就布满了山川田野、乡间小道。那早已磨好的刀镰，从房屋的高处取下来，明晃晃地开始靠近麦芒。光阴殷实的人家，收割机进地，不一会儿，只留下遍地麦茬。

若是峡谷里走累了，坐在滚烫的"大乌龟"石背上，享受免费阳光的洗浴，脱去鞋袜，一双脚伸进水里，感知流水的速度，你会对孔老先生的"逝者如斯夫"心生更切身的理解。那水滑滑的、绵绵的，不冷不热刚刚好。若不是时间有限，伸进去的脚丫，真不想再抬起来。洗涤脚丫的同时，也洗涤久已蒙尘的心灵。

到了秋天，最先感知秋意的是那遍地黄花的黄芪，前一天一场秋雨，次一天一场大雾，那开得黄澄澄的黄芪，便掩映在如丝如带的缥缈中。此时站立山头，不由让人想起老贾的《寻隐者不遇》："松下问童子，言师采药去。只在此山中，云深不知处。"

秋再往深走一步，你看，那山坡上的高粱红了脸膛，梯田里的糜谷弯了腰背，山洼里的荞麦黑了头颅，下川里的土豆蔫了枝蔓。面对一场秋实，庄稼要按时节收割，药材要到地点交付，那种地的老乡啊，双腿迈得更快了，胳膊甩得更紧了。当一年的辛苦只等一场收割的时候，他们的心意儿更满福了，人更踏实了。

从秋风的号子响起的那天开始，山野就心急火燎的。路畔的白杨，不知什么时候，已披满一身金黄。山洼上的杏林，红的多一些，黄的少一点。院埂边的果树，红里裹着黄，黄里含着绿，迟迟不肯撒开父母的手。谷底的左公柳，换下一身的嫩绿，打发叶子亲吻脚下的土地。黄芪、党参、甘草、芍药、当归、地黄、白蒿、百里香、车前草不甘示弱，总要给用辛苦打理自己的庄稼人一份交代。那肥硕的根脉，那宽厚的茎叶，无论粗细长短分量几何，都浸透着一季力尽汗干的生长。

冬天，万物归仓。屋里煨着烧炕，堂下生就炉火，满屋溢满罐罐茶的清香，一年光景的大账，掐两把指头也能算上几样。屋外，若是发酵一场冷热交替的霜冻，杨崖集的冬天，时不时就会有雾凇奇观光顾。那雾凇压枝，一时间草木全都敞开了自己的心扉，亮出了沉甸甸的心事。那些平时不被人注意的万物，全都有了各式各样的形状：有一齐儿朝着一个方向看齐的，有正襟危坐的，也有斜探着身子的，也有相互拥抱的。要是天降大雪，那遍地皆白的大雪，落在山野、田埂、屋顶、院墙、草垛、河谷、柴擦，就是大自然画家最生动的描摹，一场诗与画、画与诗的演绎，总能留住不少摄影人的脚步。

过了冬至，那无数条山涧里的流水，一天天全都被冻成冰瀑，悬挂于峡谷两边，流水的线条，时光的流逝，仿佛一下子都被点穴了。顺着水流的方向，一条乳白色的水流带子，一直通向陇西川乐楼，这个始建于明洪武二年（1369 年）的独特建筑，既见证了悠悠历史的沧桑巨变，又镌刻了时代的红色印记。

这里的一山一水，一河一谷，一砖一瓦，一草一木，一人一物，都流露着滚滚历史的气息，浸润着时代车轮的痕迹。那些在时光缝隙里闪烁其间的记忆，有些被大雪覆盖了，有些被岁月掩埋了，有些被发展淘汰了，有些被后人淡忘了，但有一种乡音被留了下来，那就是皮影，那就是秦腔。年前节下，农闲时月，忙碌的空隙里吼上几句，苦累的人生遂有了别样的意义。

年关将近，杨集的孩子要回来了，从青江驿翻过河，从水头豁岘下了梁，那些大大小小、形形色色的村口啊，像母亲一直等待的身影，岿然不动。老槐树摆了摆干枯的枝条，落下几枝来，打疼了回家的脚印。老酸刺上停落着一阵鸟雀，见有故人来，扑腾腾直飞。

杨崖集有的是神湫、神谷、神水、神药、神龟、这份神里饱含着杨崖集人对幸福生活的美好祈愿，也浸透着杨崖集人与穷困对决，与时代接壤，艰苦奋斗，不甘人后的心路历程。在这个历程中，他们学会了与自然相处，与邻人相处，与灵魂相处，与自己相处。

指缝里的剪纸人生

"蛇盘兔，必定富。猴骑牛，地流油；猴骑羊，比人强。蛙捧钱，丰收年……"记忆深处，总有一段这样耳熟能详的歌谣，从泥脚面手的窑洞里地飘出来。随意在陇中大地走一走，就能遇上这样的场景：一户人家，一间瓦舍，一铺热炕，一捧炉火，一扇格窗；田间横着野径，山坡撒满牛羊，炊烟袅袅，秦声缕缕；野菊遍地，鸟语啁啾，岁月窄窄浅浅，日子不紧不慢。满头银发的老奶奶，盘盘腿坐在炕旮旯里，一边眉开眼笑地剜剪，一边慢慢腾腾地歌吟………

这是岁月深处紧光阴里的慢人生。

崇文修德、耕读传家的会宁人就是这样一路走来的，跨过沟涧，走出河谷，步上山坡，登临梁顶………

这是一方被鲜血浸染过、被文明滋养过的土地，其向北三十余公里的甘沟驿镇，因独有的地理位置、地方色彩、人文气息和艺术魅力，成为汇聚弯弯祖厉河的一条重要小溪，也因指缝里的剪纸人生而小有盛名。

"百鸟唤春"江山无限如画卷，"三阳开泰"岁月温婉秋半浓。它就是会宁剪纸。

要提及会宁剪纸，不能不提甘沟驿，要提甘沟驿，不能不说两个人，那就是曹秀英和田俊堂。

老艺人曹秀英

由于工作关系，我第一次见到的曹秀英，可能是从家里风尘仆仆地赶来参加会议或者活动的。她身子佝偻着，腿脚不便，走路身子一直前倾着，脊背上似背着一张大弓，像随时要把自己射出去似的，这份弯曲里饱含了她人生所有的历练与磨难。第二次，因为写生，我们一行人采风到她家，专程拜访了这位年过古稀的艺术家。

曹秀英家住甘沟驿镇河西坡村锦鸡岇社。见到她时，她正匆匆从地里赶回来，一转身就给我们掏腾自己的烟酒，端水、熬茶，出出进进，背着一张大弓，额头沁着汗水，怎么看都让人有些心疼，同行的年轻人赶紧接过手中的活计来帮忙。

因为熟，我一面"欺负"老者，把好烟好酒尽管拿出来，一面径自不客气地拧开已经打开过的酒瓶，斟满了，与同行的晓春、王诚整了几盅……

几杯热酒下肚，话就有些稠了，说起她的剪纸人生，满脸皱褶的老人家满眼含笑地说："过日子还要从难行处说起，小时候无钱买纸，犯下难行着哩！好过了，老了，眼花耳背心不聪……"

除了坐在炕头上、场院内、窗格下、地埂边剜剪，很难想象出她是一个地道的农民剪纸艺人，也很难把她与国家级非物质文化遗产代表性项目名录会宁剪纸省级非遗传承人、白银市民间艺术大师联系在一起。

曹秀英出生在定西市安定区西巩驿镇曹家河畔村，跟会宁鸡儿嘴交连地畔。那会儿，会宁尚属于定西地区。因为穷，因为喜欢，因为着迷，她总能背过父母，把人生的空闲时光积攒下来，从耍社火用的花纸里节省一点出来，然后在隆隆石磨的响声中，一边推搡着磨担，一边剜剪着剪纸。

平日里，趁大人关顾不到，她时不时从母亲那里偷来剪刀和贵重的纸，躲在角落里剪着玩。作为母亲的一点念想，她的箱柜里至今存放着老母亲的剪刀。一只鸟飞过来，在她眼前落下来，晃了晃脑袋，忽然拍了拍翅膀飞走了。一只猫靠着墙根走过来，朝她望了望，转身离开了。她把它们都记在心里、画在纸上。她的母亲王种英，算得上当地的一把好手，茶饭、针线、剪纸样样在行。窗花、板牙子、鸡猫狗、龙鼠猴，一个个栩栩如生地从母亲手中剪了出来。心灵手巧的曹秀英全部看在眼里，记在心上。谁也不曾想到，所有这些，都成了她日后随心所欲创作的力量源泉。

腊月冬藏时节里农村人常要推磨，因为在磨坊里偷着剪纸，曹秀英没少挨母亲的笤帚把。奔十七上被人迎娶过门，推土方，平梯田，加上田间地头、锅头案前的劳作，生活硬是把一个乡间少女磨成了腰疼腿跛的老太婆。岁月何曾饶过人，时光可曾饶过谁？曹秀英更如是。与此同时，磨堂里、炕旮旯、场埂边的刁空剜剪，也为她苦累、贫苦的人生增色了不少。正是这些看不见的点滴时光，把剪纸和她捆扎到了一起。后来，结婚生子、相夫教子，曹秀英以常人难以想象的坚韧和顽强，将日子过得有模有样。

20 世纪 70 年代后期，很多女人挤时间熏样剪纸，以贴窗花、贴板牙、扎灯笼为一年一度的春节增色添彩。千里马常有，伯乐不常有。时任甘沟驿镇文化站站长张效礼注意到了这一细节，并发现当地不少人有剪纸功底，遂积极搭建平台，鼓励推送。

家庭联产承包责任制实行后，曹秀英依然选择离开家乡去县城谋生。一时间个人天地大了，凭着自己的手艺，能谋得一口饭吃。在会宁县城，她特意租房，一边供老大读书，一边经营起了纸火铺。孩子考到外地后，她便撤回老家。说起撤回老家，老人家至今有些后悔。

"不回来，我早在县城买了房。"

儿女们长大后，为了帮衬兄弟姊妹们照顾老人，在娘家门口，曹秀英一待就是六年。2017 年，享年 98 岁的母亲去世了。老妈妈走了，在老妈妈跟前端茶递水、端屎倒尿、床前案头伺候的曹秀英，了却了人生一桩心事，也尽了为人子女的孝道。

说起感恩，老人家至今念及的有三人：一是刚开始爱上剪纸那会儿，在人生地不熟的会宁县城，有个头寨镇的田老师，见她一个人在外过得不容易，忙得顾不上端饭碗，常把她叫去在他那里吃饭。田老师的好人好心肠，老人至今感念。

二是时任甘沟驿乡文化站站长张效礼。正是因为张效礼的大力支持和积极推荐，甘沟驿乡才走出了包括她在内的一大批剪纸艺人、剪纸能人，并多次在国家和省级平台上崭露头角，斩获大奖。由于办社火、搞剪纸等文化活动有声有色，张效礼成为会宁县首批转正的四个文化站站长之一。没有张效礼的热心牵头和组织，她也很难把平日看起来不显眼的手艺，跟艺术联系在一起。

三是文化馆馆长雷永珍。正是雷永珍同志的不断督促、细心关照和大力提携，才有了她后来艺术道路上的长足发展。

"我人生的第一张奖状是 20 世纪 70 年代由会宁县文化馆颁发的，作品是《鸳鸯荷花》和《孔雀戏牡丹》。"老人谈起它，仍激动不已。实际上，由于工作的缘故，我还知道，1989 年，老人家的剪纸作品《鱼戏莲》等入选了第二届中国艺术节民间美术展览，可为什么她偏偏对这份奖状情有独钟、念念不忘呢？

母亲去世后，曹秀英才回到河西坡村安心居住。丈夫跟老庄的小儿子一起生活。在儿子们的帮衬下，她也在新农村安置点谋得一块地来，将小家拾掇得窗明几净，不失为一处养老度日的好去处。

搬入新居后，儿子掏腰包为她贡献购置了一套实木家具，明油油，光亮亮，阔气得很。这些家具十万过一些，对这些年里一直买着吃喝的曹秀英来讲，打心里疼惜。她知道，这些钱都是儿子从牙缝里挤出来的。

回来的路上，一只锦鸡闪着满身的光亮，摇头晃脑，摇摆着身子从地埂边径直走出来。环视一周后，它边啄理自己的一身羽毛，边咕咕咕地呼朋唤友。在新农村的小巷子尽头，老艺人曹秀英远远地还在朝我们挥手……

在长期的创作实践中，曹秀英逐渐形成了自己独特的风格，并成为会宁剪纸艺术的领头人。她剪刀下的作品，立意新颖，刀功细致，主题鲜明，既有很高的艺术价值，有又独特的艺术风格。正因为其出色的艺术表现，曹秀英被选定为国家级非遗项目"会宁剪纸"省级传承人，并先后被会宁县第一中学、会宁县第二中学等多所学校聘请为剪纸社团客座教授。

苦汉子田俊堂

田俊堂，1965 年生人。甘沟驿镇田坪村南坪社人。奶奶是当地有名的剪纸老艺人，良好的家庭熏陶，肥沃的艺术土壤，萌发了田俊堂艺术的种子。纸火、窗花、风签、板牙子、印门神，这些样式里都有着剪纸最初的模样。从祖上传承到母亲继承，再到自己发扬，一代代"剪"耕不辍。后来得遇会宁剪纸传承人曹秀英，因他聪慧灵性，深得曹秀英喜爱，被其破格收为弟子。

老田是苦日子里滚出来的苦汉子。10 岁时，他还精身子、光屁股地到处跑，11 岁开始就当掌柜，12 岁开始学剪纸。1990 年，老父亲过世后，他又忙着给兄弟成家、分家。迫于一家人的生计，他先后掌握了做饭、整骨、剪纸、养牛等诸多持家手艺。

父亲看不见东西，母亲不会说话，这样家庭里的田俊堂，肩头扛负和心里承载的压力有多大，可想而知。

熟悉每一寸地方，兼顾每一个角落。老田的人生跟戏一样。

老田膝下两个孩子，一男一女，一个因家境贫穷，无力拉扯，1990 年就送于亲戚家抚养。他人生的第一张奖状，乃是甘沟驿乡政府发的，直至文化部的奖状亲吻他的额头。一路走来，他的人生遍是曲折、辛酸和难肠，可以说是喝着八两粮，要饭、舔碗长大的。

如今的老田自个儿养了 23 头牛，13 头大牛，10 头牛娃。种地，连包带种 30 亩，成为当地的养殖大户。老田说，动起铡草机铡草，一铡就是半月，仅各种混合牲口草料，一天就需上百斤。拉一车粪下地，装一车草回家，车没有空过，人没有闲过，土地没有荒芜过。来回奔跑的人生，总能装满沉甸甸的梦想。牛草先是从自家地里开始拉运，后来到别家地里以粪换草，倒一车牛粪，换一车玉米秸秆，以草养牛，以粪养田，循环利用。老黄牛似的老田，总能把生活拿捏得恰到好处，把日子过活得滋润而又瓷实。

2017年，田俊堂被评为省级非遗传承人，多年的手艺，被政府部门认可并领取传承经费时，田俊堂的心是雀跃的、鼓舞的、激动的，也是欢欣的。若按农历计算，当年被他戏称为人生四喜临门。一是迎娶了儿媳妇，二是孙子满月，三是老娘刚好八十大寿（且和孙子满月在同一天），四是自己被评为会宁剪纸省级传承人。田俊堂的眉宇间，洋溢着兴奋和自豪，脚底下垫足了使不完的劲儿。

生活里的田俊堂，还是一个大孝子。用他自己的话说，就是在瓦碴刮沟子的穷年困月里，还要拉扯弟妹、替父亲为奶奶养老送终、帮衬本家有困难的亲戚等。

老田心善、嘴碎，为人仗义，头脑活泛，心灵手巧。有憨厚、朴实作支撑，他硬是把细碎的光阴，拼成了一张人生完整的拼图，田俊堂就在这张满是皱褶的拼图上，用自己的汗水浇灌、剜剪着心中的理想之花。一时间，日子好了，时光慢了，岁月的窑洞里，堆放了许多色彩鲜艳、分量可观的人生记忆。闲下来的时候，老田站在地边边上，吼两句秦腔或民歌，人生的苦难酸辛、甜蜜幸福遂有了波浪般的色彩。

2004年4月，他的剪纸艺术入选《中国民间艺术之乡概览》一书。

2018年9月，作品《双凤朝阳》获第六届"神州风韵"全国剪纸邀请赛优秀奖。

2019年7月，他的剪纸作品《富贵有余》参加甘肃省文联、甘肃省民间艺术家协会主办的"小康梦想·首届甘肃剪纸艺术大展"，并获得一致好评。

不仅仅是田坪，整个甘沟驿镇，剪纸氛围浓厚。除曹秀英和田俊堂两位传承人外，先后涌现出刘女子、曹玉英、张玉英、刘芝兰、刘孝荣（男）、张江玉、王维国（男）、张江玉、李玉莲、吕淑莲、岳桂芳、张晓霞等众多剪纸爱好者。

1996年、2008年，会宁县甘沟驿乡两度被文化部命名为"中国民间文化艺术（民间剪纸）之乡"。2013年，会宁县文化馆被甘肃省文化厅授予"甘肃省非遗保护传承工作先进集体"荣誉称号。

是改革开放，让这方土地上的剪纸，从众多民间艺术中脱颖而出，特别是 1985 年 7 月，会宁剪纸艺人曹秀英的剪纸作品，在民族文化宫举办的"甘肃民间窗花展览"中展出并被收藏，彻底拉开了会宁剪纸走出去的时代大幕，并一发而不可收。仅从 1985 年到 1989 年短短五年间，就有曹秀英、田俊堂、张晓霞、刘水兰、王维国为代表的会宁剪纸艺人的 11 幅作品，在北京民族文化宫展出并被收藏，60 多幅作品在"第二届中国艺术节民间美术展"中展出并被收藏。1994 年《民间玩具》等作品在"第四届中国艺术节甘肃民俗展览"中展出并被收藏。

2004 年 5 月，在省群众艺术馆举办的全省"民间剪纸刺绣艺术展览"中，曹秀英、田俊堂、吕淑莲、岳桂芳等人创作的 22 幅剪纸作品被展出，分别获一、二、三等奖。

今天，曹秀英、田俊堂早已成了会宁县文化馆的常客，时常在县文化馆的组织下，穿行于学校、军营、社区，开展各类剪纸"三进"（进学校、进军营、进社区）活动。先后举办各类剪纸主题活动 80 余场次，培训幼儿教师 500 余人次，培训青少年学生 2000 余名。

近年来，会宁剪纸接受了白银电视台、甘肃电视台、中国文联摄影艺术中心采风团、中央电视台音乐频道、中央广播电视总台《点赞新时代》会宁非遗文化微专题拍摄小组等多家新闻媒体的采访。再加上《会宁历史文化丛书·会宁剪纸》《指尖上的国粹》等非遗专著的结集出版，极大地推动了会宁县剪纸艺术的发展，这一切，无不与当时甘沟驿重镇的剪纸起步息息相关。

会宁剪纸，是以剪刀或刻刀为工具，以纸为加工对象，以情感世界、生存状态、艺术追求、民俗风情为反映对象，进行艺术创造的民间传统美术。它取材简易，题材多样，内容丰富，寓意深刻，造型独特，风格迥异，是挖掘、研究会宁民俗风情和本土文化的重要载体。无论是生产生活，还是人生礼仪；不管是节庆喜事，还是居家装饰，均有兼顾。从飞禽走兽到民俗风情，再到历史人物、红色印记，各有涉猎，但无一不承载着人们对美好未来的无限憧憬，无一不表达了人民对幸福生活的美好祈愿，无一不折射了人们对历史英雄人物的崇高敬仰。

阴阳结合，虚实相间，粗中有细，以小见大。浓烈的生活气息，多元的时代色彩。完美的构图，饱满的画面。极具空间的生命想象力，极富艺术的时代创作力，这就是今天的会宁剪纸。这朵新时代格窗里的窗花，正以其独有的气韵成为讲述会宁故事的有效载体和媒介。

这些色彩各异、形式多样的剪纸，不单是用来烘托气氛、营造氛围的首选饰品，更是寄托情思、和谐邻里关系的有效媒介。一幅注重镂刻的剪纸作品，既包含着剪纸艺人的单纯、善良、淳朴的美好秉性，也浸透着他们敢爱敢恨、重情重义、理性、包容、坚强、感恩的高贵品质。

会宁剪纸通过历史上无数次不同文化的糅合与交融，逐步形成了自己鲜明的地方特色。它集粗犷与细腻于一身，融众家所长于一体，成为反映地方风土人情和精神信仰的一种文化符号。千百年来，历经艺人代代继承，在民间得以广泛流传。

在会宁，每到农闲时节，兄弟叔侄熬茶点烟议庄稼，姑婆妯娌纳鞋底剪花样拉家常。内心丰盈的庄户人家，每逢过年，家家户户都要贴窗花、扎灯笼、剪蜡花。或三个一搭，或五个一伙，从年长日久的临摹，到若有所思的自创，最后到独自创作的随心所欲，都是从炕头上、窗格下、场院内、地埂边熬出来的。大年三十，皑皑白雪地，盈盈窗花情，一年的年味浓了，数载的辛苦淡了，咯咯盈盈的笑声一时间划破遥远的天际……

会宁剪纸是会宁非遗文明的重要缩影和杰出代表，是世代会宁人民充满才情的创造。2007 年，会宁剪纸被列入甘肃省非物质文化遗产保护名录；2011 年，会宁剪纸被列入第三批国家级非物质文化遗产保护名录；2018 年会宁剪纸被列入文化部中国传统工艺振兴项目，现有国家级非遗项目省级传承人 3 人，传习所 2 个，民间剪纸艺人 500 余名。

如今，有了"民间文化艺术之乡"美名的甘沟驿镇，正从容地迈步在新时代的大道上，成为构建文化强县的光彩亮点，成为丝绸之路经济带上一朵绚丽的奇葩。愿会宁剪纸这朵非遗园林里的奇葩，在会宁这方沃土上代代相传，生生不息，愿会宁剪纸人指缝里的光阴更加流畅而滋润，也愿这门指尖上的艺术更加美丽而动容。

戏里戏外皆人生

一

我该蘸着怎样的深情用笔触写下这段文字，一切尚未可知。"一声遮百丑。""三唱不如一像。""台上十分钟，台下十年功。""救场如救火。""宁穿烂，不穿乱。""说到世上，做到戏上。""戏比天大。"所有这些力透纸背的古训，让我不敢高语，只有低吟。

萌生跟拍续写县剧团演员生活的念头在前，刚好赶上了县剧团在县城的商演在后，真的幸运。遂利用工作之余，在人流较为集中的县城，开启了接连好几天的跟拍模式，让我看到了秦腔演员演艺生涯光鲜的一面。当大秦之声赖以生存的空间被挤压得愈来愈小时，对一个爱它的人来说，内心本身是充满难以名状的忧伤的。

吃百家饭，唱百家戏。对一个基层剧团演员来说，这是再寻常不过的事了。也许正是这样走街串巷的演出生活，才是一个聚少离多的剧团演员所独有的人生常态。常常一场戏开演，团里最忙的要数四柱。四柱者，司鼓、板胡、前场、后台也。四台次之，四台者，生旦净丑也。人们对"台柱子"的称谓，大抵便是由此而来。

每到台前，看到他们光鲜的模样、丰富的表情，再听着婉转悠扬的乐器曲调，以及粗中有细、细中带粗的唱腔，我就知道他们此刻站在了人前，走进了戏里；每入幕后，他（她）们或勾画脸谱，或穿鞋戴帽，或紧系刀剑，或稳拿枪弓，或摸一摸自己透湿的坎肩，或用脸贴一脸自己熟睡的孩子，好像这才是他们真实的生活境况。

小时候爱戏，那是人堆里图个热闹；长大了入戏，那是明白了，小舞台常演的是大人生，更何况，戏里戏外皆是百味人生。

二

我是提前两天得知消息，言说雷通霞老师要来会宁演出的。那会儿具体是会宁哪儿，尚不知晓，后来才知道，演出地在翟所镇的高咀村。记住高咀，还是因为当天傍晚的冷，高咀高咀，高处不胜寒。

所幸演出时间恰逢周末，再加上演出地离县城不远，我这才有了下乡跟拍演员生活的机会。当我买了一斤牛肉，坐在车上边吃边往目的地赶路时，才知道自己的这次跟拍，有了着落。多半年了，一直没有凑巧的机会。更为欣喜的是，在甘肃省内所有的中国戏剧梅花奖得主中，雷通霞老师是我唯独没有遇过面的一位。且不论名家们功成名就背后的酸辛、苦痛、委屈，单就今天她们眼里"戏比天大"的职业素养、以德立艺的崇高品格，足以让人肃然起敬，也难怪窦凤琴老师在会宁这片土地上，拥有不少的铁杆粉丝。

过了一条小河，上了两道山梁，在七拐八弯的乡间小路上，车明显放慢了速度。在山顶，远远地就望见了新建的乡村舞台。山底，被常年的雨水吹得豁豁牙牙的涧沟畔上，零散地住着十来户人家。

对于当地百姓，在这片山大沟深、贫瘠而广袤的土地上，能看到专业院团的演出，他们是幸运的；对于自己，能和下乡巡回演出的演员们同吃同住、同进同出，更是幸运的，拍了前台不说，彻底知晓了他们真实的演出生活境遇，总归是好事。

时间尚早，三三两两的看戏人正陆续往来赶。舞台前，一伙脸膛黝黑、身材不一的老乡，正拥挤着争抢篮球。在跟演员颇为惊疑的相互寒暄中，我径直跟着进了后场。一进门，后场通道左右两边靠墙搁着两排大箱子，箱帮上"会宁秦剧团"几个机打的大字，正在眯着眼朝我微笑。

头帽、足靴、衣服区分类而置。左右两边两个防盗门后，各架了两轮炉火，火苗一个劲儿蹿动着。火炉上置了两样物件：盛满水的铝壶和水桶，在热力的作用下嗞嗞响个不停。

放下摄影包，抬头我就望见了姜一斌团长一笔很有个性的字，这跟他平素内敛的性格有些极不相仿。那是一本翻页了的笔记本，上写着今天戏目的角色分配表："徐彦昭：曹老师；杨侍郎：胡亚东；加演《探窑》：雷老师……"不用说，这是他一个人根据剧团人员实际，考虑地方乡情所做的安排。见到他时，他一脸疲倦地说："从白银刚回来，因为送戏下乡的事，演了好多趟，还差最后一趟。"

我知道，一个剧团的团长，甚至要比局长难当得多。在院团改制、秦腔被列为非物质文化遗产的今天，有时候，为了一大家口人的吃饭，求人下气不说，还得看人脸色行事。可能是演员平素就演尽了生旦净丑，故而他们的性格也七长八短，要带领好他们真非易事。同时他们也是最卑微的底层工薪阶层，说小了，就为生计，一家老少，锅大碗小；说大了，就为艺术，艺术品德，职业操守。

我一直在想，今天一个明星一集电视剧的报酬，就是一个地方戏曲院团一年的工资支出。平衡吗？如此地厚此薄彼，传统文化的大秦之声怎能不沦为非物质文化遗产。所幸政府已经意识到，这条路已经走得有些远了，开始出大力、下狠招拯救传统文化。实际上，宁肯炒作一个明星的吃喝拉撒，也不关注基层群众的日常生活，这种网络媒体的舆论导向本身，就把当代年轻人引入了歧途，难怪乎每年的艺考，那么多家庭都要脱层皮。

一口热饭暖暖身，一杯热茶润润嗓。顶灯堂灯灯灯照射，文场武场场场分明。台下各色头巾迎风展，台上各样服饰齐装扮。前台里鼓乐响，后场里着了忙。左入相，右出将。镜子里入戏，水盆里卸妆……

三

山高路陡人家稀，鼓响弦起秦腔迷。搁以前，对于生活在大山深处的老百姓来说，没有什么比村子里唱大戏更为盛大的事情了。这么

227

奢侈的享受，也只有在年前节下才有，盘盘腿暖冬，乐呵呵看戏。动情处，一把鼻涕一把泪；滑稽处，前仰后合笑肚皮。日子比树叶还稠，情结比树根还密。广袤的三秦大地，贫瘠的陇中山区，一段秦腔，人老五辈皆听，祖孙三代同议。

罐罐茶熬着熬着就有了劲，大秦腔听着听着就上了瘾。如是，苦累的庄农人生，才有了别样的意义。

小时候村子里唱戏，最自豪的莫过于两件事：一是能在台子上走几步，巴不得让同伴看到；二是把戏唱得人们叫好的演员，能领到自己家里去。那时候，母亲晓不得给演员们吃啥好，心诚力竭地变着花样做出各种可口的饭菜：包一顿饺子，擀一顿长面；中午吃酸的，晚上吃甜的；人多了吃干的，人少了吃带汤的。

在团长的安排下，近三十年后的今天，我能受到老乡如此高规格的待遇，不能不感叹。老乡的背影像极了我的母亲，至今还喂着两头大肥猪，三头驴，十四只鸡，两笼子家兔，还种着二十来亩地，农忙时，进城打工供娃读书的儿子、儿媳回来多少帮一把。

一板秦腔响起，周围的戏迷就急急忙忙地往戏场赶，能搁下的活都搁下了。要上场的演员，一手持镜，一手拿着油彩涂抹，或拿着毛笔描摹，谈笑间俊样顿生，眉飞间引人顾盼，或生末，或净丑，找到适合自己的角色。咫尺之地，说的是江山社稷；方寸之间，演的是万里河山。

多半这个时候，乐队老师也不曾闲着，各自守一轮炉火，武乐队开合了膀子抢着鼓槌练手，文乐队拨弦弄键地调试音准。

公放音乐停下来后，台前，催场鼓一声连着一声急，刚才尚还骚动不已的人群，这会儿自觉地便往一块儿挤，挺一挺身板、擦一擦眼睛、裹一裹头巾，一派出戏的架势。幕后，人影攒动，兵将、衙役、跟班站在各自的出场地，静候主角和司鼓一同起板。

这期间，遇上了两桩感动事，一是雷通霞老师谦逊有加的艺术品德，她在演完折子戏《探窑》选段后，分别对着观众、文场、武场三鞠躬，全都被我用镜头记录了下来。虽然是小小的细节，却着实让人心里为之点赞不少。二是窦凤琴老师眼里容人的艺术风范，因为天冷，我在后台暖身子时，有个老实巴交的老乡想跟窦老师合个影，自己不好开口，就对团长说了愿望。当团长姜一斌跟窦老师说明来意后，坐着休息的窦老师说，啥事嘛！我拍摄时，这位老乡可能因为激动或者紧张，起先过去站在了老师跟前，窦老师说坐下来，谁料他径直蹲到地下，窦老师又说坐到身边来，并主动腾出了地方。憨态可掬的老乡就这样坐在了窦老师的跟前。按下快门的那一刻，我就知道，这张照片，对他来说，有多珍贵。

老先人有言，"要好看，一窝旦"。返程的路上，夜满四溢，只有不知道拐弯的车灯在山梁沟峁里穿梭，略带疲倦的窦老师感慨地对我说："观众才是我们最好的衣食父母"。

桃花山看戏

说来也怪，已经不怎么喜欢热闹的我，却唯独对秦腔有些例外。

农历六月十九，适逢一年一度的桃花山庙会。一般而言，很多人会选择在这天逛庙会，看大戏，把自己塞进人堆里，图热闹，看广经。听说今年还请来了陕西泾阳县剧团。三秦大地的秦声，对于一个爱戏的人来说，可能是最好不过的心灵洗礼和享受了。

桃花山，位于会宁县城东南，山起三峰，海拔 1944 米，其色艳似桃花绽红，烟霞流丹，故名桃花山，为会宁古八景之一。1996 年，长征胜利 60 周年之际，甘肃省修建了红军长征胜利景园。山上现有洞窟、庙宇建筑数十座，是一处集风景、人文、红色教育于一体的旅游胜地。

当我千等万等，最终挤上上山的一辆公交车时，已然暮色四合。按常理，戏早已经开演了。近处，上山的人群浩浩荡荡，山顶上站着人，山底下等着人，山坡上走着人，抬头是人山，俯首是人海。远处，弥散的秦声散散袅袅，一会儿鼓乐声急急切切，让人禁不住放快了脚步；一会儿板胡声柔肠百转，好一似心里面有了虫钻；一会儿鼓掌声经久不息，不用说，错过了又一处精彩乱弹。

在山顶，东北方向的般若桥和西南方向的魁星阁，遥相呼应，像拉家常的两位老者。其间有一块地方，坐落着千年古刹几座、戏台一个、观音像一座、亭台楼榭若干，两边是喊叫的摊贩，声音一声高过一声；中间是拥挤的人群，身体一个挨着一个。

到了台下才发现，早已没了插足的地方，拍夜景也错过了最佳时机，我索性径直奔后台而来，对戏下手，看看、听听、拍拍也挺不错。放下行头，换了长焦镜头，我这才知道，当晚的演出剧目是《清风亭》，戏已经演到半道上了，张继保正跟生母在清风亭初次碰面，台下静悄悄一片，台上闹哄哄一堂。

《清风亭》写的是薛荣妻妾不和，妾周氏生下一子，被迫抛在荒郊，被以卖豆腐为生的老人张元秀夫妇拾得并收养，取名张继保，抚育成人。13 年后，张继保在清风亭被生母周氏带走。张元秀夫妻思儿成疾，每日到清风亭盼子归来。后来，张继保得中状元，路过清风亭小憩。张老夫妻前往相认，但张继保忘恩负义，不肯相认，把老夫妻当成乞丐，只给他们二百钱。老婆婆悲愤至极，把铜钱打在他脸上，夫妻相继碰死亭前。张继保也被暴雷劈死。

我在文武乐队之间不断地来回地穿梭，一时间正为找不到更好的角度，又不好打搅正演得得劲的乐队人马而为难，却遇上了热心的晓峰老兄。我咋就忘了他才是地道的铁杆戏迷，有时甚至驱车几百公里去西安看戏。在他的指点下，我算是找了一处拍特写的角落，又授命照看台口一侧的安全。台口两边铺满电线，大晚上看戏的潜在威胁，自是不言而喻。我不想拂了戏迷们的热情，又不想违了朋友的嘱托，内心还真是好一阵纠结。

热闹对于安全来讲，真不值得一提，难怪乎交警遍布各个路口。我参加工作之初，在乡下的一所学校任教，适逢河畔河桥山庙会，当地也请了省秦前来演出助兴。难得的好机会，我和举斌、万甲叔三人，晚上相约去看戏，当晚刚好上演的是秦腔传统剧目《赵氏孤儿》。起初，我们都扶着钢管站立，不大一会儿，举斌半开玩笑地说，咱们到后台看看演员化妆的"心疼"走。我俩一圈才回来，还没站到钢管跟前，就见台上屠岸贾腰斩了假孤儿，突然，全场停电了，眼前一片漆黑，人群一阵骚乱，我本能地抱紧了举斌，以为打架了，还没反应过来，就听见喊叫声夹杂着哭声，从人群豁缝里飘出来。

电打死人了。从人群的缝隙里，我看见水坑里躺着一位大妈，浑身不得动弹，一声连着一声地呻吟。原来地方上为了避免人群拥挤出问题，本是好意用工程上的钢管围了一圈，又恰巧从钢管里引了电线，谁知道傍晚下了大雨，雨湿了电线，电线漏电，钢管导电，一连串电击了几个。我看到的那个老大妈，被击倒在水坑，幸好无事。一时间演出之事只好作罢。缓过神来的我们，这才记起老王叔，举斌说："赶紧，老校长不知道咋样了？"随即一面打电话，一面四处寻找。还好，他安然无恙。抽了根烟后，我们三人遂疲沓地驱车回家。

也是后来听人说才知道，当晚拉去抢救的三人，两大一小，都没了性命。让人心疼不已的是，小的这个是因为父母有事，临时托付邻居捎带上看戏，谁知就出了这档子事。颇为戏剧的是，戏台上假死了三个，戏台下却是真死了三个，且都是两大一小。

随后多半年内，谈论此事，人们跟说戏的一样。在当地教育界，更有传言，说我们三人去看戏，电打了人后，我和举斌满场子哭着找老王。也是从那时候起，我把挂画里的"忠义人……"这段唱腔，学了个大概。

一走神，剧情已演到了周氏认子。念白是戏曲艺术重要的表演手法之一，所谓四功者：唱念做打。做、打为形体艺术；唱、念即为声音的艺术。在这一点上，63岁的周留华老师，硬是用眼里的戏，嘴里的白，把观众的心一遍一遍地撕扯、揉捏，疼痛的情感浑身涌动，欲哭的难受如鲠在喉。十三年的养育之情，此一刻怎能不难分难舍？一面是养育之恩，一面是生身之母，抉择的艰难，真是撕碎了儿时张继保幼小的心灵。

从镜头里观望，扮儿时张继保的演员，女的，多少有了些岁数，还真哭了。打小过惯穷日子、受尽别人闲言碎语的张继保，面对来得太突然的幸福，有些不知所措。我回头转身，台下黑压压一片人头，目不转睛地朝着台口观望、唏嘘、感叹。粗略估计，三至五万的戏迷。

会宁人爱戏。会宁人好戏。会宁人爱好戏。

实际上，清风亭整场戏都是围绕儿子张继保展开情节的。至少可以这样说，他是连接人间骨肉亲情的一个节点、一粒纽扣、一段导体。从周氏弃子到张元秀夫妇捡子、育子，再到周氏认子、张元秀舍子，最后到二老跪子、天雷劈子。故事的起因、发展、高潮、结尾都有了。最难得的是故事情节之间的过渡和衔接，得体自然，天衣无缝，不着痕迹。最可贵的是剧情的铺垫，好的铺垫，总能不留痕迹地吸引观众的眼球，俘获观众的心，总能将人的情感挤压到最小的空间，然后在高潮处瞬间释放，酣畅淋漓地宣泄。铺陈渲染得越是有力，情感的爆发越是猛烈。一个合适的恰到好处的出口，就是衔接高潮和结尾的最关键点，就是一台戏最大的看点。

"十三年心戚戚尽受人生磨难，十三年路漫漫贫度人间饥寒，才长成有血肉有肝胆儿男少年，那知晓渺无音渺无讯再难回还。盼儿长盼儿短怎奈哭瞎双眼，盼儿回盼儿归已然风烛残年……"

这是看了卫小妮和周留华的盼子，自心底流出来的感叹，谁料想不经意写成了戏词句段。他们真是把一双失去依靠，靠讨要度日，思念儿子成疾的年迈人演活了。台下久无声息的安静和此起彼伏的掌声即是明证。这一双年迈人，通过佝偻的身子、蹒跚的脚步、妻子的眼瞎、丈夫的耳背，把人间痛失爱子、思念成疾的拳拳父母之心演绎得淋漓尽致。在我的印象中，三意社康亚婵老师的老旦是我听过的上品，她那沙哑的声音，每一字每一句唱得稳妥、得劲，瓷实得叫人浑身舒畅。她吐字清晰，运腔周正，发音精准，送声悠远，是我最青睐的旦角之一。

正当我在思虑，是谁把剧情一直推送到此等地步，是谁又把人心紧紧地提攥到这般光景的时候，精彩的场面开始了：已然高中状元的张继保，贪图人间富贵和荣耀，回乡祭祖时忘了生身父母之嘱托，做下了忘恩负义之举，不认养身父母。在下人的劝说下，他才勉强以两百钱打发乞丐般打发了他们。

当张继保逼死自己养身父母的一刹那，我一时血涌脑门，差点就提了一块砖头径直上前拍了他……

入戏了，不得了！

扬善的同时，必须惩恶。张继保这样的人，即使人间容得，天地却容不得。逼死父母的张继保落荒而逃，在仓皇逃走的路上，被天雷劈死。至此，人间正义得到了最大彰显，观众悬悬地吊着的一颗心终于落了地。

戏散了，观众撤了。压麻的脚、蜷曲的腿、纠结的心、久困的眼睛，一时间都得到了舒缓。台上演员的戏结束了，台下观众的戏才开始，弯弯曲曲的山路上，人群隐隐约约，断断续续，摇摇晃晃，嘈嘈杂杂……

在后台，我央求晓峰兄给我跟"张元秀夫妇"分别合了影，且算是对孝道的一种敬畏，也算是对艺术的一种亲近。

何川情

何川村地处陇中会宁东南部，位于两道山梁夹峙的一道山川里，中间被一条河分为不对等的两半。那山梁起始于一地三交界（杨集、太平、翟所）的水头豁岘，收尾于祖河畔。水头豁岘原名周家水头，周者，姓也；水头者，源头也。水头豁岘是会宁地界里渭河流域和黄河流域的分水岭，所有发源于水头豁岘的水，靠东南，一路奔静宁而去，归于渭河流域；沿西北，一路投祖河而来，辖属黄河流域。

沿翟所镇和太平镇之间的沈家堡子路口，下河，进河谷，一路向南而行，就是何川的地界了：左手一道山梁稍微挺拔、险峻些，上建有数百年历史的文化遗产巍巍石祖山，沿山根底有一条水泥硬化路穿行而过，道旁分别是闫岔、何川。右手一道山梁稍微平缓些，恰似龙摆尾，那一尾就是一湾山坳里的人家，依次是响川、周沟、老院、上沟、上湾、刘庄、中庄、张咀、胡位、李去、东坡。

在太平镇的 13 个"儿女"中，何川村为长，离太平路途最远，居地也最为偏僻。东依太平联坪，南邻杨集姚坡，西接翟所夏阳，北望翟所张岔。在会宁的群山峻岭中，何川算得上雨水丰沛合节的一处宝地。

何川的树，以钻天杨、左公柳和大大小小的杏树见多。树是一个村庄立足的拐杖，就跟炊烟一样，一律都是向着天空生长。村庄那么多隐秘的心事，只有靠树木和炊烟递给天空，天空能包容一切，生老病死，爱恨情仇……朝着群山连绵、梁峁起伏的山川大地行走，望见树木就等于看见了村庄，自然何川也不例外。

无论笔直挺拔的钻天杨，还是恣意生长的左公柳，乃至满山遍野的小杏林，在地下，他们的根脉免不了相互交错、关联，就像何川人，往老辈算数，都是能盘得上的亲戚。树多么像人，人多么像树，有的长得歪歪扭扭，有的生得模样周正。你看，那钻天杨长得一丛一丛，左公柳站得一溜一溜，小杏树植得一片一片。村庄依着树木，树木围着村庄，双方依靠着，守望着，互相包容，相互谦让。在沟涧，在场院，在门庭，在田埂，在路畔，高低不一、粗细不均的树木，疤痕在外，年轮在里，一年接着一年生长，一年接着一年蓄积力量。

会宁素来缺水，然何川是个例外。那一道道河谷里流淌的皆是泉水，这份难得的大自然的馈赠，就是村庄身体里的血液。正是因为有了血液的循环，才有了当地烟火的升腾，根脉的延续。也是，那些活在世上的不同声响，怎能离得了血液的润泽！那幽深的水泉，总能源源不断地往外流淌，滋养这一方土地，润泽一方生灵。

何川川道中间的那条河是由无数条小溪汇集而成，一路收集着两边的流水奔祖河的怀抱而去。那小溪又是靠无数个天然泛水泉滋养，泛水泉有大有小，有的地方稠一些，有的地方稀一点。那数十道河谷里，到底有多少条溪，多少个泉，谜一样无人知晓。颇为神奇的是有的泉水甘甜清冽，有的泉水却味似涩咸，像人生百味，甘苦自知。

水是生命之源，万物皆因有了水而有了灵性。在何川，泉水的流淌是一种姿势，泉水的浸润是一种本能。那无数个泛水泉，各自都有领地，低处的等着高处的，高处的奔着低处的，流淌，汇集，汇集，流淌，水流漫过草丛，绕过阻挡，撒着欢笑，踏着合拍，伴着花开鸟鸣，顶着蓝天白云，追逐着，闹腾着，像一群赤脚的孩子，一会儿悄无声息，一会儿饶有声响，一路奔腾而去。

也是，水向低处流，人往高处去。老辈人都这么说。

摄影黄金季的早晨，我常常趁着黎明前的最后一缕黑暗起得床来，简单地洗漱一番，便用脚步追撵清晨的最早一束光亮。那些扑沓有声的脚步，动不动就惊醒还在沉睡中的鸟兽，扑腾腾、扑簌簌一个个落荒而逃。连山间小径旁的百草都不情愿为我让道，它们顶着浓密的晨露，密匝匝地挤在一起，相互簇拥着，打着哈欠，伸着懒腰……

站得高自然望得远。站在制高点，镜头下的何川，从一片麦田到一间瓦舍，从一处斜坡到一溜梯田，从一朵花蕾到一片树叶，还有那山川树木，草地牛羊，田埂粮仓，俱在镜头下定格，色彩斑斓地一一绽放。

从野外回来，随便找几户人家，跟老乡聊聊家常，问问农事；或者径直回到宿舍，翻几页带来的书稿；或者打开电脑，敲几行文字；或者什么也不做，静静地坐下来发呆，有时甚至稠稠地想念。

想一想二想三……

午间，自种的菜园里摘点红西红柿，绿辣椒，青茄子，拔根白萝卜，就着手工揪面片，烟熏火燎，大汗淋漓地饱餐一顿。洗锅刷碗，规整完毕，泡一杯酽茶，一个上午就过去了。

傍晚，远山吞尽最后一抹斜阳，炊烟实在憋不住了，慢悠悠地摇晃着身子，袅袅升腾。转瞬，鸟雀归巢，牛羊进圈，农人回家，热闹了一天的田野瞬时寂静了下来，暮色四合，黑魆魆的只有大自然画家粗笔勾勒的山头。月亮比我还心急，老早地把自己挂在天空，星星也出来了，一会儿看着月追云，一会儿看着云遮月，跟月亮一起检阅人间。

冬天的天比平素黑得更早，等天彻底黑下来，捅旺炉火，合了电脑，打开视频躺下来，看孩子给我展示自己的作业或者拿到的奖项，一起分享白天学校里的欢喜忧愁，一时间，似乎忘记了生命中所有的疼痛和忧伤。夜深人静之时，遂孤独但不寂寞地敲几行零零碎碎的文字，感受这愈走愈深的人生，算是对自己的一种迁就和宽慰。

后　记

　　《摇曳的灯火》即将付梓，突然间满心的感慨……

　　2020 年秋，任我百般挽留，父亲最终还是离我而去。一时间这种失却亲人的伤痛，压得我喘不过气来。曾经，很多个伏案写作的深夜，起夜的父亲，时不时会凑到我身边，半开玩笑半认真地说："数学老师，到底会不会写？"父子俩相对一笑的温馨，总会在我的脑海浮现。云层遮住月亮的某个晚上，我就想把自己这些年写就的一点文字，加以整理，用以救赎孤独无助的灵魂。

　　读自己写的文字，就像和另一个我对话。记不清是什么时候喜欢上文字的，但我知道，我喜欢文字确与桑平先生有关。从初中开始到参加工作，我一直坚持着写日记这个习惯。后来，阴差阳错地上了兰州师专数学系，得遇班主任田丽娜老师的格外照顾，我才得以出入数字与文字之间，往来数理与哲理之间，获得点滴启发，悟得一二机趣。

　　后来的十年教学生涯，让当年的喜好被搁浅了。2010 年，无意间从 QQ 空间里读了孙向明的文章，心里突然有些说不出口的温暖，直到后来得遇孙思明以及老姐张霞、网友吴英、好心人李俊梅，才让我渐渐地向文学靠近。

　　说来也巧，2014 年，我通过了人生第一回面试，调入会宁县文化馆。一个乡下的初中数学老师，进了县文化馆，就像一个多年未见的穷亲戚，一下子闯进了富亲戚的门，内心的忐忑、惶恐和自卑不言而喻。还好，馆长雷永珍给了我许多力所能及的帮助、指引和鼓励。

　　及至后来恩遇了许多老前辈：老馆长孙志诚，老师张明，忘年交王维德、焦耀琮，伏麒鹏，师傅李明、周新刚、李云飞，老兄长武志元，才让我搭上了成长的快车道。

在此一并向给予我人生和文字指引的他们表示最崇高的敬意。后来，我遇见了许多志同道合的同行者，是他们给了我许多创作的力量，还有尚未提及的许多朋友和亲人，在此也一并表示诚挚的感谢。

送走父亲，我带着人生至深的伤痛，踏上了进修之路。在小山村，工作之余，我一边修改书稿，一边修复心灵。从选稿、校稿到定稿，前后历时一年有余。为了腾时间，老弟兄王定顺天天为我锅前案后地忙活；为了挤时间，我常常在公共汽车上翻开书稿；为了赶时间，老哥哥赵亮夫周末专程跑到办公室为我解析……

此书在出版过程中，得到了各位老师莫大的指导，感谢牛庆国、武志元老师为书作序，李云飞老师为书起名，张明老师帮书调整结构。

至于以赵仕荣、段玉亮、王炎、王汉杰为代表的高中老同学们给予的鼎力支持，妻子万淑宁给我的默默付出，我只有深深地铭刻于心。

最后，感谢滋养我灵魂的那片土地，感谢养育我生命的那些亲人，感谢照耀我天空的那道色彩，感谢润泽我人生的这个好时代。

这一切，都将成为我坚持在文学道路上继续前行的力量。

当然，因个人精力和水平有限，书中难免有不足之处，望广大读者不吝赐教。